Julie Leuze

Selig am See

Julie Leuze

Selig am See

Roman

Silberburg-Verlag

Julie Leuze, geboren 1974, studierte Geschichte und Politikwissenschaft in Konstanz und Tübingen. Die gelernte Fachjournalistin lebt und arbeitet in Stuttgart, wo sie sich auch als »Reigschmeckde« sehr wohl fühlt. Sie ist verheiratet und hat drei Kinder.

1. Auflage 2013

Umschlaggestaltung:
Christoph Wöhler, Tübingen.
Coverfoto: © iStockphoto – photospower.
Druck: Gulde-Druck, Tübingen.
Printed in Germany.

ISBN 978-3-8425-1241-2

Für Tanzi, die beste aller Hippen

1.

Ich war mit meinem Leben absolut zufrieden, doch, ganz ehrlich. Hatte ich nicht allen Grund dazu? Schließlich war ich eine Frau im besten Alter, nämlich siebenundzwanzig, ich hatte einen charmanten und talentierten Künstler als Freund, einen gut bezahlten Job als Erzieherin in einem privaten Kinderladen und eine hübsche Wohnung mit verwunschenem Garten. Außerdem wohnte ich dort, wo andere Urlaub machen: in Konstanz am Bodensee, auf dem malerischen Raiteberg im Stadtteil Petershausen. Wenn ich morgens zum Kinderladen lief, passierte ich auf meinem Weg oberhalb der Weinberge nicht nur den altehrwürdigen Bismarckturm, sondern konnte in der Ferne sogar die Schönheit der Schweizer Alpen bewundern. Okay, nur an sehr klaren Tagen und nur, wenn ich nicht allzu sehr in Eile war, aber trotzdem: Zumindest theoretisch war es mir vergönnt, Natur und Kultur schon auf dem Arbeitsweg zu genießen. Das war doch was! Das hatte nicht jeder! Ich konnte also nicht nur zufrieden sein, sondern sogar glücklich.

Das war es, was ich mir an guten Tagen sagte.

Dieser Montag war kein guter Tag.

Dabei fing alles ganz harmlos an. Wie immer blieb Rob liegen, als der Wecker klingelte, und wie immer gab ich ihm einen vorsichtigen Kuss auf die nackte Schulter, bevor ich aufstand, um mich für den Kinderladen fertigzumachen. Doch statt »Bis heute Abend« zu flüstern und wieder ins Koma zu fallen, öffnete Rob an diesem Morgen sein linkes Auge.

»Hab eine Überraschung für dich«, murmelte er. »Im Wohnzimmer. Hab die ganze Nacht daran gearbeitet.« Das Auge klappte wieder zu.

Von bösen Vorahnungen getrieben, sprang ich aus dem Bett. Überraschungen von Rob hatten es an sich, dass sie entweder extrem teuer waren (von meinem Geld bezahlt, denn Rob war ja Künstler und verdiente noch nichts mit seiner Kunst) oder experimentell bis zerstörerisch (denn Rob war ja Künstler und musste seine Visionen verwirklichen). Eine günstige, konventionelle Überraschung – wie etwa einen Strauß Wiesenblumen oder ein neues Gartenbuch – hatte Rob mir noch nie bereitet, und deshalb nahm ich mir nun nicht die Zeit, einen Morgenmantel überzuziehen. Nackt und panisch hastete ich durch den Flur in Richtung Wohnzimmer. Dann sah ich es.

»Mein Paravent!«, schrie ich und schlug mir entsetzt die Hand vor den Mund.

Umgeben von Acrylfarbtuben und steif verklebten Pinseln, die sich fest mit dem Parkettboden verbunden hatten, stand der Jugendstil-Paravent, den ich im letzten Sommer auf dem Flohmarkt erstanden hatte. Der Paravent war so wunderschön, dass ich den horrenden Preis des listigen Verkäufers bezahlt hatte, ohne nachzudenken oder zu feilschen. Das dunkle Holz war mit Pergament bespannt und mit Applikationen aus Messing und getriebenem Kupfer versehen – ein orientalisch anmutender Traum in Goldgelb und Schwarzbraun.

So jedenfalls hatte das Möbelstück bis gestern Abend ausgesehen.

Fassungslos starrte ich auf die dralle Nackte in Grün und Lila, die mir nun vom Mittelstück des Paravents aus zulächelte. Ihr Gesicht bestand lediglich aus einem grasgrünen Fleck mit Grinsemund, dafür war der Körper sehr plastisch und, wie mir schien, mit Tonnen von Farbe ausgearbeitet worden. Die Flügel des Paravents hatte Rob ebenfalls bemalt: Den linken zierten lila Katzen und den rechten geometrische Formen, die ich spontan als anstößig empfand.

»Gefällt es dir?«, fragte Rob hinter mir und schlang die Arme um mich. Offensichtlich hatte mein Schrei ihn doch noch gänzlich geweckt.

»Das war ein Carlo-Bugatti-Paravent«, sagte ich schwach. »Weißt du, wie lange ich nach so einem gesucht habe?«

»Hat sich doch auch gelohnt«, sagte Rob zufrieden und küsste mein Ohrläppchen. »Das ist jetzt ein doppeltes Original: ein ›Carlo Bugatti – Rob Lohmann‹. Stilechter kann man das Wohnzimmer vom Atelier kaum trennen, oder?«

Ich drehte mich um und wollte ihm einen heftigen Vorwurf ins Gesicht schleudern. Wie kam er dazu, mein herrliches Möbelstück zu versauen, noch dazu, ohne mich vorher um Erlaubnis zu fragen?!

Doch als ich in seine vor Stolz strahlenden Augen blickte, schluckte ich den Vorwurf hinunter.

So ist es eben, wenn man einen Künstler als Freund hat, fuhr es mir durch den Kopf.

Robs rührend ungekämmte Locken und die Tatsache, dass wir beide nichts anhatten, taten ein Übriges, meine Wut zu dämpfen, und statt zu schimpfen, schmiegte ich mich seufzend an ihn. Rob war so naiv in seinem Schaffensdrang, dass er sich bei Aktionen wie dieser einfach keiner Schuld bewusst war.

»Es ist ein sehr … ausdrucksstarkes Bild«, sagte ich. »Aber kannst du nicht einfach eine Leinwand nehmen, wenn du malen willst? Müssen es immer meine Möbel sein?«

»Das verstehst du nicht, Süße«, murmelte sein weicher Mund in meinem Haar. »Künstler richten sich nicht danach, was praktisch ist. Sondern danach, was sie inspiriert.«

»Verstehe. Und dich inspirieren nun mal Paravents und nackte Frauen.«

»Genau.« Seine Hände strichen meine roten Locken hinab, die mir fast bis auf die Hüften fielen. »Nackte Frauen inspirieren mich auf vielfältige Weise. Willst du nicht zurück ins Bett kommen?«

Verlockende Vorstellung – aber der Kinderladen wartete. Widerstrebend schob ich Rob ein Stückchen von mir weg. »Falls du es vergessen haben solltest: *Ich* habe eine Arbeit, zu der ich pünktlich erscheinen muss.« Ich warf einen Blick über seine Schulter hinweg auf meine große, alte Bahnhofsuhr, ein weiteres Flohmarktschnäppchen. Sanft machte ich mich von

Rob los. »Und diese Arbeit beginnt in genau 45 Minuten. Deshalb werde ich jetzt nicht mit dir ins Bett springen, sondern allein unter die Dusche.«

»Na gut. Ich bin dir nicht böse.« Rob zuckte mit den Schultern. »Einer muss ja schließlich das Geld verdienen.«

Er lächelte nachsichtig, küsste mich und verschwand, um noch eine Runde zu schlafen.

Der Tag wurde nicht besser. Denn auf halbem Weg zum Kinderladen *Eiertanz,* den ich als studierte Sozialpädagogin leitete, traf ich Inge Muller-Beinhard und den kleinen Jeremy.

»Sarah, halloooo, warte doch, hier sind wir!«, rief sie winkend von der anderen Straßenseite aus, als sie mich erspähte.

Obwohl mir jede andere Mutter lieber gewesen wäre als Inge Muller-Beinhard, blieb mir nichts anderes übrig, als stehen zu bleiben und auf sie zu warten: Der Kinderladen lag unterhalb des Raitebergs in einem Wohngebiet am Rande des Mainauwaldes, und es war so ruhig hier, dass ich unmöglich vorgeben konnte, ich hätte sie nicht gehört. Mist. Dabei war ich sowieso schon spät dran.

»Hallo, Jeremy. Guten Morgen, Inge«, sagte ich und bemühte mich um einen freundlichen Tonfall.

Inge Muller-Beinhard zu duzen, fiel mir immer noch nicht leicht. Zu ihr hätte ich gerne professionelle Distanz gewahrt, – so hätte ich ihre ständige Kritik an meiner Arbeit besser an mir abperlen lassen können –, doch ich arbeitete in einem von den Eltern getragenen, privaten Kinderladen. Und was das bedeutete, konnte man an einigen Schlagwörtern aus unserer Satzung ersehen: Gemeinsam leben und arbeiten. Sich einbringen. Aktive Gestaltung. Engagement. Mitbestimmung. Innere Demokratie. Gleichberechtigung. Erziehungspartnerschaft. Kurz: Für ein förmliches »Sie« war da kein Platz.

»Du bist also zurück aus deinem Urlaub«, sagte Inge mit verkniffenem Lächeln. Sie schaffte es, die wenigen Worte wie einen harschen Vorwurf klingen zu lassen. »War's denn schön?«

»Nein, nein«, beruhigte ich sie schnell. »Viel zu heiß und, äh, auch zu trocken.« (Rob und ich waren eine Woche in England gewesen. Obwohl es April war, hatte das herrlichste Wetter seit Jahrzehnten geherrscht, wie man uns glaubhaft versichert hatte.) »Und es war total anstrengend. Ständig Programm.« (Wir hatten wunderschöne Gärten besichtigt, ich hatte Samentütchen für mein eigenes grünes Reich gesammelt, und Rob hatte Skizzen von hübschen Engländerinnen gemacht.) »Zu Hause hat dann jede Menge Arbeit auf uns gewartet.« (In der freien Woche daheim hatte ich die Samen ausgesät und war ausgiebig am See spazieren gegangen. Rob hatte hauptsächlich geschlafen, damit die künstlerischen Impressionen aus England sich setzen konnten.)

Offensichtlich fiel mein Bericht nach Inges Geschmack aus. »Du Ärmste, das klingt ja schrecklich.« Befriedigt wandte sie sich an Jeremy. »Na, bist du froh, dass die Sarah wieder da ist, mein Schatz?«

Jeremy schob das Kinn vor, seine Augen verengten sich. »Ich fress die Sarah auf«, knurrte er. Dafür, dass er erst knapp sechs Jahre alt war, klang es bemerkenswert gefährlich. Inge lachte entzückt und strich ihm über den Kopf.

Willkommen zurück im Alltag.

Als wir den Kinderladen betraten, waren wir dank des strammen Schrittes, zu dem ich Inge und Jeremy genötigt hatte, nur fünf Minuten zu spät. Es war noch kein Kind da, lediglich meine Kolleginnen Anna und Babsi durchbrachen die Ruhe vor dem Sturm. Sie waren gerade dabei, die Puppenecke für den Multisprachkurs herzurichten, der jeden Montag auf dem Programm stand. Jedes Utensil, vom Kinderwagen bis zum Töpfchen, bekam ein Schild mit der englischen, französischen und spanischen Bezeichnung verpasst.

Der Multisprachkurs war Inges Erfindung. Da Kindergehirne ohne weiteres in der Lage seien, so Inge, mehrere Sprachen parallel zu lernen, müsse man das Zeitfenster für diese

Entwicklung unbedingt nutzen. Nicht, dass die Kinder gerne in den Multisprachkurs gingen. Aber sie hatten keine Wahl, denn Inge hatte »die Aktivität«, wie wir unsere Angebote nannten, im Elternrat durchgeboxt. Und was der Elternrat beschlossen hatte, das war verbindlich.

Während Inge ihren Sohn aus seiner Jacke schälte, rief sie Babsi fröhlich »Bonjour« zu, und Anna schmetterte sie ein enthusiastisches »Good morning« entgegen.

»Morgen«, murmelte Anna. Sie war offensichtlich nicht in Fremdsprachenlaune.

Babsi hob immerhin kurz den Kopf mit der krisseligen, mausbraunen Dauerwelle. »Ach, bonschur, Inge«, sagte sie gelangweilt. »Hi, Sarah.«

Ich stellte meine Tasche auf den Boden und begrüßte meine Kolleginnen: »Gab's was Besonderes, während ich im Urlaub war?«

Babsi sah mich mit leerem Blick an. »Kann mich an nichts erinnern.«

Aber nun erwachte Anna zum Leben. Sie warf die restlichen Schildchen auf den Boden, zupfte an ihrem hautengen Top herum und sagte: »Oh doch, der Elternrat hat eine neue Aktivität beschlossen. Weißt du nicht mehr, Babsi? ›My kid is fit‹.«

Also Kinderturnen. Schön.

»Stimmt.« Babsis Miene hellte sich auf. »Anna und ich wollen Bodystyling daraus machen.«

Ich schaute wohl sehr dämlich, denn sie fügte ungeduldig hinzu: »Bodystyling, Bodyforming ... na, einfach Problemzonengymnastik. Bauch-Beine-Po. Das kennst du doch wohl. Ach nee, du wahrscheinlich nicht. Das hat eine wie du ja nicht nötig.« Neidisch ließ sie ihren Blick über meinen Körper gleiten.

Ich stöhnte innerlich auf. Jetzt ging das schon wieder los! Obwohl ich mich bewusst neutral kleidete, – eigentlich trug ich nie etwas anderes als Jeans und T-Shirt, darüber ein offenes Hemd –, warfen Anna und Babsi mir mein Aussehen so oft und gerne vor, als wolle ich sie persönlich damit beleidigen. Am liebsten hätten sie es gehabt, wenn ich mir meine langen Locken abrasiert, meine grünen Augen hinter einer Brille mit zentimeterdicken Gläsern versteckt und fünfzehn Kilo zugenommen hätte. Das hatte mir Christine erzählt, die nicht nur meine dritte Kollegin war, sondern auch meine beste Freundin. Dank Christine wusste ich zudem, dass Anna und Babsi mich für völlig inkompetent hielten: Die Leitung des Kinderladens sei mir nur übertragen worden, weil die Väter im Elternrat geschlossen für mich gestimmt hätten. »Haben sie ja auch«, hatte Christine gesagt. »Aber das zeigt nur, dass sie einen besseren Blick für fähige Erzieherinnen haben als ihre Frauen, oder?« Christine hielt immer zu mir, und ich dachte jeden Tag mindestens dreimal, dass ich den ganzen Zirkus ohne sie überhaupt nicht aushalten würde. Genau wie ich hielt sie Anna und Babsi für etwas seltsam, oder in Christines Worten: »It ganz bache«. (Christine stammte aus Überlingen, und obwohl sie sich redlich bemühte, hochdeutsch zu sprechen, ging in emotionalen Momenten gerne ihr seealemannischer Dialekt mit ihr durch.)

Wo war Christine überhaupt?

»... klitzekleine straffe Muskeln, ist doch total süß«, drang Annas Stimme in mein Bewusstsein.

»Ja, da lernen die Jungs und Mädels gleich, worauf es später mal ankommt.« Babsi strich sich verliebt über ihre Michelle-Obama-Oberarme.

Ich plumpste ins Hier und Jetzt und beschloss, dass es an der Zeit war, dem Kleinkind-Bodyforming einen Riegel vorzuschieben.

»Kindergartenkindern Muskeln anzuzüchten, finde ich pervers«, sagte ich fest zu Anna und Babsi und ignorierte ihr empörtes Schnauben. Dann wandte ich mich an Inge: »Was sagt denn der Elternrat zu dieser Auslegung von ›My kid is fit‹?«

»Alles, was die Kinder fördert, egal in welchem Bereich, findet die Zustimmung des Elternrates«, sagte Inge mit süßsaurem Lächeln. »Das müsstest du doch langsam wissen, Sarah.«

Klar weiß ich das, dachte ich mit einem Anflug von Resignation. *Ich hatte es nur einen Moment lang verdrängt.*

Ich biss die Zähne zusammen, nickte und wandte mich dann ab. Da es offensichtlich beschlossene Sache war, aus unserem Turnsaal eine Muckibude zu machen, konnte ich mich ebenso gut damit abfinden und mich dem Schriftkram zuwenden. Erfahrungsgemäß wartete im Büro nach meinem Urlaub jede Menge Arbeit auf mich. Ich wollte mir zumindest einen Überblick verschaffen, bevor gegen neun Uhr der Großteil der Kinder von ihren Eltern gebracht wurde.

»Ach, eins noch«, rief Anna, bevor ich die Tür meines Büros hinter mir schließen konnte. »Nächste Woche fängt ein neuer Junge bei uns an. Jonas Bachstein.«

Langsam drehte ich mich um. »Wie meinst du das, er fängt bei uns an?«

»He start in our childrenshop«, sagte Anna ebenso falsch wie frech.

«Il commence dans …«, begann Babsi.

Ich unterbrach sie mit den Worten: »Aber wir haben ein Aufnahmeverfahren, das sich über mindestens vier Wochen hinzieht! Alle Eltern müssen zustimmen, alle Erzieherinnen, und ich als Leiterin natürlich auch. Warum also weiß ich nichts von diesem Jonas Bachstein?«

Anna warf das blond gefärbte Haar zurück, das in ungünstigem Kontrast zu ihrer glänzend rosa Gesichtshaut stand. »Du warst ja nicht da«, sagte sie mit unverhohlener Befriedigung. »Da mussten wir eben allein entscheiden.«

Babsi fügte unbehaglich hinzu: »Herr und Frau Bachstein haben eine ganze Menge Geld für die neuen Instrumente gespendet. Der Elternrat hat doch verpflichtenden Geigenunterricht für alle Kinder beschlossen, erinnerst du dich?«

Ja, daran erinnerte ich mich. Die Entscheidung war noch vor meinem Urlaub gefallen. Rob hatte sich schiefgelacht, als ich es ihm erzählt hatte, und mir am nächsten Tag ein Päckchen Ohropax geschenkt.

In diesem Moment wurde mir klar, was Babsi gesagt hatte. Ich starrte sie an. »Die Bachsteins haben den Elternrat *bestochen?*«

Wie aus dem Nichts tauchte Inge auf. Ich hatte gedacht, sie sei längst nach Hause gegangen. Stattdessen musste sie irgendwo gestanden und gelauscht haben.

»Bestochen ist ein grässliches Wort«, sagte Inge streng. »Wir haben einfach beschlossen, das Aufnahmeverfahren in diesem besonderen Fall abzukürzen, weil sich alles so wunderbar gefügt hat. Jonas ist schon fünf, und seine Eltern haben dringend einen neuen Platz für ihn gesucht, weil sein bisheriger Kindergarten geschlossen wird. Die Bachsteins brauchen einen Platz, wir brauchen Kindergeigen. Wo, bitte schön, ist da das Problem?« Sie verschränkte die Arme vor der Brust und sah mir herausfordernd in die Augen.

Ich schüttelte nur den Kopf und knallte die Tür hinter mir zu. *Wozu,* dachte ich frustriert, als ich mich auf meinen Bürostuhl fallen ließ, *bin ich eigentlich Einrichtungsleiterin, wenn ich sowieso bei jeder wichtigen Entscheidung übergangen werde? Und wozu gibt es Regeln, wenn sie gebrochen werden, sobald die Eltern genügend Geld locker machen?*

Verdammt, ich hatte es satt! In Augenblicken wie diesem wünschte ich mir einfach nur, in einem ganz normalen Kindergarten zu arbeiten. Mit geregelten Abläufen. Mit Kindern, die meine Hilfe, meine Zuwendung und mein Fachwissen wirklich brauchten. Mit Eltern, die sich nicht überall einmischen durften, und vor allem: die ihre dreijährigen Kinder nicht bereits auf der »Exzellenzuniversität« sahen, nur weil der Campus dieser Uni lediglich ein paar Minuten vom Kinderladen entfernt war.

»Hallo, Sarah.« Christine steckte den Kopf zur Tür herein. »Sorry, bin ein bisschen spät dran, Leon hat seine Schuhe wieder mal nicht gefunden.«

Leon war ihr vierjähriger Sohn. Für die alleinerziehende Christine war es Gold wert, dass er den Kinderladen besuchen durfte, in dem sie arbeitete. Gold wert war auch die gute Bezahlung im *Eiertanz*, denn Leon war im Urlaub entstanden, und so fielen Unterhaltszahlungen flach: Die Informationen »Giovanni« und »wohnhaft in Rom« reichten nicht aus, um den Kindsvater ausfindig zu machen und an seine finanziellen Pflichten zu erinnern.

»Schön, dass du wieder da bist!«, strahlte Christine.

»Findest du wirklich?«, fragte ich schwach.

»Natürlich! Hey, was für eine Laus ist dir denn über die Leber gelaufen?«

»Mehrere Läuse. Du darfst raten, wie sie heißen.«

»Ah, unsere zwei Grazien.« Christine grinste, schloss die Bürotür hinter sich und setzte sich auf den zweiten Stuhl. »So schlimm? Dabei ist doch noch gar kein Vater da, dessen Aufmerksamkeit du gefesselt hast. Die Eifersucht der beiden sollte sich also in Grenzen halten, oder?« Sie lachte und strich sich durch ihr raspelkurzes, dunkelblondes Haar.

Ratlos sagte ich: »Ich kann machen, was ich will, Babsi und Anna werden mir meine Existenz immer vorwerfen. Ich verstehe überhaupt nicht, weshalb sie das tun.«

»Weil sie sich so viel Mühe geben, sexy zu sein, und kein Mensch interessiert sich für sie. Anna sieht aus wie Miss Piggy, und Babsis nichtssagendes Gesicht kann man sich nicht mal merken, wenn man sie eine Stunde lang angestarrt hat. Du dagegen«, lächelnd legte Christine den Kopf schief und deutete auf mein altes T-Shirt, »ziehst ein Schlabberteil von Rob an und wirkst trotzdem umwerfend. Du hast das gewisse Etwas, weißt du?«

Ich wurde rot. »Aber mein Aussehen kann ihnen doch völlig egal sein! Wir arbeiten im Kinderladen, und wie der Name schon sagt: Hier geht es um Kinder! Nicht um Väter.«

»Für dich vielleicht«, sagte Christine.

»Ja, für mich. Und ich wüsste wirklich gerne, was ich machen soll, um den beiden meine Einstellung begreiflich zu machen.«

»Du könntest in der Burka zur Arbeit kommen«, schlug Christine hilfreich vor.

Ich wollte einen Bleistift nach ihr werfen, doch die Burka erinnerte mich wieder an meinen orientalischen Paravent.

Den Rob heute Nacht zerstört hatte.

Wovon er sich jetzt ausruhen musste.

Während ich in einem Kinderladen arbeitete, in dem mich niemand brauchte, und das nur, weil das Gehalt in einer städtischen Einrichtung niemals ausreichen würde, Rob und mich zu ernähren. Und die Miete unserer Wohnung zu bezahlen. Und Robs Farben. Und Robs Leinwände (wenn alle meine Möbel bemalt waren). Und Robs Aktmodelle.

Ich ließ den Bleistift sinken. »Christine, irgendetwas läuft in meinem Leben schief.«

»Ach was, Kopf hoch, ist doch alles prima«, sagte sie mit unerschütterlichem Optimismus. Sie stand auf und klopfte mir aufmunternd auf die Schulter. »Jetzt trinkst du eine schöne Tasse Kaffee, danach sieht die Welt gleich ganz anders aus. Dann bringen wir den Multisprachkurs hinter uns«, Christine war für Spanisch eingeteilt, weil sie und ihr Sohn die Ferien oft an der Costa del Sol verbrachten, »du suchst währenddessen einen netten Geigenlehrer aus, und nächste Woche fängt der neue Junge an. Alles neu macht der … äh, April. Vielleicht ist der Jonas zur Abwechslung ja mal ein nettes Kind, wer weiß? Nicht so ein verzogenes Frichtle.«

Ich hatte da meine Zweifel. Schließlich wusste ich, mit welch kostspieligen Methoden sich die Eltern des Früchtchens einen Platz bei uns gesichert hatten. Andererseits wollte ich den kleinen Jonas nicht verurteilen, bevor ich ihn kennengelernt hatte. Konnte er denn was für seine Erzeuger? Also versuchte ich, mich auf ihn zu freuen. Probeweise lächelte ich.

»Siehst du, geht doch«, sagte Christine. »Und jetzt: Hasta luego!«

»Hasta luego«, sagte ich, ohne zu wissen, was das hieß. Es klang jedenfalls fröhlich.

Als Christine weg war, befolgte ich ihren Rat und brühte mir erst einmal einen Kaffee auf. Und während ich darauf wartete, dass die Kanne sich füllte, nahm ich mir vor, meine trüben Gedanken ganz schnell zu vergessen. In meinem Leben lief nichts schief! Meine verzagte Stimmung war lediglich der Tatsache geschuldet, dass heute mein erster Arbeitstag nach dem Urlaub war. Da ging es ja wohl jedem so. Typische Montagsstimmung halt.

Genau.

To do:

- *Robs Acrylfarben vom Parkett entfernen (aber wie??? ~~Rob im Baumarkt nachfragen lassen~~ Selbst im Baumarkt nachfragen)*
- *Annemarie für Sonntag zusagen (keinen Marmorkuchen backen, hat ihr beim letzten Mal nicht geschmeckt. Vielleicht Apfelkuchen?)*
- *Rezept für einfachen Apfelkuchen im Internet suchen*
- *Buch über positives Denken besorgen*

► *lesen*

► *üben!!!*

2.

Nachdem die Woche so unerfreulich weitergegangen war, wie sie angefangen hatte, entspannte ich mich am Samstagnachmittag im Blumenbeet und zupfte Unkraut. Dank des schönen Aprilwetters schossen überall Giersch und Löwenzahn aus dem Boden, und ich war entschlossen, der Plage dieses Jahr Herr zu werden. Immerhin kamen die wärmenden Sonnenstrahlen auch meinen englischen Samen zugute: Liebevoll betrachtete ich die ersten Keimblätter der Sommer-Adonisröschen, die ich in langen Reihen bis zum Kräuterbeet hin ausgesät hatte.

Rob saß auf der Gartenbank an der Hauswand und schaute mir zu. Die langen Beine hatte er ausgestreckt, in der einen Hand hielt er eine Zigarette, in der anderen einen Pastis. Er schwenkte das Glas mit der milchig-grünen Flüssigkeit und nahm einen großen Schluck.

»Aaaah!«, machte er genießerisch. »Das Leben ist schön, was, Sarah?«

»Ja«, sagte ich und rückte einem Gierschpflänzchen mit besonders langen Wurzeln zu Leibe. »Aber du solltest nicht so viel rauchen. Außerdem ist die Sonne noch nicht untergegangen.« Ich hielt kurz inne und wischte mir mit dem Handrücken über die Stirn. »War das nicht mal dein Prinzip? Kein Alkohol vor Sonnenuntergang?«

»Rauch nicht, trink nicht – du hörst dich an wie Mutti«, grinste Rob. »Die hat's auch nicht so mit dem guten Leben.«

»Apropos, deine Mutti kommt morgen zum Kaffee. Ich konnte ihr nicht schon wieder absagen.« Annemarie Lohmann stand regelmäßig bei uns auf der Matte, um zu prüfen, ob ich ihren Jungen auch gut versorgte.

»Mutti? Ach du Schreck. Dann hau ich lieber ab«, sagte Rob schnell. »Ich wollte mich sowieso mit diesem neuen Modell treffen, für meine Kreidezeichnungen. Süßes Mädchen, genau die richtigen Formen. Ich wusste sofort: Die ist für meine neue Akt-Serie wie geschaffen.«

Ich warf ihm einen verstimmten Blick zu und riss einen Löwenzahn aus der Erde. »Du amüsierst dich, und ich kümmere mich um deine Mutter, ja?«

»Amüsieren? Ich arbeite!«, rief Rob. »Ich kann schließlich nichts dafür, dass das Künstlerleben sinnenfroh ist.« Er lächelte verklärt. »Du müsstest das Mädchen mal sehen, Sarah – o là là! Wenn das keine vor Erotik sprühenden Bilder werden, dann habe ich meinen Beruf verfehlt.«

Ich richtete mich auf und stemmte die erdverschmierten Hände in die Hüften. »Ist dir eigentlich klar, dass deine sinnenfrohen Nacktmodelle den Großteil meines Gehaltes verschlingen?«

Rob sah verständnislos zu mir hoch. »Wieso regst du dich denn auf? Ist etwa kein Geld mehr auf dem Konto?«

»Doch, aber …«

»Dann ist ja alles gut. Lass uns nicht übers Geld streiten, Süße. Das ist so spießig.«

Ich ließ die Arme sinken. »Ach, Rob.«

Er stand auf, stellte seinen Pastis auf den Boden und umarmte mich. Seine Zigarette kam gefährlich in die Nähe meines Oberarms.

»He, pass auf! Du hast mir gestern schon ein Loch ins T-Shirt gebrannt«, sagte ich. Gleichzeitig ärgerte ich mich über mich selbst: Was war bloß mit mir los? Ich nörgelte, schimpfte und keifte tatsächlich schon wie Annemarie. Und das blöde Positiv-Denken-Buch half dagegen überhaupt nicht.

»Ärger im Kinderladen?«, fragte Rob sanft und gab mir einen Rauchkuss. »Soll ich dir den Stress wegmassieren, hm? Komm, setz dich, Süße. Na komm schon.«

Er drückte die Zigarette aus und mich hinunter auf die Bank. Dann begann er, meinen Nacken zu massieren.

Ich atmete tief durch und schloss besänftigt die Augen. Wenn Rob eines konnte, dann war es das: mit seinen sensiblen und doch kräftigen Händen meinen Körper durchkneten, bis jede Spur von Anspannung nur noch eine ferne Erinnerung war.

»Bleib doch morgen zu Hause, wenn deine Mutter kommt«, murmelte ich. »Bitte, Rob.«

»Nee, ihr Frauen kommt besser ohne mich zurecht«, sagte er. »Aber weißt du was? Wenn Mutti weg ist, machen wir beide uns eine schöne Flasche Wein auf, setzen uns auf die Bank in den Frühlingsabend und quatschen.«

Ich lächelte mit geschlossenen Augen und dachte: *Welche Frau hat schon einen Freund, der freiwillig einen ganzen Abend lang mit ihr plaudert? Und der so gut massieren kann … doch, ich habe es schon gut.*

Vielleicht war was mit meinen Hormonen nicht in Ordnung, und ich war deshalb so oft genervt. Dagegen half natürlich auch kein positives Denken. Armer Rob! Ich beschloss, es meinen Hormonen zu zeigen, mich zu bessern und zu allen Menschen in meiner Umgebung nur noch nett zu sein. Diesen Vorsatz würde ich gleich morgen in die Tat umsetzen: Statt Annemarie meinen Unwillen ihren Kontrollen gegenüber spüren zu lassen, würde ich ihr freiwillig ausführlich von unserem Urlaub erzählen. Und ich würde Rob verteidigen, dass er sich lieber mit einer hübschen Frau traf, statt sich zu uns zu gesellen.

»Ich liebe dein Haar, weißt du das? Du bist meine Muse«, raunte Rob in mein Ohr. Seine Hände wühlten sich in meine Locken, offensichtlich war die Massage bereits vorbei. Er zog mich hoch, so dass er mich umarmen konnte, diesmal ohne Zigarette, und ich wandte ihm mein Gesicht zu und küsste ihn. Kurz durchzuckte mich der Gedanke, dass Rob immer nur Teilen von mir eine Liebeserklärung machte – meinem Haar, meinem Mund, meinen Beinen. Hatte er je gesagt, er liebe *mich*? Aber ich ließ den Gedanken wieder fallen, zu verführerisch blitzten Robs Augen, als er mich an der Hand in die Wohnung zog.

Annemarie kam am nächsten Tag pünktlich um 16 Uhr. Ich hatte, eingedenk meines Vorsatzes, das gute Geschirr gedeckt (also die einzigen zwei Gedecke, die Rob nicht mit Miniatur-Akten verschönert hatte), und nun führte ich Annemarie artig an den Küchentisch, für den ich sogar eine Tischdecke gefunden hatte. Wir setzten uns. Annemarie ließ sich Kaffee einschenken und Apfelkuchen servieren. Dann musterte sie mich streng über den Rand ihrer Brille hinweg.

»Warum ist er nicht da?«, fragte sie.

»Rob?«, sagte ich leichthin und trank einen Schluck Kaffee. »Ach, der hat einen beruflichen Termin. Wir zwei können es uns doch auch allein gemütlich machen.«

»Einen beruflichen Termin am Sonntag?« Annemarie ließ sich nichts vormachen.

»Ja, er trifft eine … Kollegin«, sagte ich.

»Wer's glaubt. Treibst du Robert etwa aus dem Haus, Sarah?«

»Wie kommst du denn darauf? Ich lasse ihm halt seine Freiheit. Das macht man heutzutage so, Annemarie.«

»Der Professor, dem ich den Haushalt führe, hat auch seine Freiheit, weil er nämlich gar keine Frau hat. Und er arbeitet auch viel. Aber nie und nimmer am Sonntag!«

Ich biss die Zähne zusammen. Wenn Annemarie mit ihrer Tätigkeit als Perle anfing, hatte ich bereits verloren, das wusste ich aus Erfahrung. Robs Vater war vor einigen Jahren gestorben, und Annemarie hatte ihren Kummer darüber in exzessiver Hausarbeit ertränkt. Irgendwann hatte ihr die eigene Wohnung nicht mehr gereicht, und sie hatte sich eine Stelle als Haushälterin gesucht. Der fünfundvierzigjährige Professor, für den sie seither putzte, wusch und kochte, war ihr Ideal von einem Mann: wohlsituiert, hoch angesehen, attraktiv und dabei so vergeistigt, dass Annemarie kein Wort verstand, wenn er mit ihr sprach. Genauso sollte auch ihr Junge werden, und wenn Rob bisher noch keinen Schritt in diese Richtung getan hatte, dann war das ganz allein meine

Schuld, fand Annemarie. Na ja, ein bisschen auch die ihres verstorbenen Gatten, da er es gewagt hatte, einen Schlaganfall zu erleiden und den Jungen so seines männlichen Vorbildes zu berauben.

»Schmeckt es Rob vielleicht nicht bei dir?«, fing Annemarie wieder an. »Geht er deshalb auswärts essen? Um zumindest sonntags satt zu werden?«

Mein guter Vorsatz, von nun an nur noch nett zu sein, geriet ins Wanken. »Er geht nicht essen, sondern arbeiten«, sagte ich. »Und es ist Robs eigene Entscheidung, ob er mit uns Kaffee trinken möchte oder sich lieber mit einem seiner Aktmodelle trifft. Schließlich ist er erwachsen.«

»Ah! Ein Aktmodell! Vorhin sagtest du noch Kollegin. Wo treffen sie sich denn?«

»Bei ihr«, gab ich widerstrebend zu.

»Ojemine. Das ist kein gutes Zeichen. Habt ihr Probleme miteinander, liebes Kind? Verschweigst du mir etwas?«

Die vor Erotik sprühenden Kreidezeichnungen fielen mir ein. »Wenn überhaupt, dann verschweigt Rob *mir* etwas«, sagte ich und lachte dabei. Annemarie sollte sehen, dass ich das Ganze lässig und mit Humor nahm.

Annemarie jedoch sagte tadelnd: »Misstrauen ist ein schlechter Ratgeber, Sarah. Männer mögen misstrauische Frauen nicht. Wahrscheinlich ist es dieser Wesenszug an dir, der ihn aus dem Haus treibt. Früher war mein Robert nämlich nicht so ein Mädlefiseler.«

Mädlefiseler? Ich war empört. Rob lief doch nicht den Mädchen hinterher! Wenn er jemandem hinterherlief, dann mir!

»Ich bin nicht misstrauisch«, sagte ich heftig. »Und ich weiß, dass Rob mich nicht betrügen würde. Daran habe ich überhaupt keine Zweifel.«

Annemarie schwieg beredt.

Ich rutschte unruhig auf meinem Stuhl hin und her. Warum sagte sie nichts? Sie als seine Mutter musste doch spüren, wie verrückt Rob nach mir war! Das mit mir, das war für ihn doch etwas ganz Besonderes.

Oder nicht?

»Er liebt mich«, sagte ich, um das mal klarzustellen.

»Lieben, na ja«, meinte Annemarie. »Das ist ein großes Wort. Aber mach dir mal keine Sorgen, mein Robert ist bequem, und deshalb wird er bei dir bleiben, schlechtes Essen hin oder her.«

Bequem?!

»Bei mir ist er schließlich auch siebenundzwanzig Jahre lang geblieben«, sagte Annemarie. »Bis er *dich* kennengelernt hat.«

O weh, ihre Lieblingsklage. »Es war *sein* Vorschlag, zu mir zu ziehen«, sagte ich. »Nicht meiner.«

»Aber mein Essen war besser als deins«, sagte Annemarie vorwurfsvoll. »Wie kochen denn eigentlich seine Aktmodelle? Hat er das mal erwähnt?«

Ich fand ihr Beharren auf dem Thema Kochkünste ein wenig kindisch. Außerdem schien sie mir unbedingt einflüstern zu wollen, dass Rob mich betrog, und das ärgerte mich mehr als alles andere.

»Nein, hat er nicht«, sagte ich kurz.

»Isst er mit ihnen?«

»Nein!«

»Liebe geht durch den Magen«, fuhr Annemarie unbeirrt fort. »Du solltest prüfen, ob Robert schon satt ist, wenn er nach Hause kommt. Biete ihm einfach ein Stück Apfelkuchen an. Ach nein, der schmeckt nicht besonders, das wäre nicht aussagekräftig. Backe ihm lieber einen schönen Gugelhupf. Und wo wir schon dabei sind: Der Kaffee ist viel zu stark, mein liebes Kind. Zählst du denn nicht die Löffel ab, wenn du Kaffee kochst?«

Plötzlich hatte ich das dringende Bedürfnis, Annemarie meinen viel zu starken Kaffee über die stahlgraue Dauerwelle zu schütten. Ich sprang so hastig auf, dass der Stuhl umfiel, und flüchtete vor meinen aggressiven Impulsen auf die Toilette. Hinter mir hörte ich Annemaries Murmeln – etwas wie »nervlich angeschlagen, kein Wunder, dass mein armer Bueb das Weite sucht« –, dann war ich im Bad und schlug mit der Faust aufs Waschbecken.

So ein Waschbecken war verdammt hart, wie mir umgehend bewusst wurde. Ich verbiss mir einen Schmerzensschrei, sah mein verzerrtes Gesicht im Spiegel und zischte mir selbst zu: »Er ist treu! Natürlich ist er treu! Lass dir nichts einreden, Sarah. Die Modelle gehören zur Kunst, und die Kunst ist sein Beruf. Ich dagegen bin seine …« Abrupt verstummte ich.

Ja, was bin ich denn?, fragte mein Spiegelbild ruhig.

Die Antwort kam mir so blitzschnell in den Sinn, als sei sie schon immer da gewesen und hätte nur darauf gewartet, endlich auftauchen zu dürfen. In meinem Magen breitete sich ein fieses Kribbeln aus.

Nein! Nein, das lag alles nur an Annemarie und ihrer blöden Fragerei. Rasch drehte ich den Wasserhahn auf und spritzte mir kaltes Wasser ins Gesicht. Das brachte mich wieder auf den Boden, und meine Gedanken wurden klarer.

Ich würde jetzt zurück zu Annemarie gehen, mir mit unerschütterlichem Gleichmut ihr Geplapper anhören und heute Abend gemeinsam mit Rob darüber lachen. Und solche Fragen wie gerade eben würde ich mir nie mehr stellen. Was nützte es schon zu zweifeln?

Es war doch alles ganz okay so, wie es war: Rob und ich fühlten uns nicht schlecht miteinander, wir hatten einige gute Momente und selten Streit. Ich mochte es, dass er Künstler war, wenn es mich auch wurmte, dass er das Geldverdienen so selbstverständlich mir überließ. Er mochte es, dass ich gut aussah, weil es ihn zu vielen expressiven Bildern inspirierte. Und im Bett? War Rob auch ganz in Ordnung. Ob er dabei an irgendwelche Aktmodelle dachte, würde ich nie erfahren, und deshalb konnte es mir auch egal sein. Rob brauchte mich, und er hatte mich gern. So viel war sicher.

Mehr kann man von einer Beziehung wirklich nicht verlangen, versicherte ich mir selbst, als ich die Badtür öffnete. *Außer man ist ein unverbesserlicher Romantiker.*

Einkaufen:

Milch
Brot
Salat
Kaffee (mild)
Kochbuch (für Anfänger)
Backbuch (für Anfänger)
Guglhupf-Form
~~*kleine*~~ *große Packung Baldrian-Dragees*

3.

Ich schloss die Tür zum Kinderladen auf und war froh, an diesem Montagmorgen die Erste hier zu sein. Himmlische Ruhe empfing mich im Gemeinschaftsraum, von dem alle anderen Räume sternförmig abgingen. Die Hausschuhe der Kinder standen wohlgeordnet unter den Bänkchen, alles war aufgeräumt und geputzt, die Türen zu den Themenräumen standen einladend offen. Wenn der neue Junge, Jonas Bachstein, nicht allzu spät hier auftauchen würde, hatte er eine gute Chance, den Kinderladen in chaosfreiem Zustand kennenzulernen.

Ich ging in mein Büro und dachte flüchtig an den Rest des Sonntags.

Annemarie war nach meiner Flucht ins Bad auffallend nett zu mir gewesen, auf die Art, wie man zu gemeingefährlichen Psychopathen nett ist, um sie nicht zu provozieren. Sie hatte noch ein Stück meines misslungenen Apfelkuchens verdrückt und war dann gegangen, zweifellos mit schweren Bedenken, ihren Jungen weiterhin meiner Fürsorge zu überlassen.

Der Junge kam dann auch bald nach Hause, mit vor Inspiration blitzenden Augen und geröteten Wangen. Er sah ziemlich gut aus, wenn er so enthusiastisch war, und da er diesen Enthusiasmus nicht mir verdankte, sondern seinem freizügigen Modell, meldete sich mein Misstrauen auf der Stelle wieder zu Wort. Unverzüglich bot ich ihm ein Stück Apfelkuchen an, danach noch ein Wurstbrot und einen Salat, und erst als er sich gierig über alles hergemacht hatte, fühlte ich mich beruhigt. Annemarie mit ihren falschen Verdächtigungen! Endlich konnte ich darüber lachen, und ich erzählte Rob von diesem absurden Frauengespräch, damit er in mein Lachen einstimmte.

Was er seltsamerweise nicht tat.

Stattdessen sagte er: »Mutti war schon immer unheimlich bürgerlich. Zerbrich dir doch nicht den Kopf über Fragen wie Treue oder Untreue! Darum geht es in einer Beziehung doch gar nicht, Süße. Da sind wir uns doch einig.«

Hä? Ich wollte gerade fragen, wie er das meinte, als er einen Finger auf meinen Mund legte und sagte: »Still. Schau dir lieber den neuesten Rob Lohmann an.«

Aus seiner Stofftasche zog er eine Kreidezeichnung. Sie zeigte eine Frau in Pin-up-Pose. Man konnte alles erkennen, was die Frau als Frau auszeichnete, darüber hinaus aber fand ich die Zeichnung …

Ordinär, flüsterte eine kleinliche Stimme in meinem Kopf. *Und nicht einmal besonders gut.*

»Ich denke, es ist ein kleines Meisterwerk«, sagte Rob. »Zum Beispiel diese Linienführung hier, siehst du?«

Ich lächelte unsicher und hörte mir die nächsten fünf Minuten sein Eigenlob an, ohne ihn zu unterbrechen. So blieb es mir zumindest erspart, ein Urteil zu der Zeichnung abzugeben. Am Schluss seiner kleinen Rede fragte ich lediglich: »Sollte das heute nicht nur ein Vortreffen sein?«

»Eigentlich schon, aber die künstlerische Leidenschaft hat mich überraschend stark überfallen«, sagte Rob. »Ich wollte unbedingt, dass diese Frau sich auszieht, so dass ich sie auf der Stelle malen kann. Wirklich, es wäre Sünde gewesen, dem nicht nachzugeben.«

Interessantes Verständnis von Sünde, dachte ich sarkastisch, verkniff mir aber jeden Kommentar. Misstrauen trieb Männer aus dem Haus, wie ich von Annemarie gelernt hatte, und Rob war schon lange genug weg gewesen.

Dass ich den ganzen Abend über stiller war als sonst, fiel ihm nicht auf.

Energisch drängte ich die unangenehme Erinnerung zurück. Heute war ein neuer Tag, eine neue Woche, ein neuer Anfang, und ich wollte mich auf Jonas' Eingewöhnung konzentrieren und auf sonst nichts. Kleine Kinder, fand ich, hatten es nicht verdient, unter den privaten Problemen der Erwachsenen zu leiden.

Ich betrat mein Büro, setzte Kaffee auf und griff nach dem Anmeldebogen der Familie Bachstein. Letzte Woche hatte ich so viel aufarbeiten müssen, dass ich noch gar nicht dazu gekommen war, mich damit zu befassen.

»Kind: Jonas Bachstein, fünf Jahre alt. Mutter: Lydia Bachstein, Unternehmensberaterin«, las ich laut.

Hm. Unternehmensberatung. Das war einer der Jobs, die in mir verschwommene Assoziationen von Macht und Reichtum, Erfolg und Kaltschnäuzigkeit wachriefen – also eine Welt, die mir völlig fremd war. Ob diese Lydia nett war?

Skeptisch las ich weiter: »Vater: Paul Bachstein, freischaffender Künstler.« Oje. Sofort tauchten bemalte Möbel und obszöne Kreidezeichnungen vor meinem inneren Auge auf. »Gründer und Leiter des Kunstzentrums ›Young art(ists) – Vermittlung, Beratung, Kurse‹.«

Das allerdings klang interessant. Ob Herr Bachstein vielleicht Robs Karriere auf die Sprünge helfen konnte?

Plötzlich wurde ich ganz aufgeregt. Vielleicht war es ja eine Fügung des Schicksals, dass der kleine Jonas bei uns anfing! Weil ich so Herrn Bachstein kennenlernte. Und der konnte Rob einen Zeichenkurs anbieten, oder ihn an eine Galerie vermitteln (allerdings besser *nach* dem Kurs), oder ihn professionell beraten.

»Bist du die Erzieherin?«, fragte ein Stimmchen hinter mir.

Ich drehte mich um. In der Tür des Büros stand ein kleiner Junge mit Hasenzähnen und dünnem Haar. Er blickte schüchtern zu mir hoch.

»Hey, du musst der Jonas sein!«, sagte ich, trat auf ihn zu und ging vor ihm in die Hocke. »Ich bin die Sarah. Willkommen im *Eiertanz*, es wird dir bestimmt bei uns gefallen. Wo ist denn deine Mama?«

»Mama ist in der Arbeit«, sagte Jonas. »Aber Papa ist hier.«

Prompt tauchten zwei Männerbeine in verwaschenen Jeans hinter Jonas auf. Ich hob den Kopf.

»Hallo«, sagte Paul Bachstein.

»Hallo«, hauchte ich und dachte: *Wow!!!*

Fasziniert starrte ich zu ihm hoch: Schwarzes Haar und sensible, dunkelbraune Augen. Klare Gesichtszüge. Sinnliche Lippen, die sich in diesem Moment zu einem Lächeln formten. Ein schöner, schlanker Körper, breite Schultern. Paul Bachstein, dachte ich, sah geradezu verwirrend gut aus – auf eine lässige, unangestrengte und sehr anziehende Art.

»Wollen Sie nicht aufstehen? Ich schaue ungern auf Sie runter«, sagte er, und sein Lächeln vertiefte sich.

Hastig stand ich auf und streckte ihm verlegen meine Hand hin.

»Guten Morgen. Ich bin die Leiterin hier, Sarah Teschner. Und Sie müssen Paul Bachstein sein.« *Auch wenn ich selten einen Vater gesehen habe, der seinem Kind weniger ähnlich sieht,* setzte ich in Gedanken hinzu.

»Freut mich, Sarah«, sagte er und schüttelte mir die Hand. »Wir duzen uns doch, oder? Deine Kolleginnen sagten mir beim Vorstellungsgespräch, das sei hier Usus.«

»Das stimmt. Bei uns ist alles sehr familiär. Die Kinder sollen sich nicht abgeschoben fühlen, wenn sie morgens aus dem Haus gehen. Sie sollen sozusagen in ihre zweite, größere Familie kommen.«

Die Worte, die ich fast originalgetreu aus dem *Eiertanz*-Konzept hatte, kamen mir – wie so oft – übertrieben und pathetisch vor, vor allem wenn man bedachte, wie wenig die Realität dem Anspruch gerecht wurde.

Doch Paul nickte lächelnd. »Deshalb wollten wir auch unbedingt, dass Jonas hierherkommt. Sein alter Kindergarten wurde ja leider geschlossen. Meine Frau arbeitet ganztags, und ich habe auch nicht so viel Zeit für Jonas, wie ich gerne hätte. Da ist es schön, ihn tagsüber gut betreut zu wissen.«

»Ja. Sicher«, sagte ich mit schlechtem Gewissen. Ich dachte an meine gleichgültigen Kolleginnen Babsi und Anna und an die wenigen Stunden pro Woche, die den Kindern zum freien Spielen zugestanden wurden. Konnte man es gute Betreuung nennen, die Kinder von Aktivität zu Aktivität zu scheuchen? Unwillkürlich schaute ich zu Jonas, der nach der Hand seines Papas gegriffen hatte und sehr klein und verletzlich aussah. Warum nur hatte ich so verflucht wenig zu sagen in dieser Einrichtung? Ich wollte so vieles anders machen ... Doch meine Funktion als Leiterin war eine Farce, und bei jedem einzugewöhnenden Kind wurde mir das aufs Neue schmerzlich bewusst.

»Könnten wir vielleicht damit anfangen, dass du Jonas die Räume zeigst?«, bat mich Paul. »Meine Frau und ich haben das Haus schon gesehen, aber Jonas war beim Vorstellungsgespräch nicht dabei.«

»Die Susi hat auf mich aufgepasst«, sagte Jonas.

»Wer ist denn die Susi?«, fragte ich freundlich.

»Meine Nanny. Die kommt immer, wenn der Papa nicht da ist.«

Eine Nanny – nobel, nobel. Familie Bachstein schien nicht an finanziellen Sorgen zu leiden. Das Bestechungsgeld fiel mir wieder ein.

»Ich bin selbstständig«, erklärte Paul, »und habe Jonas seit seiner Geburt betreut, weil meine Frau gleich wieder in die Unternehmensberatung eingestiegen ist. Aber auf manche Termine kann man ein kleines Kind einfach nicht mitnehmen, und dafür haben wir die Susi engagiert.«

»Verstehe«, sagte ich und dachte ungläubig: *Seit seiner Geburt. Solche Väter gibt's also tatsächlich? Die sind gar keine Erfindung des Familienministeriums?*

Bevor ich doch noch laut »wow« sagte, setzte ich mich rasch in Bewegung und erklärte Jonas und seinem Vater die Räume.

Obwohl der Kleine die ganze Zeit über Pauls Hand hielt, schaute er sich überall interessiert um: Der Turnsaal mit den

Sprossenwänden und den vielen bunten Bällen fesselte ihn ebenso wie die Puppenecke (an diesem Morgen noch ohne Multisprachschildchen), der Werkraum, das Kinderrestaurant und die kleinen Klos. Als wir zum Musikzimmer kamen, sagte ich: »Und hier wird der Geigenunterricht stattfinden. Dank eurer großzügigen Spende können wir bald starten.«

Mein süffisanter Unterton schien Paul nicht zu entgehen. »Nicht der Rede wert«, murmelte er.

»Das war Mamas Idee«, schaltete sich Jonas ein. »Sie wollte so gerne, dass ich hierherkomme, damit ich Geige und Spanisch und Schach lerne, und da hat sie gesagt, sie kauft die Instrumente und dann läuft das schon. Da warst du ganz schön sauer, gell, Papa?«

Paul wurde rot und sagte »Kleine Plaudertasche!« zu Jonas. Ich verbiss mir ein Grinsen und fühlte mich seltsam erleichtert, dass Paul nicht die treibende Kraft hinter der Bestechungsaffäre war. Gleichzeitig wuchs in mir der Verdacht, dass es schwierig werden würde, Lydia Bachstein zu mögen.

Ich führte Paul und Jonas durch die gläsernen Schiebetüren hinaus in den Garten, und endlich ließ der Junge die Hand seines Vaters los. Im Freien fühlte er sich offensichtlich wohl. Er rannte zur Rutsche und probierte sie gleich aus, dann lief er weiter zu dem Erdhügel, der irgendwann einmal ein Hochbeet werden sollte.

»Eine Blume, Papa!«, rief er und drehte sich strahlend zu uns um. Tatsächlich, da wuchs ein einsames Gänseblümchen auf dem Hügel.

»Die bräuchte aber noch ein bisschen Gesellschaft«, sagte Paul. »Aus dem Erdhaufen könnte man ein schönes Beet machen, was meinst du, Jonas?«

»Hey, dann kommen wir ja doch noch zu unserem Hochbeet!«, rief ich erfreut. »Hier hatte bisher niemand Lust darauf, es zu bauen, und allein schaffe ich es nicht. Aber mit dir zusammen …« Ich schaute Paul in die schönen, dunkelbraunen Augen, und prompt kam ich ins Trudeln. »Ich meine, äh, wegen des Eltern-Engagements und so. Natürlich nur, wenn du Lust hast.«

Paul nickte und schenkte mir ein kleines Lächeln. Sein Blick ruhte einen Tick zu lange auf mir, und plötzlich schien ein heißer Strahl durch meine Augen in den Körper zu schießen, bis meine Fingerspitzen kribbelten und mein Bauch sich anfühlte, als hätte ich eine frisch gebrühte Tasse Tee auf ex gekippt.

Hastig wandte ich den Blick ab. *Nun mach aber mal halblang, Sarah!*, ermahnte ich mich. *Zugegeben, von einem solchen Mann*, unwillkürlich seufzte ich tief, *hast du schon immer geträumt. Aber das ist noch lange kein Grund, gleich Herzklopfen zu bekommen, nur weil dieser Mann dich etwas zu intensiv anschaut!*

Ich räusperte mich und sagte geschäftsmäßig: »Wirst du die Eingewöhnung übernehmen, Paul, oder deine Frau?«

»Ich natürlich«, sagte er, als wundere er sich über die Frage. »Wie viel Zeit ist dafür üblicherweise vorgesehen?«

»Zwei bis vier Wochen. Ich werde Jonas' Bezugserzieherin sein«, erklärte ich. »Wir steigern die Stundenzahl langsam, heute fangen wir mit zwei Stunden an, morgen können es schon drei sein. Du bleibst am Anfang dabei, und wenn wir die normale Stundenzahl erreicht haben, werden wir Jonas schrittweise an deine Abwesenheit gewöhnen. Spätestens Ende Mai müsste er dann so weit sein, den ganzen Tag ohne Probleme bei uns zu verbringen. Und danach ...«

»... darf ich mich weiterhin bei euch engagieren, wenn meine Arbeit es zulässt, oder?«

Wieder trafen sich unsere Blicke. Unwillkürlich fragte ich mich, ob ich je zuvor einem so attraktiven Mann begegnet war, und die Antwort lautete ganz klar: Nur in meinen Träumen. (Okay, vielleicht auch ein-, zweimal im Kino, aber Hollywood zählte nicht.)

Paul lächelte. Eine weitere Tasse Tee ergoss sich siedend heiß durch meinen Körper und trieb mir die Hitze ins Gesicht.

Du liebe Güte! Wenn das so weiterging, würde ich in den nächsten Wochen keine Jacke mehr brauchen.

»Hi, Süße. Du bist aber heute spät dran«, begrüßte mich Rob mit drei Flaschen Bier in den Händen, als ich am Abend die Wohnung betrat.

»Ja, ich … musste noch was recherchieren.«

Ich hatte auf der Internetseite von Paul Bachsteins Kunstzentrum herumgestöbert, nachdem alle anderen den Kinderladen am späten Nachmittag verlassen hatten. Keine Ahnung, warum ich das Gefühl hatte, Rob besser nichts davon zu erzählen. Vielleicht, weil ich nach einem Blick auf die Unterseite mit dem Titel »Von uns geförderte Künstler« zu dem Schluss gekommen war, dass Robs künstlerisches Talent zu gering war, um ihn Paul Bachstein auch nur vorzustellen?

Oder weil ich bei »Über uns« minutenlang auf Pauls Foto gestarrt hatte?

Mein schlechtes Gewissen begann sich zu regen.

Rob, der von alldem nichts ahnte, sagte aufgeräumt: »Max und Reinhold sind da. Komm doch zu uns in den Garten.«

Max und Reinhold waren Robs beste Freunde. Als Langzeitstudenten hatten sie vollstes Verständnis für Robs Weigerung, sich einer geregelten Arbeit zu unterwerfen, außerdem mochten sie die gleichen Kneipen, und so herrschte meist eitel Sonnenschein zwischen den dreien.

»Ich bin eigentlich ziemlich müde«, wehrte ich ab. »Ich begrüße sie schnell, dann mach ich mir was zu essen.«

»Wir haben auch noch nichts im Magen. Mach uns was mit, hm? Ob du für einen kochst oder für vier …«

»Hast du denn was eingekauft?«

»Nö. Ist nichts mehr im Kühlschrank?«

Ich spürte, wie meine hormonelle Unordnung wieder die Oberhand über mich gewann, sprich: Ich wurde genervt.

»Du bist doch den ganzen Tag zu Hause, Rob. Könntest nicht zur Abwechslung mal *du* dich darum kümmern, ob was zu essen da ist?«

Rob wedelte mit den Bierflaschen herum. »Ich habe gearbeitet. Da denke ich doch nicht an so was Profanes!«

»Hast du wieder Pin-up-Girls gezeichnet?«, fragte ich bissig.

»Nein.« Rob schüttelte bekümmert den Kopf. »Ich weiß nicht, warum, aber die Spannung zwischen diesem Modell und mir ist seit dem ersten Treffen irgendwie raus. Ich habe ihr abgesagt.«

Na klar, fuhr es mir durch den Kopf. *Gebraucht und weggeschmissen.*

Ich erschrak über meine eigenen Gedanken und biss mir auf die Unterlippe. Ich war doch sonst nicht so! Hatte Annemarie mein Misstrauen so nachhaltig aktiviert? Nein, viel wahrscheinlicher war mein schlechtes Gewissen schuld: Ich hatte nicht nur im Internet spioniert, sondern den ganzen Tag wie im Ausnahmezustand verbracht, weil mich die zwei Stunden in Pauls Nähe am Vormittag vollkommen verwirrt hatten. Dabei mochte ich Verwirrung eigentlich gar nicht; ich zog eine gelassene Sicherheit in allen Lebenslagen vor.

»Ich habe heute mal ganz ohne Modell gearbeitet«, unterbrach Rob meine Gedanken. »Geh ins Wohnzimmer, dann siehst du's. Deine Bahnhofsuhr ist jetzt ein Kunstobjekt.«

»Rob!«

»Es wird dir gefallen«, sagte Rob und verschwand durch die Terrassentür nach draußen.

Als ich das Wohnzimmer betrat, vermied ich es, den Paravent und die Pinsel anzuschauen, die immer noch das Parkett verklebten. (Ich hatte noch keine Zeit gehabt, in den Baumarkt zu gehen.) Stattdessen hob ich den Blick zu meiner Uhr.

Immerhin keine nackte Frau, war mein erster Gedanke. Der zweite war: *Wie soll man denn die Uhrzeit ablesen, wenn man das Zifferblatt nicht mehr sieht?*

Rob hatte die Glasscheibe, die das Zifferblatt und die Zeiger schützen sollte, komplett mit schwarzer Farbe bemalt, so dass es jetzt aussah, als klaffe in unserem Wohnzimmer ein großes, schwarzes Loch. Als Krönung hatte Rob auf die Wand über der Uhr in blutroter Schrift »Carpe diem« gepinselt. Er hatte dabei getropft, denn auch die Kommode, die unter der Uhr stand, und den Boden zierten blutrote Flecken. Oder waren das gar keine Flecken, sondern Teile der künstlerischen Arbeit?

Ich schaute schnell weg.

Dann schaute ich wieder hin und begriff, dass ich leider nicht geträumt hatte: Wand, Kommode und Boden waren versaut, die Bahnhofsuhr zerstört. Sie war zwar nicht teuer gewesen, aber mein allererster Flohmarktkauf, und ich hing mit nostalgischer Liebe an ihr.

Kurz erwog ich, Rob zu erwürgen. Doch dann ging ich bloß ins Bad und knallte die Tür hinter mir zu. Ich riss mir die Kleidung vom Körper und drehte die Dusche auf. Und als die heißen Wassertropfen auf meinen Kopf prasselten, schloss ich einfach die Augen und überließ mich willenlos dem Gefühlssturm in meinem Inneren.

Von: *service@kunst-fuer-anspruchsvolle.de*
An: *info@genie-lohmann.de*
Betreff: *Ihre Bestellung – 1. Mahnung*

Sehr geehrter Herr Lohmann,

vielen Dank für Ihre Bestellung Nr. 2733. Wir hoffen, die vor einigen Wochen gelieferten Waren stellen Sie voll und ganz zufrieden, denn Sie wissen ja: Bei uns ist der anspruchsvolle Kunde König.

Leider konnten wir bis heute keinen Zahlungseingang verbuchen. Sicher haben Sie nur vergessen, unsere Rechnung in Höhe von

784,55 Euro

zu begleichen. Bitte überweisen Sie den genannten Betrag innerhalb von zwei Wochen auf eines unserer Konten. Bitte beachten Sie, dass ab der zweiten Mahnung Gebühren anfallen.

Wir hoffen, Sie bald wieder in unserem Internet-Shop begrüßen zu dürfen, und verbleiben mit besten Grüßen

i. A. Patricia Wurm
KUNST-FUER-ANSPRUCHSVOLLE-Kundenservice

4.

Max und Reinhold schnarchten selig, als ich am nächsten Morgen über sie hinüberstieg, um die Wohnung zu verlassen. Sie hatten noch lange gefeiert, wie Rob mir beim Klingeln des Weckers mit Bierfahne zu verstehen gegeben hatte; er hatte seine Freunde unmöglich mitten in der Nacht auf den gefahrvollen Heimweg Richtung Jägerkaserne schicken können, wo die beiden Langzeitstudenten eine versiffte WG bewohnten. »Sei leise, damit du sie nicht weckst, ja?«, hatte Rob mich gebeten und sich umgedreht, um weiterzuschlafen.

Ich trat ins Freie und atmete die frische Morgenluft tief ein. Nach dem Mief in der Wohnung tat das gut. Langsam ging ich durch die Einsamkeit der Kleingärten und Weinreben zum Kinderladen. Ich war früh dran, auf ein ausgiebiges Frühstück hatte ich – da ich ja leise sein sollte – verzichtet, und so konnte ich jetzt ganz in Ruhe meinen Gedanken nachhängen.

Sie drehten sich um Rob, und sie waren nicht erfreulich.

Unsere Beziehung entwickelte sich nicht ganz so, wie ich mir das vorgestellt hatte. Als wir zusammengezogen waren, hatten wir uns erst ein halbes Jahr lang gekannt, doch ich war hin und weg gewesen von Robs sorgloser Art, der Tatsache, dass er sich als Künstler bezeichnete, und seinem verschmitzten Charme. Er war in allem das genaue Gegenteil meiner eigenen Eltern, die Verlässlichkeit, Pünktlichkeit, Berechenbarkeit über alles schätzten und mir dies als Studienrat und Hausfrau seit Jahrzehnten vorlebten. Rob symbolisierte meinen persönlichen Ausbruch aus diesem Wertesystem, und ich fühlte mich befreit, euphorisch und ein wenig verrucht, als ich mich zu ihm als meinem neuen Freund bekannte. Meine Eltern waren nicht begeistert, prophezeiten mir üble Zeiten und überließen mich meinem Schicksal, nach dem sie sich alle zwei Wochen telefonisch erkundigten.

Rob, der damals noch bei seiner Mutti lebte, machte mir rasch den Vorschlag, zusammenzuziehen, da Mutti seine künstlerische Inspiration hemmte. Leider verdiente er nichts mit seinen Bildern und Installationen, so dass er sich keine eigene Wohnung leisten konnte, und so nahm ich ihn bei mir auf.

Anfangs machte es mir sogar Freude, in die Rolle der Versorgerin zu schlüpfen: ihm das Frühstück zu richten; ihm eine CD einzulegen, während er malte; und ihn abends zu trösten, wenn eines seiner Bilder nicht gelungen war.

Doch das war jetzt ein Jahr her, und die Freude am Versorgen hatte sich ein wenig abgenutzt. Ich arbeitete Vollzeit, bekochte mittlerweile nicht nur Rob, sondern auch noch seine Freunde, und meine Wohnung sah schlimmer aus als der Kreativraum einer Kinderkunstschule. Das alles war okay, wenn ich entspannt und zufrieden war. Wenn ich aber müde vom Kinderladen kam, überforderten mich Robs Ansprüche und das Chaos um mich herum immens. Chaos hatte ich den ganzen Tag. Abends wollte ich Ruhe.

Ich fand mich selbst sehr spießig.

Deshalb unterdrückte ich diese Gefühle seit Monaten und spielte Robs Mutter und meinen Eltern vor, dass alles gut und ich total zufrieden war. Nur dass ich dabei immer zickiger, nervöser und aggressiver wurde – Eigenschaften, die ich überhaupt nicht mochte, schon gar nicht an mir selbst. Ich hatte gerade den Kinderladen erreicht, da fielen mir die Worte ein, die ich letzte Woche zu Christine gesagt hatte: Irgendetwas lief in meinem Leben schief. Ich starrte die Tür an, ohne aufzuschließen, und plötzlich wusste ich, dass ich Recht gehabt hatte. Nur dass nicht »irgendetwas« schieflief, sondern genau zwei Dinge: meine Beziehung und mein Job.

»Guten Morgen«, sagte eine dunkle Stimme hinter mir.

Ich zuckte zusammen und drehte mich um. Da stand Paul Bachstein mit Jonas an der Hand.

»Wir wollten warten, bis du zu Ende geträumt hast«, sagte er mit seinem netten, wenn diesmal auch nur angedeuteten Lächeln. »Aber Jonas ist nun doch ungeduldig geworden.«

Ich wurde rot. Wie lange hatte ich hier gestanden und die Tür angestiert? »Ähm, ja. Hallo. Guten Morgen. Ich schließe gleich auf«, stotterte ich und fummelte am Schloss herum.

Ich ließ Paul und Jonas den Vortritt und ertappte mich dabei, wie ich Pauls Geruch tief einatmete, als er an mir vorbeiging.

Dieser Duft …

Mit einem Mal fühlte ich mich, als würde er mich komplett überfluten, und in meinem Kopf überschlugen sich die Gedanken: *Paul riecht so gut, so warm und gleichzeitig herb, er riecht wie der Wald an einem schönen Frühlingstag. Aber ich sollte an Robs Geruch denken, nicht an Pauls. Wie riecht Rob eigentlich? Komisch, ich kann mich nicht an seinen Geruch erinnern.*

Verwirrt folgte ich Vater und Sohn in den zentralen Gemeinschaftsraum. Während ich meine Tasche und die Jacke ablegte, die Fenster öffnete und mein Büro aufschloss, warf ich mehr als einen Blick auf Paul, der Jonas liebevoll half, die Schuhe aus- und die Hausschuhe anzuziehen. Viele Väter stellten sich ungeschickt an, wenn sie ihren Kindern halfen. Paul nicht.

Jonas sprang auf und steuerte die große Kiste mit der Holzeisenbahn an, die mitten im Gemeinschaftsraum stand.

Paul erhob sich, kam auf mich zu und sagte: »Meine Frau lässt dir ausrichten, dass sie momentan viel um die Ohren hat. Deshalb konnte sie noch nicht kommen, um dich kennenzulernen.«

Richtig, seine Frau. Die gab's ja auch noch. »Ach, das eilt nicht. Sie soll einfach kommen, wenn sie Zeit hat.«

Paul stand nun so nah bei mir, dass sein Frühlingswald-Duft wieder in meine Nase stieg und meine Gedanken verwirrte, ob ich es wollte oder nicht. Zusammen mit diesem Duft legte sich ein Schleier über mich, der die Wirklichkeit vernebelte und alle Sinneseindrücke ausblendete – nichts konnte mehr zu mir durchdringen, nichts als Pauls überwältigende Präsenz. Sein Duft. Sein Lächeln. Der Ausdruck in seinen Augen.

In meinem Bauch fing es an zu ziehen, und mein Herz klopfte schneller.

Ob das alles an meinen chaotischen Hormonen lag?

Hormone oder nicht: Die Intensität meiner Empfindungen erschreckte mich. Ich kniff kurz die Augen zusammen und schüttelte den Kopf, um wieder klar zu werden, dann drehte ich mich abrupt um. Mit raschem Schritt ging ich zu Jonas.

»Du baust aber schön, das ist ja ein kleines Meisterwerk«, lobte ich den Kleinen zerstreut, während noch all meine Gedanken bei seinem Vater weilten.

Jonas warf erst dem Gebilde aus Holzschienen, dann mir einen misstrauischen Blick zu. »Sind doch erst drei Schienen«, sagte er.

Das stimmte, wie mir jetzt auffiel. »Aber du hast sie zu einer hübschen Wellenlinie zusammengesteckt«, versuchte ich mein Lob zu rechtfertigen.

Paul trat neben mich. »Soll ich mitmachen, Jonas?«

Aaaaah, dieser Duft …

Ich brachte unauffällig einen Meter Abstand zwischen Paul und mich, indem ich vorgab, Jonas' Wellenlinie von allen Seiten betrachten zu wollen. Dabei beschwor ich stumm die Eingangstür: *Öffne dich! Lass irgendwen eintreten, meinetwegen Inge und Jeremy, Hauptsache, dieser Duft-Spuk ist vorbei. Ich verspreche auch, dass ich daheim als Allererstes einen Termin beim Frauenarzt ausmache.*

Anscheinend hatte ich magische Kräfte, oder die Tür wollte, dass ich zum Frauenarzt ging, jedenfalls öffnete sie sich prompt. Herein kamen allerdings nicht die Muller-Beinhards, sondern eine kleine, zarte Frau um die dreißig mit unordentlichem Pferdeschwanz betrat den Raum.

»Hallo! Ich bin Ute Reininger«, stellte sie sich mit zurückhaltendem Lächeln vor. »Die Geigenlehrerin.«

Ich atmete auf. Frau Reininger schickte der Himmel! Na ja, eigentlich hatte ich selbst sie hierherbestellt, aber sie war zu früh, und das war meine Rettung.

Ich lief auf sie zu und drückte ihr warm die Hand. »Liebe Frau Reininger, ich bin ja so froh, dass Sie da sind!«

Sie sah überrumpelt aus, mit einem solch überschwänglichen Empfang hatte sie wohl nicht gerechnet.

»Legen Sie bitte ab, dann zeige ich Ihnen gleich den Musikraum«, schlug ich vor. Zu Paul sagte ich, ohne ihn anzusehen: »Du und Jonas, ihr kommt ja einen Augenblick ohne mich zurecht, oder?«

»Selbstverständlich«, antwortete er ruhig. Wenn er registriert hatte, wie er auf mich wirkte, ließ er sich jedenfalls nichts davon anmerken. Tja, der hatte seine Hormone eben besser im Griff als ich.

Beschämt führte ich Frau Reininger ins Musikzimmer. Kurz bevor ich die Tür schloss, riskierte ich einen letzten Blick zurück. Paul baute mit Jonas die Holzeisenbahn auf, und sogar bei dieser unschuldig-kindlichen Tätigkeit sah er ungemein attraktiv aus.

Leider schaute er mir nicht hinterher.

Frau Reininger war ein Glücksgriff in jeder Hinsicht, das wurde mir schnell klar. Sie betrachtete die kleinen Geigen, strich liebevoll mit den Händen darüber und erklärte mir, dass sie nach der Suzuki-Methode arbeitete. Ehe ich fragen konnte, was Motorräder mit Geigenunterricht zu tun hatten, schwärmte sie mir bereits vom Unterricht nach Art des Geigenlehrers Shinichi Suzuki vor, wonach die Kinder das Spielen des Instruments so erlernen sollten wie das Sprechen: ganz natürlich und ohne Anstrengung. Frau Reininger beabsichtigte nicht, unsere Dreijährigen mit Noten zu quälen, stattdessen sollten die Kleinen lediglich beobachten, zuhören und nachahmen. »Ich korrigiere nur sehr sanft«, sagte Frau Reininger lächelnd, und ich beglückwünschte mich innerlich dazu, gerade diese Lehrerin ausgewählt zu haben.

Als wir das Musikzimmer nach einer halben Stunde wieder verließen, hatte sich der Kinderladen mit umherwuselnden Jungen und Mädchen gefüllt. Einige Mütter standen beisammen und tratschten, ein Vater half seiner Tochter, das Frühstück aus dem Rucksäckchen zu befreien, und Babsi und Anna klatschten gerade in die Hände und riefen:

»Good morning, bonjour,
wir rufen Kinder nur,
die Lust haben an Spra-ha-chen,
wir woll'n zusammen la-ha-chen!«

Der schiefe Begrüßungsreim war, wie der ganze Multisprachkurs, auf Inges Mist gewachsen. Ihr Jeremy stürzte auch prompt auf die beiden zu und schrie: »I bite you, I bite you!« Weitere Kinder sprangen herbei und spielten, dass sie wilde, fremdsprachige Tiere seien. Als solche mussten sie die Erzieherinnen in die nackten Beine beißen, was sich problemlos gestaltete, da Babsi und Anna heute Miniröcke trugen. Beliebtestes Ziel war Annas Herz-Tattoo am linken Knöchel, um das ein regelrechter Kampf entbrannte.

Frau Reininger verfolgte die Szene erschrocken.

»Keine Angst«, beruhigte ich sie rasch. »Jeremy ist ein begabtes Kerlchen, nur einen Tick zu aggressiv, und für die meisten anderen gilt das Gleiche. Solche Kinder haben wir hier zuhauf.«

Die Geigenlehrerin wirkte noch erschrockener. »Beißen die wirklich?«, fragte sie. »Richtig fest?«

»Aber nein. Fest beißen sie höchstens ihre Eltern. Uns Erzieherinnen zwicken sie nur sanft.«

»Na dann«, hauchte Frau Reininger.

»Gerade diesen Kindern wird das Geigespielen gut tun!«, versuchte ich sie zu motivieren. »Es wird ihre Aggressionen dämpfen, meinen Sie nicht? Zumal sie sich nicht mit Noten herumschlagen müssen, sondern …«

»Wie, keine Noten!« Inges scharfe Stimme durchschnitt meinen Satz. »Musikunterricht ohne Noten? Was sind denn das für absurde Methoden?«

»Es handelt sich um die sogenannte Suzuki-Methode«, wandte ich mich erklärend an sie. »Die Kinder lernen ohne Stress …«

»Wie, ohne Stress!«, schnappte Inge, fixierte aber nur die Geigenlehrerin. »Wie sollen die Schüler Fortschritte machen, wenn nicht ein gewisser Druck aufgebaut wird? Können Sie mir das mal erklären, hm?«

Ich setzte an, Frau Reininger zu verteidigen, doch da hatte ich die zarte Frau unterschätzt: Wenn es um ihren Unterricht ging, war sie nicht auf den Mund gefallen. Ein Schwall musiktheoretischer Begriffe ergoss sich über Inge. Ich konnte mir ein Grinsen nicht verkneifen, und nach drei Minuten, in denen die verdutzte Inge kein einziges Mal zu Wort gekommen war, hatte ich keine Bedenken mehr, die beiden Frauen allein zu lassen. Also machte ich mich auf den Weg zum Büro, um ein wenig Schriftkram zu erledigen, bevor ich mich als Bezugserzieherin wieder Jonas zuwenden würde.

Jonas und seiner Naturgewalt von Vater.

Unwillkürlich suchte ich den Gemeinschaftsraum mit meinen Blicken ab, doch ich entdeckte Paul nirgends. Vielleicht war er mit Jonas draußen?

Meine Schritte lenkten mich wie von selbst weg vom Büro, hin zu den Schiebetüren, die zum Garten führten.

»Ach, Sarah, wenn du den Neuen siehst: Ich würde ihn gerne kennenlernen«, rief mir Christine von der Puppenecke aus hinterher.

Ich nickte und suchte draußen weiter. Beim Klettergerüst waren sie nicht, bei der Rutsche auch nicht, und beim Erdhaufen – doch, endlich, da waren sie. Vater und Sohn hatten die Hände in den Hosentaschen vergraben, sie umrundeten den Hügel und schienen ein ernsthaftes Gespräch dabei zu führen.

Ich blieb stehen, da ich das Gefühl hatte, unerlaubt in ihre Zweisamkeit einzudringen, wenn ich jetzt störte. Sie sahen so vertraut miteinander aus, so liebevoll.

Familie.

Wie hatte ich nur dermaßen kopflos auf die Ausstrahlung dieses Mannes – dieses verheirateten Mannes, der Vater eines Sohnes war – reagieren können? Ich hätte nicht einmal Herzklopfen bekommen dürfen!

Mit schlechtem Gewissen wollte ich gerade wieder umdrehen, doch Jonas sah mich, winkte mir und rief: »Sarah, wir haben eine Idee! Wir wollen kein Hochbeet bauen, sondern eine Kräuterspirale! Wäre das nicht toll?«

Langsam, fast widerstrebend, ging ich auf die beiden zu. Paul schaute mir entgegen, die Hände immer noch in den Hosentaschen. Er wirkte lässig, abwartend, ruhig – mit einem Wort: zurückhaltend.

Und das würde ich von nun an ebenfalls sein.

Ich straffte die Schultern, dann warf ich Paul das unverbindlichste Lächeln zu, dessen ich fähig war. Bewusst schaute ich ihm in die Augen, als sei gar nichts dabei – war es ja auch nicht, verdammt! – und fing an zu plappern wie ein Wasserfall. Normalzone, Mittelmeerzone, Feuchtzone, Petersilie, Pimpinelle und Permakultur: Alles, was mir an Halbwissen über Kräuterspiralen in den Sinn kam, gab ich ungefragt weiter. Vielleicht war dies eine seltsame Art der Zurückhaltung zwischen Mann und Frau, aber es war die einzige, die mir möglich war. Und mit jedem Wort, das ich ohne Bauchziehen und Herzklopfen an Paul richten konnte, fühlte ich mich besser.

Aber dann musste ich doch mal Luft holen.

Diesen Augenblick nutzte Jonas, um mit ehrfürchtiger Stimme zu sagen: »Papa, die Sarah weiß aber viel! Und sie sieht aus wie die schöne Meerjungfrau in meinem Märchenbuch, gell?«

Gott, hätte er nicht was anderes sagen können? Was sollte sein Vater denn darauf antworten? Wenn er mich nun auch so schön fand?

Oder, viel schlimmer: Wenn er mich *nicht* schön fand?!

Doch Paul machte nur ein unbestimmtes Geräusch, das man je nach Selbstbewusstsein als Zustimmung oder Ablehnung deuten konnte, streichelte seinem Sohn über den Kopf und meinte: »Jedenfalls wird unsere Kräuterspirale noch in diesem Jahr Wirklichkeit, das sehe ich schon. Gut, dass du hier gelandet bist, was, Jonas?«

»Ja«, sagte Jonas inbrünstig und warf mir einen anbetenden Blick zu.

Paul lächelte ein höfliches Vater-Erzieherin-Lächeln, sagte: »Na also, die Eingewöhnung klappt doch schon sehr gut«, und ich nickte und dachte: *So ist es richtig, ganz normale Gespräche unter ganz normalen Erwachsenen. Vergiss einfach, was vorhin war – diesen ganzen Duft-Spuk. Das war bloß ein kleiner Hormonschub, den ich mithilfe meines Frauenarztes gut in den Griff bekommen werde.*

»Dann möchte ich dir jetzt die Christine vorstellen«, sagte ich munter zu Jonas. »Sie ist gestern erst zur Arbeit gekommen, als deine zwei Eingewöhnungsstunden schon vorbei waren, aber heute ist sie früher da. Und ganz wild darauf, dich kennenzulernen!«

Ich sagte nicht, dass Christine auch wild darauf war, Jonas' Vater kennenzulernen. Sie war, wie ich, nicht dabei gewesen, als Herr und Frau Bachstein sich vorgestellt hatten, sie kannte die Familie also noch nicht. Doch Babsi und Anna hatten hinter vorgehaltener Hand dermaßen von Paul geschwärmt, dass Christine als alleinerziehende Mutter und Single schon vom Zuhören einen wässerigen Mund bekommen hatte.

»Die Spirale bauen wir aber nicht mit der Christine, sondern mit dir!«, sagte Jonas schnell. Er klang ängstlich.

»Klar«, sagte ich, überrascht über seine heftige Reaktion. »Ich bin ja deine Bezugserzieherin, das heißt, mit mir machst du am meisten. Zu mir kommst du auch, wenn du traurig bist oder Ärger mit einem anderen Kind hast. Ich bin immer für dich da, verstehst du?«

Jonas schwieg nachdenklich. Dann legte er den Kopf schief und fragte: »So wie Papa?«

»Genau. So wie Papa und Mama.«

Das kleine Gesicht verschloss sich. »Nee«, sagte Jonas. »Nicht wie Mama. Nur wie Papa.«

Er drehte sich um und stapfte in Richtung Haus davon. Ich sah ihm erstaunt nach.

»Ich hätte mich wohl nicht mit seiner Mutter vergleichen dürfen«, sagte ich zu Paul. »Hängt er so sehr an ihr?«

Schweigen.

Schließlich antwortete Paul: »Das Ganze ist ein bisschen schwieriger.«

Ich warf ihm einen fragenden Blick zu.

»Jonas sieht Lydia, meine Frau, nur am Wochenende. Da ist sie dann meistens müde«, sagte Paul. Einen Moment lang schien er nach den richtigen Worten zu suchen. »Lydia arbeitet extrem viel. Nach 70 Wochenarbeitsstunden hat sie einfach keine Kraft mehr, sich intensiv mit Jonas zu beschäftigen. Aber das versteht Jonas natürlich noch nicht. Er denkt manchmal, sie habe ihn nicht lieb.«

Ich schaute Jonas hinterher, der gerade durch die Schiebetüren in den Gemeinschaftsraum verschwand. Heißes Mitleid durchzuckte mich.

Paul fügte hinzu: »Jonas fühlt sich wohl ein bisschen … abgelehnt, und das macht ihm zu schaffen.«

»Verständlich«, sagte ich nur.

Paul atmete tief durch, und ich spürte, dass ihm das Weiterreden schwerfiel. »Es kommt mir unloyal meiner Frau gegenüber vor, wenn ich dir das alles erzähle, Sarah. Aber ich denke, du als Jonas' Bezugserzieherin musst wissen, warum er sich manchmal urplötzlich in sein Schneckenhaus verkriecht. Oder?«

Ich nickte. »Das nennen wir hier Erziehungspartnerschaft: Eltern und Erzieherinnen ziehen an einem Strang, wenn es um das Kind geht. Je mehr wir dabei vom Kind und der häuslichen Situation wissen – auch von den Problemen –, desto besser.«

»Darf ich dich trotzdem um etwas bitten?«

»Ja?«

»Erzähle deinen Kolleginnen nichts davon, dass meine Frau und Jonas kein ganz klassisches Mutter-Kind-Verhältnis haben. Es würde Lydia, nun ja, in ein falsches Licht rücken.« Leise fügte er hinzu: »Meine Frau liebt Jonas. Aber eben auf ihre Weise. Und ich versuche immer wieder, ihm das begreiflich zu machen.«

Ich antwortete nichts. Was hätte ich schon sagen können? Dass ein Fünfjähriger auch ohne erklärende Worte wissen, spüren und ganz selbstverständlich darauf vertrauen sollte, dass seine Mutter ihn liebte?

»Christine wartet«, sagte ich schließlich in die Stille hinein.

Wir gingen schweigend nebeneinander her durch den Garten, und ich fühlte mich, als würden wir ein trauriges Geheimnis miteinander teilen.

Es war ein sehr verbindendes Gefühl.

Christine war begeistert. Ihr stolzer Busen wogte, und ich erkannte am Glitzern in ihren Augen, dass sie Paul für den attraktivsten aller Väter hielt. Was er mit Sicherheit auch war.

»He, Leon, komm mal her. Du und der Jonas, ihr könntet prima Freunde werden«, rief sie ihrem Sohn zu. Der kam sogleich brav angetrottet, allerdings mal wieder ohne Hausschuhe. Leon verlegte ununterbrochen alle Arten von Schuhen, Gott allein wusste, wie er das anstellte.

»Willst du mit in unsere Höhle?«, fragte Leon Jonas. »Wir spielen gerade Löwen in der Puppenecke. Du darfst die Beute sein.«

Gerade wollte ich Leon sanft ermahnen, dass man einem neuen Kind nicht die niederste Position im Spiel anbieten sollte, als Jonas sagte: »Nein. Ich bin der Löwenpapa. Der ist der Stärkste, und er beschützt euch alle.« Er klang so bestimmt, dass Leon verdattert zustimmte.

Jonas folgte Leon zu den anderen Kindern, und wir hörten ihn verkünden: »Hallo, ich bin der Jonas. Und jetzt bin ich der Löwenpapa.«

Christine sagte anerkennend zu Paul: »Klein, aber oho, was?«

»Rollenspiele liegen ihm«, meinte Paul. »Allerdings laufen sie stets gleich ab: Jonas ist immer der Papa, und er hat immer alles im Griff.« Er grinste schief.

Eine vor Bewunderung triefende Stimme hinter uns sagte: »Kein Wunder, Paul, bei *dir* als Vorbild!«

Ich drehte mich um: Anna.

Wer sonst.

Sie drängte sich zwischen Paul und mich, warf in bester Miss Piggy-Manier ihr Haar zurück und strich ihren kaum vorhandenen Rock glatt. »Jonas spielt nach, was er an dir beobachtet, Paul. Du hast eben Führungsqualitäten.«

»Das wäre mir neu«, sagte Paul mit hochgezogenen Augenbrauen.

»Leitest du nicht ein Kunstzentrum?«, beharrte Anna.

»Doch, aber zusammen mit meinem Freund Mario. Ich bin kein Einzelkämpfer, sondern eher für die Team-Arbeit geschaffen. Ganz allein arbeite ich nur an meinen Bildern.«

Pauls kleine Rede hatte Annas Aufmerksamkeit bereits erschöpft. Sie wedelte ungeduldig mit der Hand. »Wie dem auch sei, Jonas imitiert dich. Kinder imitieren Erwachsene gerne, weißt du. Mich zum Beispiel ahmen die Kiddies häufig nach, wenn sie ›Altes Ägypten‹ spielen.«

»Sie spielen ›Altes Ägypten‹?« Pauls Miene war undurchdringlich. »Ihr habt aber gebildete Kinder hier.«

»Ja«, sagte Anna, »und das haben sie nur Babsi und mir zu verdanken. Wir haben ihnen nämlich vor kurzem die Geschichte Kleopatras vorgespielt, als kleines, lehrreiches Theaterstück. Ich war Kleopatra, und Babsi war Antonius. Christine sollte die Giftschlange sein, aber sie hat sich geweigert mitzuspielen.«

»Weil sich das ganze Stück um Kleopatras Tod drehte«, wehrte sich Christine. »Das fand ich zu grausam.«

Anna verdrehte die Augen. »Fakten sind Fakten«, sagte sie. »Daran kann man Kinder gar nicht früh genug gewöhnen. Außerdem bin ich, äh, ist Kleopatra sehr hübsch gestorben. Der Tod kann durchaus ästhetisch sein, wenn man ihn nur entsprechend inszeniert, nicht wahr? Eine attraktive Tote ist eben nicht nur tot, sondern auch attraktiv, nach wie vor. Zumal ich natürlich nicht *wirklich* tot war.«

»Anna!«, zischte ich. Das wurde ja immer schlimmer.

»Du hättest mich sehen sollen, Paul«, fuhr Anna ungerührt fort. »Ich war als Leiche eine wahre Augenweide.«

Ich warf Paul einen besorgten Seitenblick zu. Wie würde er Annas unverhohlene Anmache aufnehmen? Ganz zu schweigen von der szenischen Darstellung eines Selbstmordes vor drei- bis sechsjährigen Kindern.

»›Kleopatra‹ war eine Ausnahme«, sagte ich rasch. »Normalerweise spielen wir den Kindern Kasperletheater vor, oder Märchen.«

»Leider«, sagte Anna. »Übrigens sind die Väter unserer Kinder herzlich eingeladen, sich an unseren Theaterstücken zu beteiligen. Eltern-Engagement schreiben wir hier ganz groß, Paul! Solltest du also je Lust haben, in die Rolle von Kleopatras Liebhaber zu schlüpfen: nur zu. Ich bin bereit für dich.«

»Leih mer s'Gwehr!«, murmelte Christine kopfschüttelnd.

Auch ich war ziemlich fassungslos.

Doch Paul sagte nur trocken: »Danke für das Angebot, aber ich würde die Rolle der Giftschlange der des Liebhabers vorziehen. So könnte ich die Aufführung zu einem schnellen Ende bringen.«

»Keine Angst, ›Kleopatra‹ wird hier ganz sicher nicht mehr aufgeführt«, beeilte ich mich zu sagen. »Anna, musst du nicht gehen? In fünf Minuten beginnt das Kinderturnen.«

Anna warf beleidigt das Haar zurück. »Bodystyling!«, verbesserte sie mich. »Nicht Kinderturnen, Sarah. Bodystyling!«

Sie warf Paul einen letzten, tiefen Blick zu, dann verließ sie uns mit schwingenden Hüften.

»Uff«, machte Paul, als sie außer Hörweite war.

»Ja, unsere Anna ist eine, äh, ganz Besondere«, sagte Christine.

Paul sah nicht glücklich aus. »Wenn ich ehrlich sein soll: Kleinkindern Kleopatras Tod vorzuspielen, finde ich recht gewagt.«

Ich sah den Ruf des *Eiertanzes* schon den Bach runtergehen und versuchte, die Situation mit einem Scherz zu entkrampfen: »Das nächste Mal spielen wir wieder ein Kasperle-Stück. Nicht lehrreich, aber lustig. Dabei darfst du dann gerne eine Rolle deiner Wahl übernehmen, Paul. Allerdings kommen weder Giftschlangen noch Liebhaber vor.«

Mein Manöver schien zu funktionieren, denn Pauls gerunzelte Stirn glättete sich. Er wandte den Kopf und sah mir mit einem kleinen Lächeln in die Augen. »Es wird mir eine Ehre sein. Darf ich mich dann auch um die Hauptrolle bewerben?«

Grinsend sagte ich: »Die Großmutter? Nur zu.«

Paul lachte. Mir fiel auf, dass er dabei sogar noch besser aussah, als wenn er ernst war. Gott, war dieser Mann hinreißend!

Plötzlich war ich froh, dass er meine Gedanken nicht lesen konnte.

Dann aber fiel mir ein, dass die Augen das Fenster zur Seele waren. Hm, dann sollte ich jetzt wahrscheinlich wegschauen. Sollte ich. Schaffte ich aber nicht. Ich konnte Paul nur immer weiter anstarren … mir seine schönen Züge einprägen, damit ich sie nie wieder vergaß … tief seinen Duft einatmen, damit ich mich immer und überall daran erinnern konnte …

Die Welt um mich herum verschwamm.

Es war Christine, die mich abrupt zurück in die Realität holte. »Ich schau mal, was die kleinen Löwen so treiben«, sagte sie mit betonter Fröhlichkeit.

Ich riss meinen Blick von Paul los, und Christine zwinkerte mir zu, unser Zeichen für »Wir reden später unter vier Augen«.

»Wer wohl an Jonas' Stelle die Beute sein muss?«, fragte sie im Plauderton.

»Ja, wer ist hier die Beute«, sagte ich schwach.

Sie musterte mich noch einmal neugierig, dann ließ sie uns allein und ging zur Puppenecke. »He, die Löwenmama kommt! Platz da!«, rief sie, zwängte sich durch den Eingang der Höhle und verschwand in ihrem Inneren.

»Christine gefällt mir«, sagte Paul locker. »Sie ist ein richtiger Kumpel für die Kinder, was?«

Ich riss mich zusammen. Christine war ein unverfängliches Thema, das war gut. »Ja, die Kinder mögen sie sehr. Und ich auch.«

»Ich glaube, solange ihr beiden da seid, brauche ich mir trotz Anna-Kleopatra um meinen Jonas keine Sorgen zu machen.«

Die Erzieherin in mir gewann die Oberhand, und ich fühlte mich besser. Mein Beruf war vertrautes Terrain, das bedeutete Sicherheit. »Natürlich brauchst du dir keine Sorgen zu machen, Paul. Wir werden uns gut um deinen Sohn kümmern.«

Unwillkürlich kam mir Jonas' verschlossenes Gesichtchen in den Sinn, als die Rede auf seine Mutter gekommen war. Wieder fühlte ich Mitleid mit dem kleinen Kerl, und ich fügte hinzu: »Ich werde dafür sorgen, dass Jonas sich bei uns wohl und geborgen fühlt. Das verspreche ich dir.«

Paul trat einen Schritt näher an mich heran. Ganz automatisch sog ich seinen Waldduft tief ein.

»Danke«, sagte er leise.

Nie hatte dieses einfache Wort schöner geklungen.

Abends lag ich im Bett und konnte nicht einschlafen. Rob hatte einen Arm um mich gelegt und dämmerte hinüber ins Reich der Träume, und ich lag hellwach neben ihm, starrte an die Zimmerdecke und dachte an Paul. Bevor Rob endgültig die Augen zufielen, murmelte er: »Sarah, ich …«, leises Schnarchen. »… liebe …«, Schnarchen, Schnarchen.

Was denn, dachte ich. *Meine Haare? Meine Brüste, meine Beine?*

»… dich. Ich liebe dich.«

Ruckartig drehte ich meinen Kopf in seine Richtung. Aber ich konnte Rob nicht fragen, ob ich richtig gehört hatte, denn nun schlief er wirklich. Seine Gesichtszüge waren entspannt, ein Lächeln umspielte seine Lippen. Er sah sehr jung aus, sehr unschuldig und arglos.

Und er liebte mich.

Mein schlechtes Gewissen fiel über mich her und verursachte mir Übelkeit. Es flüsterte mir Pauls Namen im Rhythmus meines Atems ein – *Paul* (ein), *Paul* (aus), *Paul* (ein), *nein!* (aus). Ich barg meinen Kopf an Robs Brust und dachte: *So riecht er, Sarah, so! Atme seinen Geruch tief ein, denn das ist der Mann, mit dem du zusammenlebst. Den du liebst und der dich liebt, genau wie es sein soll.*

Ich streichelte Robs Hand, die mir so vertraut war, mein Kopf ruhte immer noch an seiner Brust, und langsam, ganz langsam flaute die Übelkeit ab. Halbwegs beruhigt überließ ich mich Robs Herzschlag und schloss die Augen. Irgendwann schlief ich tatsächlich ein.

Doch ich träumte vom Wald.

»Bitte sprechen Sie nach dem Ton.«

»Robert, hier ist Mutti. Bitte ruf mich zurück, aber nur zuhause und nicht vor neunzehn Uhr. Du weißt ja, ich bin bei Professor Grabenkopf, und er schätzt es nicht, wenn ich während der Arbeitszeit telefoniere. Also, weshalb ich mit dir sprechen will: Du hast mir eine Rechnung geschickt, die ich offensichtlich bezahlen soll. Aber, mein lieber Junge: So nicht! *Nicht mit mir! Wenn*

ich dich und Sarah besuchen komme, bist du nicht daheim, aber zahlen soll ich? Nein nein nein, mein Junge, dein Kunst-Gelumpe zahlst du mal schön selbst. Oder frag deine Sarah. Wohnen und essen kannst du schließlich auch bei ihr, dann soll sie auch deine Rechnungen bezahlen. Siebenhundertvierundachtzig Euro fünfundfünfzig? Ha! Ich glaub, dir brennt der Kittel!«

Piiiiiiiiiep.

»Vielen Dank für Ihren Anruf.«

5.

Zerknirscht saß ich eine Woche später am Frühstückstisch und rührte in meinem Kaffee. Die Träume der letzten Nächte hatten mein schlechtes Gewissen noch um einiges verstärkt, denn ich hatte ständig von einsamen Wölfen in Frühlingswäldern geträumt (sehr schönen, starken Wölfen übrigens), und nun vermied ich es tunlichst, Rob in die Augen zu schauen. Würde er mir nicht sofort ansehen, was mit mir los war?

Was mich zu der Frage brachte: Was *war* denn überhaupt mit mir los?

»… wichtig, dass ich nicht aus der Übung komme«, drang Robs Stimme in mein Bewusstsein.

Ich hob zerstreut den Kopf und sah ihn an, nur um sofort wieder auf meinen Kaffee zu starren. »Sicher«, sagte ich.

»Hast du mir überhaupt zugehört?«, fragte Rob.

»Ich?«

»Klar du. Wer denn sonst?« Rob hob mein Kinn mit dem Zeigefinger an. »Hey, Süße, geht's dir gut? Du bist irgendwie komisch heute Morgen.«

Ich zuckte zusammen. »Ich habe schlecht geschlafen.«

»Und was sagst du nun?«

»Wozu?« Langsam fühlte ich mich wie ein schlecht vorbereiteter Kandidat in einer Quiz-Show.

»Zu meiner Frage! Ich wollte wissen, ob du fünfzig Euro lockermachen kannst. Mein neues Modell ist etwas teurer, unter fünfzig Euro für eineinhalb Stunden macht sie's nicht.«

»Was macht sie nicht?«

»Na, sich ausziehen. Aber es ist wichtig, dass ich mal wieder Akte male. Wie gesagt: Sonst komme ich total aus der Übung.«

An jedem anderen Morgen hätte es mich geärgert, noch vor der Arbeit um Geld angepumpt zu werden, damit eine andere Frau sich vor Rob auszog. Heute ärgerte es mich nicht. Im Gegenteil, ich verspürte Erleichterung, weil ich etwas für Rob tun und damit mein Gewissen besänftigen konnte.

»Klar gebe ich dir das Geld«, sagte ich. »Nimm dir ruhig aus meinem Portemonnaie, was du brauchst.«

Rob starrte mich an. »Echt?«

»Aber ja. Was sind schon fünfzig Euro, wenn du dafür künstlerisch weiterkommst?«

»Sonst sagst du doch immer ...« Rob brach verwirrt ab. Offensichtlich hatte er sich auf längere Diskussionen eingestellt und kam nicht damit zurecht, dass ich es ihm so leicht machte. Besorgt fragte er: »Geht es dir wirklich gut?«

Hastig stand ich auf. »Meine Hormone spielen gerade verrückt, aber ich gehe heute vor der Arbeit zu Dr. Bergmännle. Der kann mir bestimmt helfen.«

»Vielleicht bist du ja schwanger.«

»Gott bewahre!«, entfuhr es mir.

»Wieso sagst du das?« Rob sah aus, als verstehe er die Welt nicht mehr. »Du bist doch verrückt nach Kindern!«

»Schon«, sagte ich verzweifelt. »Aber ein Kind mit dir, ich meine, in unserer Situation, das wäre ein Fiasko!«

Rob lächelte. »Wär doch süß. Ich könnte die Babywiege bemalen. Das würde ich dir zur Geburt schenken.«

Na toll.

»Ich muss los«, sagte ich und verließ die Küche.

»He, hast du nicht was vergessen?«, rief Rob mir hinterher.

Natürlich, unser Abschiedskuss! Leise lächelnd drehte ich mich um. Mochte man auch Robs mangelnden Sinn für Realität beklagen, eines musste man ihm lassen: zärtlich war er.

»Die fünfzig Euro«, half Rob mir auf die Sprünge.

Mein Lächeln gefror. »Ich lege sie dir auf den Schuhschrank«, sagte ich und ging.

Ich hatte Glück. Eine Patientin hatte kurzfristig abgesagt, so dass ich kaum warten musste. Als ich Dr. Bergmännle dann gegenüber saß, beruhigte er mich: Schwanger konnte ich am achten Zyklustag definitiv nicht sein (okay, das hatte ich eigentlich selbst gewusst), und auch sonst glaube er nicht an ein hormonelles Ungleichgewicht (das allerdings überraschte mich sehr).

»Es gibt keinerlei Anzeichen dafür, glauben Sie einem erfahrenen Arzt«, sagte er und tätschelte mir väterlich den Arm. »Ich denke, Ihre Nervosität und Aggressivität haben einen ganz anderen Grund.«

Ich machte mich auf eine grässliche Diagnose gefasst – Hirntumor? Vorzeitig beginnende Demenz? Schizophrenie? – und fragte mit zitternder Stimme: »Was habe ich? Sagen Sie es mir ganz ehrlich, Dr. Bergmännle.«

»Nichts«, sagte er. »Jedenfalls nichts, was man mit Medikamenten in den Griff kriegen könnte.« Er beugte sich über den Tisch zu mir herüber. »Gehen Sie in sich, Frau Teschner. Überdenken Sie einmal gründlich Ihre Lebenssituation! Wenn Sie wieder auf dem richtigen Weg sind, wird es Ihnen ganz von selbst besser gehen.«

Dies war sein Rat, ob es mir passte oder nicht. Und auch wenn mir ein körperliches Leiden lieber gewesen wäre – das konnte man so schön behandeln –, ließ er sich nicht dazu bewegen, mir auch nur Blut abzunehmen. »Die Krankenkassen schmeißen schon genug Geld aus dem Fenster«, war sein Kommentar zu meinem Ansinnen.

Er gab mir zum Abschied die Hand, und dann fand ich mich draußen vor der Praxis im Maiensonnenschein wieder. Ich blieb stehen wie betäubt. Die schmale Gasse in der Niederburg wimmelte bereits von Menschen: jungen Müttern, die Kinderwagen über das holperige Pflaster schoben, Anzugträgern auf dem Weg zur Arbeit, Touristen mit Stadtplänen, Fotoapparaten und Sonnenbrillen. Und alle sahen mehr oder weniger fröhlich aus, sogar die Anzugträger.

Nur ich hatte das Gefühl, als habe der Arzt mir mit seiner herzlosen Diagnose den Boden unter den Füßen weggezogen.

Eine Stunde später saß ich in meinem Büro, starrte blind auf den Bildschirm des Computers und hielt mich an Dr. Bergmännles Rat: Ich dachte nach.

Zum Beispiel über die Frage, weshalb mich die Vorstellung so erschreckt hatte, von Rob schwanger zu sein. Denn Rob hatte Recht: Ich liebte Kinder, und ich hatte mir immer eine große Familie gewünscht. Siebenundzwanzig war ein gutes Alter, um Mutter zu werden, und Rob würde als Vater weder gewalttätig sein, noch würde er mich bei den ersten Schwierigkeiten verlassen. Konnte er sich ja gar nicht leisten.

Trotzdem schaffte ich es nicht, mir ihn, mich und ein Baby zusammen vorzustellen. Es ging einfach nicht. Obwohl ich ihn doch liebte – oder?

Christine trat ins Büro und beendete meine Grübelei. »Zeit für unser Gespräch unter vier Augen!«, sagte sie fröhlich. »Jetzt haben wir es lange genug aufgeschoben. Von dem vielen Gezwinkere kriege ich noch Muskelkater in den Augen.«

Sie ließ sich auf einen Stuhl fallen und sah mich forschend an. »Oh oh. Mir scheint, wir haben es *zu* lange aufgeschoben. Du machst ja ein Gesicht wie drei Tage Regenwetter.«

Ich schloss die Datei, an der ich sowieso nicht gearbeitet hatte, und seufzte: »Meine Hormone sind völlig in Ordnung, und auch sonst bin ich kerngesund, sagt mein Arzt. Ist das nicht schrecklich?«

Christine nickte ernst. »Ja. Ich hatte so sehr auf etwas Lebensbedrohliches gehofft!« Dann lachte sie. »Sei doch froh, dass alles okay ist. Außerdem ist es doch ganz klar, warum du so durch den Wind bist.«

»Ach ja?«

»Seit du Paul Bachstein und dem süßen kleinen Jonas bei der Eingewöhnung hilfst, benimmst du dich ziemlich eindeutig«, konstatierte Christine. »Roter Kopf, feuchte Hände, Stottern, heimliche Blicke – meinst du, das bemerke ich nicht? Wir sind doch Freundinnen, ich kenne dich. Und ich sehe es dir an, wenn du dich von einem Mann angezogen fühlst.«

Spontan rief ich aus: »Aber ich gebe es doch nicht mal vor mir selbst zu!«

Christine lachte. »Jetzt schon.«

»Ja«, sagte ich überrumpelt. »Jetzt schon.«

Ich schüttelte den Kopf und schwieg einen Moment. Dann sagte ich leise: »Ich möchte mich aber nicht von ihm angezogen fühlen, Christine. Er ist verheiratet und hat einen Sohn!«

Christine legte den Kopf schräg und sah mich abwartend an.

»Außerdem kenne ich ihn gerade mal eine gute Woche«, fuhr ich unsicher fort. »So schnell passiert so was doch nicht, oder?«

Christine zuckte mit den Schultern. »Ich sage nur: Giovanni.«

»Ja, aber das war ein Urlaubsflirt. Das ist was anderes, da war die heiße Sonne schuld. Du konntest ja nicht ahnen, dass Leon dabei rauskommen würde.« Ich seufzte. »Abgesehen davon, dass ich es Rob nicht antun könnte, ihn zu verlassen.«

»So weit sind wir also schon – du denkst daran, ihn zu verlassen?« Christine wiegte den Kopf. »Wie auch immer, um Rob würde ich mir keine Sorgen machen. Der ist sowieso ein Pussierstengel. Das mit Pauls Familie ist eher ein Argument.«

Ich setzte gerade zu einer Antwort an, als mir bewusst wurde, was wir da taten: Wir diskutierten meine Trennung von Rob! O mein Gott. Wie konnte ich nur?

»Rob braucht mich«, sagte ich hastig. »Wir sollten dieses ganze Gespräch schnellstens vergessen, Christine.«

»Aber …«

»Nichts aber! Paul Bachstein interessiert sich sowieso nicht für mich. Ich brauche mir also keinerlei Gedanken darüber machen, was wann wo wie passieren könnte, denn das alles ist reines Wunschdenken.«

Unbeeindruckt fragte Christine: »Könntest du denn mit der Vorstellung leben, Paul aus seiner Familie herauszureißen?«

Ich wusste, die korrekte Antwort auf diese Frage lautete »Natürlich nicht!«, in möglichst entrüstetem Tonfall ausgestoßen. Doch Christine war meine beste Freundin, und ich fühlte mich ihr gegenüber zu schonungsloser Ehrlichkeit verpflichtet.

Also sagte ich: »Unter Umständen. Aber nicht, wenn seine Frau und er glücklich miteinander sind.«

»In diesem Fall lautet die Lösung für dein Problem: Schlag dir Paul aus dem Kopf«, meinte Christine. »Denn woher willst du wissen, ob die beiden glücklich miteinander sind oder nicht? Sie soll übrigens sehr gut aussehen, sagen Anna und Babsi.«

»Seine Frau?« Ich runzelte die Stirn. »Was haben Anna und Babsi denn genau erzählt? Welcher Typ ist sie, eher klein und blond oder ...«

»Das braucht dich nicht zu interessieren«, unterbrach Christine mich und wedelte mit ihrem Zeigefinger vor meinem Gesicht herum. »Schluss mit der Schwärmerei für Paul Bachstein! Die Würfel sind gefallen. Auch wenn ich zugeben muss, dass ich dich verstehen kann – er ist wirklich zum Anbeißen. Sehr, sehr sexy.«

»Danke, Christine«, sagte ich missmutig. »Mach es mir ruhig noch schwerer.«

»Ja, denn damit übst du es, ihm zu widerstehen. Und diese Übung wirst du brauchen, wenn ihr zusammen die Kräuterspirale baut.«

Ich folgte ihrem Blick durchs Fenster und sah Paul, der mit Jonas zusammen einen großen Kreis absteckte. Überall lagen Pflöcke herum, in der Hand hielt Paul einen schweren Hammer. Die Arbeit und die warmen Sonnenstrahlen ließen Pauls T-Shirt an seinem Rücken kleben. Der feuchte Stoff überließ wenig der Fantasie, und auch Pauls Jeans saß besser, als es bei einem verheirateten Mann mit Kind erlaubt sein sollte. Gerade hob er den Hammer, um ihn dann mit Wucht auf einen Pflock niedersausen zu lassen, der bereits halb in der Erde steckte. Man sah deutlich, welche Muskeln Paul anspannte, und dass diese Muskeln das waren, was Anna »schön definiert« nennen würde. Ich schluckte trocken.

»Warum muss er auch so gut gebaut sein«, murmelte Christine. »Und dazu so nett! Arme Sarah. Da steht dir ja was bevor.«

Ja, dachte ich und riss mich mühsam von Pauls Anblick los. *Da steht mir was bevor.*

Rob, Max und Reinhold warteten in der *Hafenhalle* auf mich. Diese Kneipe war bei den drei Männern sehr beliebt. Nicht etwa wegen ihrer schönen, zentralen Lage am Seeufer. Auch nicht wegen des entspannenden Ausblicks auf schaukelnde Bootsmasten oder wegen der kreischenden Möwen über uns, die an Meer und Urlaub erinnerten. Noch nicht einmal, weil viele hübsche Touristinnen sich nach ihrer Stadttour hier niederließen. Sondern einzig deshalb, weil es sechs verschiedene Sorten Bier vom Fass gab.

»Drei Sorten habe ich heute schon durch!«, rief Rob mir begeistert entgegen.

»Toll«, sagte ich und gab ihm einen flüchtigen Kuss. Ich begrüßte seine Freunde, bestellte mir einen Tee und lehnte mich erschöpft zurück.

Der Tag war hart gewesen – und daran war Paul Schuld. Ich hatte es zwar geschafft, ihm auszuweichen und mich dennoch um Jonas zu kümmern, aber das hatte extrem viel Energie, Organisationstalent und Voraussicht erfordert. Eine Erziehungspartnerschaft, bei der einer der Partner es krampfhaft vermied, dem anderen Partner zu begegnen, war eben nicht leicht zu verwirklichen.

Außerdem knabberte ich immer noch an der Erkenntnis herum, die mir bei dem Gespräch mit Christine gekommen war. Ich fühlte mich nicht nur von Paul angezogen.

Ich hatte mich in ihn verliebt.

Verliebt! So irre schnell! So unvernünftig! Hätte ich über meine Gefühle rational zu entscheiden gehabt, ich hätte ihnen nie, nie, nie erlaubt, so aus der Reihe zu tanzen.

Und dank Dr. Bergmännle konnte ich es noch nicht mal auf meine Hormone schieben.

Ich seufzte tief.

»Ich würde auch seufzen, wenn ich nur Tee trinken dürfte«, kicherte Reinhold. Das Glas, vor dem er saß, war wohl nicht sein erstes. Er rückte sein Käppi gerade und schlug vor: »Doch ein Bierchen, Sarah? Das hebt die Laune.«

»Zwei heben die Laune doppelt«, grinste Max.

»Tja, wenn es so einfach wäre«, rutschte es mir heraus.

Mist, gleich würden sie fragen, was mich bedrückte. Was sollte ich da bloß sagen?

Doch keiner fragte, und keiner beachtete mich weiter. Warum auch, die drei waren ja völlig davon in Anspruch genommen, sich zuzuprosten und schale Witzchen zu reißen. Ich wurde sauer. Diese ewigen, blöden Jokes über Alkohol und Sex, ich konnte sie echt nicht mehr hören! Plötzlich fragte ich mich, wie ich das alles – Robs Gesaufe, die verplemperten Tage, das postpubertäre Verhalten – die letzten Monate über ausgehalten hatte. Meine Wut verebbte, stattdessen stieg eine leise Verzweiflung in mir hoch, verbunden mit der Erinnerung an Paul, wie er den Pflock in die Erde gerammt hatte. Paul *tat* etwas! Er ließ es nicht bei Worten und Trost durch Alkohol bewenden! Er versprach mir eine Kräuterspirale, und wenige Tage später machte er sich an die Arbeit, ohne dass ich ihn auch nur ein einziges Mal daran hatte erinnern müssen.

Aber Paul war der Ehemann einer anderen.

»Was'n schon wieder los?«, fragte Rob endlich und strubbelte mir durch die Haare. Ich hasste es, wenn er das tat, aber das konnte er sich nicht merken.

»Ist wahrscheinlich keine gute Idee, wenn du es ihr gerade jetzt sagst«, raunte Max ihm zu.

Ich wurde hellhörig. »Was soll er mir nicht sagen?«

»Nichts«, sagte Rob schnell. Er, Max und Reinhold warfen sich verstohlene Blicke zu.

»Sind wir hier im Kinderladen?«, fragte ich ärgerlich. »Ich dachte, da sei ich nur tagsüber.«

Rob strubbelte mir noch einmal durch die Haare. »Nicht aufregen. Dann sag ich es dir halt. Es ist nur … wir hatten die Idee …«

»Spontan Urlaub zu machen«, sagte Max. »Wir drei Männer.«

»In der Türkei«, ergänzte Reinhold. »Da ist es nicht so teuer.«

»Und das ist wichtig«, Robs Stimme klang nun unsicher, »weil du den Urlaub schließlich bezahlen musst. Ich bin ja noch nicht so der Großverdiener. Eine Rechnung von diesem gierigen Internet-Shop steht übrigens auch noch aus, ich hab sie dir auf den Schuhschrank gelegt.«

»Tja, und weil Rob so sparsam ist, dachten wir uns, wir nutzen das Angebot, diesen Samstag zu fliegen«, sagte Max eifrig. »Top-Schnäppchen, weil es so kurzfristig ist. Billiger geht's nicht, und trotzdem hat das Hotel vier Sterne.«

Urlaub?, schoss es mir durch den Kopf. *Natürlich, Urlaub!* Das war die Lösung! Rob würde weg sein, wochenlang! Und ich konnte durchatmen, zur Ruhe kommen, meine Gelassenheit wiederfinden. Ohne Chaos, ohne künstlerische Überraschungen und ohne den Zwang, mich verstellen zu müssen. Danach würde ich wissen, was ich wollte – und ob ich es bekommen konnte.

»Was für eine hervorragende Idee«, sagte ich herzlich. »Wie lange wollt ihr denn weg sein? Zwei Wochen? Drei?«

Unsichere Blicke.

»Eine«, sagte Rob.

»Aber wenn du auf zwei Wochen bestehst …«, sagte Max.

»Wir könnten noch schnell umbuchen«, überlegte Reinhold.

»Umbuchen?« Ich stutzte. »Hast du denn gebucht, ohne mich zu fragen, Rob?«

Rob hob eine Augenbraue. »Du bist doch nicht meine Mutter.«

Nein, aber es ist mein Geld, lag es mir auf der Zunge. Doch ich schluckte die Bemerkung hinunter und wandte mich stattdessen an seine Freunde: »Ich war vor Jahren mal in der Türkei. Es war sehr beeindruckend, die herrliche Landschaft, die uralte Kultur …«

»Wir dachten eher an Strand und all-inclusive«, sagte Reinhold.

»Oh. Na ja, auch gut. Erholt euch mal schön.« Ich lächelte in die Runde. »Jetzt nehme ich doch ein Bier. Auf die gute Nachricht müssen wir anstoßen, hm?« Ich schaute mich nach der Bedienung um, doch sie war nirgends zu sehen. Also führte ich in Ermangelung eines alkoholischen Getränks die Tasse an die Lippen. »Prost!«

»Klasse Frau hast du, Rob«, sagte Max anerkennend. »Großzügig, attraktiv und vollkommen selbstlos.«

Beim letzten Wort verschluckte ich mich heftig an meinem Tee. Und doch: In diesem Moment konnte nicht mal das ungerechtfertigte Lob meine Erleichterung zunichtemachen.

Sehr geehrte Frau Teschner,

die von Ihnen bestellten Bücher liegen ab sofort in unserer Buchhandlung zur Abholung für Sie bereit:

Ansbert Blau, »Selbstbescheidung als Lebensweg«, 5.00 Euro
Tobias Grübel, »Besser den Spatz in der Hand als die Taube auf dem Dach. Kleines Plädoyer für eine vergessene Weisheit«, 8.00 Euro
Felix Mutzhaas, »Die Geliebte – Fluch oder Segen für die Gesellschaft?«, 15.99 Euro
Nathalie Hammer, »Ehebruch als Erlösung. Eine Streitschrift«, 20.00 Euro
Birgit Rast-Wennebruck, »Wann, wenn nicht jetzt? Veränderungen wagen, aber richtig!«, 24.99 Euro

Vivian Violetta, »Der Mann ihres Lebens / Wir zwei gegen alle / Sieg der wahren Liebe. Drei Romane der Erfolgsautorin im Schmuckschuber«, 39.00 Euro

Mit freundlichen Grüßen
Magdalena Rosenstock
Bodensee-Bücher – Ihre Buchhandlung mit Flair

6.

»So, das war der letzte Stein.« Paul wischte sich mit dem Handrücken über die Stirn, auf der sich ein paar Schweißtropfen gesammelt hatten.

Vor uns lag das, was unsere Kräuterspirale werden sollte: Drei Quadratmeter Boden, den Paul und ich spatentief ausgehoben und mit einer zehn Zentimeter starken Kiesschicht aufgefüllt hatten. Große Kalksandsteine lagen in Form einer Spirale mit zwei Windungen auf dem Kies, sie bildeten die Mauer. Paul hatte mir erklärt, dass die große Windung das eigentliche Kräuterbeet bilde, die kleine hingegen ein Teich werden würde. Welche Pflanzen in den beiden Bereichen würden wachsen können, hatte er auch schon recherchiert: Am Teich waren es zum Beispiel Brunnenkresse und Wasserminze, direkt daneben Schnittlauch, Knoblauchrauke und Frauenmantel, weiter oben dann Arnika, Oregano und Melisse, und auf der Spitze der Spirale Orangenthymian, Lavendel, römische Kamille und Salbei. Mir schwirrte der Kopf von all den Kräutern und der Vorfreude; fast meinte ich schon den Lavendel zu riechen, und ich konnte es kaum erwarten, die Spirale fertig bepflanzt zu sehen, sie zu betasten und zu beschnuppern.

Doch bis dahin war es noch ein langer Weg. Einer, den Paul, Jonas, einige andere Kinder und ich gemeinsam gingen und der mir regelmäßige Schweißausbrüche bescherte – nicht nur wegen der Arbeit, sondern weil Pauls Anblick bei dieser Arbeit gar keine andere Reaktion zuließ.

Und so ging es nicht nur mir. Auch Babsi und Anna hatten ihre Vorliebe für frische Luft entdeckt und trieben sich ständig im Garten herum. Etliche Mütter blieben beim Bringen und Abholen deutlich länger als sonst im Kinderladen und nötigten ihre Kleinen, wieder und wieder die nahegelegene Rutsche zu benutzen. Selbst Christine konnte sich lüsterne Blicke nicht verkneifen.

Ich selbst entdeckte, dass sich in Pauls Waldduft bei der körperlichen Arbeit ein leicht animalischer, betörender Geruch mischte, der mich bis nach Hause verfolgte und in dem ich am liebsten gebadet hätte. Morgens war ich regelmäßig dankbar dafür, dass Rob in der Türkei weilte (nur für den Fall, dass ich im Schlaf geredet haben sollte). Und wenige Stunden später stand ich stets wieder neben Paul, schleppte mit ihm Steine, füllte Kies und Erde auf und spürte seine Gegenwart wie einen Rausch, den ich gleichzeitig genoss und verfluchte.

Wenn die Kinder keine Zeit hatten, uns zu helfen, weil sie bei ihren vielfältigen »Aktivitäten« waren, tasteten Paul und ich uns vorsichtig aneinander heran. Zwar verhielt er sich nach wie vor zurückhaltend. Doch wenn er glaubte, ich bemerke es nicht, warf er mir immer wieder Blicke zu, die ich nicht recht einschätzen konnte. Nachdenklich? Freundschaftlich? Oder gar interessiert? Ich wusste es einfach nicht – und das machte mich verrückt. Ich wusste nur, dass mir bei diesen Blicken das Herz stockte und noch Minuten danach meine Handflächen feucht waren.

Ich erzählte Paul wenig von mir, während wir arbeiteten, da ich das Gefühl hatte, mit meinem Leben nicht gerade angeben zu können. Umso lieber hörte ich Paul zu, besser gesagt: Ich fragte ihn mehr oder weniger unauffällig aus. Und so erfuhr ich, dass er an der Stuttgarter Kunstakademie studiert hatte, dass sein Bruder in Venezuela lebte und seine Eltern, seit sie in Rente waren, ebenfalls. Paul verbrachte die Zeit, in der er sich nicht um Jonas kümmerte, in seinem Kunstzentrum. Es lag im Konstanzer Stadtteil Paradies, und er malte dort nicht nur selbst, sondern förderte vor allem junge, talentierte Künstler, zusammen mit seinem Kollegen Mario. Paul und Mario begleiteten die Nachwuchsmaler von den zögerlichen Anfängen bis hin zu ihren ersten Verkäufen, vermittelten vielversprechende Künstler an die passenden Galerien und boten für die, die es noch nötig hatten, Zeichen- und Malkurse an. Paul gab freimütig zu, dass ihn dieser Teil seiner Arbeit – jungen Leuten auf dem steinigen Weg in die Kunstwelt beizustehen – am meisten befriedigte. Das sei es, was er als sinnvoll empfinde.

»Ich male durchaus gerne«, sagte er einmal. »Aber es ist mehr wie ein wunderbares Hobby, auch wenn ich meine Bilder natürlich verkaufe. Das Malen entspannt mich und verschafft mir, hm, Seelenruhe.« Er lachte verlegen. »Ein großes Wort, was?«

Ich lächelte und schüttelte den Kopf. Vielleicht war es ein großes Wort; aber wenn ich Paul ansah, ihn beobachtete und mit ihm sprach, erschien mir dieses Wort völlig passend.

Über seine Ehe redete Paul weniger gern. Ich versuchte, auf Umwegen etwas über seine Frau herauszubekommen, und mehr als einmal musste die »Erziehungs-Partnerschaft« herhalten, wenn ich Paul ausfragte. Zugegeben, ich fühlte mich mies dabei, und ich hatte ein ziemlich schlechtes Gewissen. Aber ich wollte auf Teufel komm raus etwas über Lydia erfahren – über diese Frau, die niemals im Kinderladen auftauchte und die mir schön, fern und bedrohlich vorkam wie eine dunkle Göttin. (Na ja, manchmal auch wie ein lästiges Gespenst.)

So erfuhr ich nach und nach zumindest die groben Fakten. Zum Beispiel, dass Lydia als Unternehmensberaterin arbeitete, seit ihr der wissenschaftliche Job an der Uni zu langweilig geworden war. (Furchtbar klug war sie also auch noch. Hmpf.) Paul und sie kannten sich schon ziemlich lange, hatten jung geheiratet, und alles war mehr oder weniger gut gegangen, bis vor gut fünf Jahren Jonas zur Welt gekommen war. Wohl um zu vermeiden, dass sie nun als Hausmütterchen endete, hatte Lydia sich mit mehr Engagement denn je in ihre Arbeit geworfen. Irgendwann verbrachte sie kaum mehr eine Stunde zu Hause; und wenn, dann war sie so erschöpft, dass ihre Familie sie hauptsächlich nervte. Es war Paul anzumerken, dass er darunter litt, doch er sagte es nie; ich las es zwischen den Zeilen. Liebte er sie? Waren sie glücklich miteinander? Diese Fragen stellte ich mir ständig, ohne je zu einer befriedigenden Antwort zu kommen.

Auch jetzt, an diesem strahlenden Maimorgen, gingen sie mir wieder durch den Kopf. Paul und ich schaufelten gerade Kompost zwischen die Feldsteine, und ich dachte, wie einfach doch alles wäre, wenn es auf der Welt nur ihn und mich gäbe. (Das sagte sich die sympathische Heldin im Roman »Sieg der wahren Liebe«, in dem ich allabendlich schmökerte, übrigens auch ständig. Ich befand mich also in guter Gesellschaft.) In diesem Moment fragte Paul: »Hast du nachgeschaut, welche Kräuter noch in die Feuchtzone sollen?«

Ich zwang meine Gedanken aus sehnsüchtigen Traumwelten mit Gewalt in die Realität zurück. »Nein«, sagte ich. »Rob hat den Laptop mit in den Urlaub genommen. Aber ich werde mir demnächst ein Kräuterbuch kaufen.«

»Rob?«, fragte Paul und stützte sich auf seinen Spaten.

Ich schaute ihn an, versank in seinen dunkelbraunen Augen, und aus unerfindlichen Gründen wollten mir die Worte nicht über die Lippen. Ich hatte es bisher so beharrlich vermieden, über mein Privatleben zu sprechen, dass es mir nun fast unanständig vorkam, dass ich überhaupt eines hatte.

»Mein Freund«, presste ich heraus.

»Oh. Klar.«

Störte es ihn, dass ich einen Freund hatte? Bestimmt nicht. Weshalb auch.

Paul fragte: »Geht ihr immer getrennt in den Urlaub, du und Rob?«

»Natürlich nicht!«, sagte ich im Brustton der Überzeugung. »Nur manchmal. Wenn Rob Erholung oder neue Anregungen braucht, ich aber nicht frei bekomme. Rob ist Künstler, da muss er auf seine seelische Befindlichkeit achten. Er kann sonst nicht kreativ sein.« Etwas weniger fest fügte ich hinzu: »Und er muss doch kreativ sein, damit er endlich mal was verdient.«

»*Du* arbeitest und verdienst das Geld, und *er* geht in den Urlaub, um sich davon zu erholen?«

»Nein!« Das klang ja gerade so, als ob ich Rob aushalten würde.

Aber wenn man ehrlich war …

»Also, nicht ganz«, sagte ich widerstrebend.

Paul zog eine Augenbraue hoch.

»Ja«, gestand ich.

»Hm«, machte Paul.

Er wandte sich wieder der Kräuterspirale zu, und in diesem Augenblick war ich mir sicher, dass *er* nicht allein in den Urlaub gehen würde, um mit seinen Kumpels zu saufen – Kreativität hin oder her.

Nachdenklich half ich ihm, einen Teil der Spirale mit Kompost aufzufüllen. »Findest du nicht, dass man sich gut um sich selbst kümmern sollte, wenn man Künstler ist?«

»Doch.« Paul häufte eine große Ladung Kompost zwischen die Feldsteine. »Aber man sollte es nicht auf Kosten anderer tun.«

»Ich dachte immer, als Künstler müsse man so sein.«

»Egoistisch?«

»Ach nein, so würde ich es nicht nennen. Eher … abgehoben. Um sich selbst kreisend. Ohne viel Gespür für seine Mitmenschen. Einfach weil der eigene Schaffensdrang alles andere überlagert – Gefühle, Empathie, Rücksichtnahme.«

Paul sah mich entgeistert an. »Das ist deine Vorstellung von einem Künstler? Um Himmels Willen, warum bist du denn dann mit einem zusammen?«

Statt auf diese durchaus berechtigte Frage zu antworten, beharrte ich trotzig: »Die Künstler, die ich kenne, sind jedenfalls so. Und ich finde, das muss man akzeptieren.«

»Die Künstler, die *ich* kenne«, sagte Paul fest, »sind nicht so. Und ich finde nicht, dass man Rücksichtslosigkeit unter dem Deckmäntelchen der Kreativität akzeptieren muss.«

Er hat Recht, schoss es mir durch den Kopf.

Und mit dieser Erkenntnis kam die Wut – auf Rob. Rob, der von meinem Geld lebte, der mein Geld mit vollen Händen ausgab, der von meinem Geld weggeflogen war und der jetzt an irgendeinem Strand lag, wahrscheinlich mit einem Mädchen im Arm. Alles nur zur Inspiration, versteht sich.

Abrupt wandte ich mich ab.

»Tut mir leid«, sagte Paul. »Ich wollte deinen Freund nicht angreifen. Ich weiß auch nicht, was da gerade in mich gefahren ist.«

»Er hat's verdient«, sagte ich kurz. Und als Christine aus dem offenen Bürofenster schrie: »Sarah, Telefon für dich!«, war ich froh, flüchten zu können.

Paul sollte mir nicht dabei zusehen, wie ich beim Gedanken an Rob mit den Zähnen knirschte.

»Nein, Ballettunterricht können die Kinder bei uns nicht erhalten. Da müssten Sie schon privat … wie? Geige, das ist unser neuestes Proje… aber nein, natürlich dürfen die Kinder auch mal frei spielen. Wir finden … ach, das ist nicht in Ihrem Sinn? Dann tut es mir leid. Vielleicht sollten Sie sich nach einem anderen Kindergarten umsehen.«

Augenrollend beendete ich das Gespräch und knallte das Telefon auf den Schreibtisch.

»Schon wieder so a Gscheidle?«, fragte Christine, die am offenen Fenster meines Büros lehnte und Paul bei der Arbeit zusah. Gscheidle war ihr Ausdruck für die Mütter, die grundsätzlich besser über Kindererziehung Bescheid zu wissen meinten als wir Erzieherinnen.

»Allerdings. Warum können sich zur Abwechslung nicht mal richtig nette Eltern bei uns bewerben? Oder zumindest normale, mit normalen Kindern?«

»Sei nicht undankbar.« Christine drehte sich feixend zu mir um. »Wir haben Paul. Und wir haben Sonja, die ist auch normal. Na ja, einigermaßen. Das sind schon zwei Normale, gegen nur achtunddreißig Gscheidle! Ist doch prima!«

Ich musste lachen. »Haben wir ein Glück. Übrigens hat Sonja heute Kochdienst. Wer hilft ihr? Du, Anna oder Babsi?«

Unsere Eltern wechselten sich dabei ab, ihren Kindern täglich ein – laut *Eiertanz*-Konzept – schmackhaftes und gesundes Mittagessen zu zaubern. Leider fiel der erste Punkt (schmackhaft) meist unter den Tisch, da der zweite (gesund) übergenau beachtet wurde. Inge Muller-Beinhard zum Beispiel servierte gerne ein dickflüssiges Getränk, das vor allem aus Bananen und grünem Salat bestand. Das Zeug schmeckte grauenhaft, daran konnte auch der Name, den sie sich dafür ausgedacht hatte (»Cowboy-Smoothie«), nichts ändern. Aber heute war ja Sonja an der Reihe, und das bedeutete: Heute würden wir satt werden. So bodenständig wie Sonjas Naturell war nämlich auch ihre Küche.

»Anna ist zum Helfen eingeteilt«, sagte Christine.

»Oh.« Das war schlecht. Ich wusste, dass Anna es hasste, beim Kochdienst zu assistieren, außerdem hasste Anna Sonja. »Dann schau ich wohl besser mal nach dem Rechten.«

»Gehst du danach wieder zu Jonas?«

»Ja. Die Eingewöhnung macht gute Fortschritte, findest du nicht? Obwohl er manchmal traurig aussieht. Er ist ernst für sein Alter.«

»Er hat bronzefarbene Haut«, sagte Christine.

»Jonas?«

»Paul.« Christine starrte schon wieder aus dem Fenster. »Wenn man genau hinschaut, schimmern seine Unterarme fast golden … Jo vureck im Schatte! Was für ein schöner Mann!« Sie seufzte verzückt.

Heroisch verkniff ich mir einen Blick nach draußen, überließ Christine ihrer Faszination und ging zu Sonja in die Küche.

Schon von weitem hörte ich Sonja und Anna streiten.

»Da kommt Zucker rein, schließlich ist das ein Pudding, und Ende Gelände!«, schimpfte Sonja gerade. Anna konterte mit einem Hinweis über Diabetes im Kindesalter, woraufhin Sonja rief, dass sie Anna gleich ihr kluges Maul stopfen würde. (Ganz so freundlich drückte sie es allerdings nicht aus.)

Ich trat ruhig hinzu und fragte in einem Ton, der jeder Irrenärztin Ehre gemacht hätte: »Worum geht's denn? Hmmmm, Gemüsesuppe, das riecht aber lecker!«

Anna sagte beleidigt: »Zum Nachtisch gibt es Pudding!«

»Aha«, sagte ich und lächelte milde. »Und?«

»Pudding!«, wiederholte sie. »Mit Zucker!«

»Na ja, ohne Zucker kann man Pudding schlecht kochen«, sagte ich.

»Ist dir eigentlich klar, dass all unsere lieben Kleinen Zahnprobleme bekommen werden, wenn sie hier mit Süßkram vollgestopft werden? Ich bestehe darauf, dass Sonja den Pudding zuckerfrei zubereitet.«

»Der wird nicht zuckerfrei, aus die Maus! Welchen Teil von ›nein‹ verstehst du eigentlich nicht, hä?«, rief Sonja erbost.

»Vielleicht einigen wir uns darauf, dass es für jedes Kind nur eine kleine Portion Pudding gibt, den aber dafür mit Zucker. Anna? Wäre das okay?« Ich hielt nichts von autoritärem Führungsstil, deshalb bemühte ich mich, Anna und Babsi in alle Entscheidungen einzubeziehen. Auch wenn mir das in Augenblicken wie diesem verdammt schwerfiel.

»Na gut. Ich muss ja nichts mitessen«, sagte Anna gnädig.

Sonja verschränkte die Arme vor der Brust. »Nein, musst du nicht. Und kochen musst du auch nicht. Das schaffe ich schon allein, und zwar viel besser als mit dir gemeinsam, jawohl Tirol!«

Ich seufzte und schickte mich in das Unvermeidliche. »Also gut, ich übernehme Annas Dienst. Geh du dafür zu Jonas, Anna. Er ist mit seinem Vater draußen bei der Kräuterspirale.«

Augenblicklich hellte sich Annas Gesicht auf. Sie leckte sich über die Lippen, warf ihre Miss-Piggy-Wellen zurück und eilte davon, zweifellos nicht, um sich um Jonas zu kümmern, sondern um sich an Paul heranzuschmeißen.

»Das war nett von dir, Sarah«, sagte Sonja und schwang ihren Kochlöffel. »So, jetzt reich mir mal bitte den Zucker. Noch 100 Gramm, und fertig ist die Laube!«

Nicht nur die, dachte ich missmutig.

Am Abend war ich froh, in eine ruhige und einsame Wohnung zu kommen, in der niemand die Wände bemalte, Bier trank oder mich überraschte. Ich gestand mir ein, dass es schön war, wenn Rob nicht daheim war. Prompt bekam ich ein schlechtes Gewissen, das sich allerdings wieder legte, als ich mir vorstellte, was Rob im Moment wohl so trieb. Ich schaute auf meine Armbanduhr. Freitag, sechs Uhr abends – da waren er, Max und Reinhold bestimmt schon hackedicht. Gut, dass wir nicht im Frankreich des 19. Jahrhunderts lebten, so entging mein trinkfreudiger Freund zumindest dem künstlertypischen Wahnsinn durch chronischen Absinth-Missbrauch.

Ob Paul auch so viel trank, wenn er malte? Das konnte ich mir nicht vorstellen. Eigentlich konnte ich mir Paul überhaupt nicht anders vorstellen als überlegen, ruhig, zurückhaltend … und dabei absolut scharf.

Erschrocken schüttelte ich den Kopf. Hatte ich das gerade wirklich gedacht? Scharf, du liebe Güte! Vielleicht war es wirklich an der Zeit, dass ich in mich ging und mich fragte, wie ich aus dieser hoffnungslosen Verliebtheit wieder herauskam.

Nur, dass ich irgendwie gar nicht herauskommen wollte. Ich dachte an die vergangene Woche. Es fühlte sich so gut an, mit Paul an der Kräuterspirale zu arbeiten, ihm zuzuhören und ihm dabei so nahe zu sein, wie ich ihm wohl nie wieder kommen würde. Es fühlte sich so gut an, seine Sicht der Dinge zu erfahren, selbst wenn das unweigerlich dazu führte, dass ich Rob immer kritischer sah. Und es fühlte sich so gut an, mir vorzustellen, dass wir in einem anderen Leben – ohne seine Frau, ohne Rob – vielleicht ein Paar geworden wären.

Aber dies war kein anderes Leben. Und deshalb musste ich endlich damit aufhören, von Paul zu träumen.

Gerade als ich beschloss, mich umgehend an eine vernünftige Strategieplanung zu machen (Thema: »Wie schlage ich mir den hinreißenden Paul aus dem Kopf und verändere gleichzeitig meine Beziehung zu Chaos-Rob?«), klingelte es an der

Wohnungstür. Und davor stand die Person, die ich heute am allerwenigsten gebrauchen konnte: Robs Mutti.

Sie hielt einen Topf in den Händen. »Flädlesuppe«, sagte sie zur Begrüßung missmutig. »Damit der Bue mal was Ordentliches in den Magen bekommt.«

»Der Bub ist im Urlaub«, erwiderte ich spitz. »Aber komm doch rein, Annemarie.«

Sie blieb im Türrahmen stehen. »Im Urlaub? Mit wem denn?«

»Mit seinen Kumpels. Sie sind in die Türkei geflogen.«

»In die Türkei?! Das solltest du ihm nicht erlauben, Sarah.« Annemarie schüttelte ihre grauen Löckchen, dass die Suppe im Topf überschwappte. »Er soll nicht faulenzen, sondern arbeiten! Robert ist alt genug, um sich endlich dem Ernst des Lebens zu stellen. Wenn du ihm jeglichen Anreiz dazu nimmst, indem du ihn von vorne bis hinten verwöhnst, ihn in den Urlaub schickst und …«

»Ich?« Empört starrte ich sie an. »Ich verwöhne ihn? Wer bringt ihm denn Flädlesuppe vorbei, bitteschön?«

»Das«, sagte sie streng, »ist etwas anderes. Denn ich bin seine Mutter.«

Ach was. Und darum musste sie ihn bekochen, bis er neunzig war?

»Wenn Robert nicht da ist, gehe ich eben wieder«, sagte Annemarie verschnupft. »Richte ihm bitte von mir aus, dass seine Mutter sehr enttäuscht von ihm ist. Der Professor, dem ich den Haushalt führe, würde *niemals* in die Türkei in den Urlaub fliegen!«

Sie drehte sich auf dem Absatz um und stapfte davon. Die Suppe nahm sie wieder mit. Das war schade; ich hatte einen Bärenhunger.

Ich schloss die Tür und grübelte noch über ihre letzte Bemerkung nach – war Annemarie nun enttäuscht, weil Rob im Urlaub war, oder weil er als Reiseziel die Türkei gewählt hatte? –, als das Telefon läutete. Ein Blick auf das Display verriet mir die Nummer meiner Eltern, und das bedeutete: weitere Vorwürfe. Weitere Missbilligung. Weitere bohrende Fragen. Und darauf hatte ich heute Abend absolut keine Lust mehr.

Also ließ ich es läuten, warf mich mit einer Packung Kekse aufs Sofa, aß sie bis auf den letzten Krümel auf und schaute dabei in die Dämmerung des Gartens hinaus. An meinem verschandelten Paravent, der schwarzen Uhr und dem blutroten »Carpe diem« starrte ich konsequent vorbei. Ruhe, Entspannung, Süßigkeiten und eine komplett männerfreie Zone: Das war es, was frau ab und zu brauchte.

Meine Strategieplanung konnte auch noch ein bisschen warten.

Hi Süße,

es ist superschön hier in Antalya! Bin total inspiriert und werde mit vielen Skizzen zurückkommen. Wetter gut, Strand fantastisch, Essen lecker, Mädels auch (haha, Spaß).

Danke nochmal dafür, dass Du alles bezahlt hast. Wenn ich mal berühmt bin, bekommst Du's zurück.

Bis bald
Rob

P. S. Das mit den leckeren Mädels war wirklich nur ein Spaß.

7.

Schon am Montag bereute ich es, dass ich die Strategieplanung aufgeschoben hatte. Denn hätte ich eine Strategie gehabt, hätten mich Pauls Worte bestimmt nicht so hart getroffen.

»Die Erde muss sich jetzt erst mal setzen«, sagte er, nachdem wir am späten Vormittag die letzten Schaufeln Kompost und Sand auf der Spirale verteilt hatten. Er stemmte die Hände in die Hüften, und mir fiel auf, dass seine Unterarme tatsächlich bronzefarben waren. Wow.

»Wir sollten abwarten, bis es ein paarmal draufgeregnet hat, damit sich die Erde ganz natürlich setzen kann«, sagte er. »Dann können wir mit der Bepflanzung anfangen. Wir haben also ein paar Tage Pause von der Arbeit.«

Er lächelte.

Ich lächelte nicht. Pause? Das hieß, wir würden uns nicht mehr sehen! Denn wenn wir Jonas' Eingewöhnung abschließen wollten, musste Paul ihn spätestens jetzt, nach drei Wochen, den ganzen Tag allein lassen; was auch möglich war, wenn die Arbeit an der Spirale Pauls Anwesenheit nicht mehr erforderte.

In meinem Magen begann sich etwas zu verknoten. Etwas Kleines, Fieses, Schmerzendes.

Paul sagte: »Ich gehe dann jetzt. Ist das okay? Jonas fühlt sich ja schon sehr wohl hier.«

Ich nickte stumm.

»Wann soll ich wiederkommen?«

In fünf Minuten? In fünf Sekunden? Besser gleich hierbleiben? »Du kannst kommen, kurz bevor wir schließen. Sollte vorher was sein, rufen wir dich an.«

»Alles klar. Die Nummer von *Young art(ists)* habt ihr ja.«

Ich nickte wieder und ärgerte mich, dass der kleine, fiese Knoten in meinem Magen nicht verschwinden wollte. Paul nahm es schließlich völlig gelassen hin, dass unsere gemeinsame Zeit fürs Erste vorüber sein würde.

Und warum auch nicht? Er war ein Vater, ich die Bezugserzieherin seines Sohnes, mehr nicht. Es war nichts zwischen uns vorgefallen, er hatte mir keine Avancen irgendwelcher Art gemacht. Nichts war passiert – nichts bis auf diese Momente, in denen er mich zu lange, zu intensiv, zu elektrisierend betrachtet hatte.

Quatsch, rief ich mich zur Ordnung. Gar nichts hatte er getan! Ich fand ihn scharf, ich sollte mich dafür schämen, und Schluss.

»Jonas und ich haben noch was für dich«, sagte Paul in diesem Augenblick, und zu Jonas neben ihm: »Geh doch mal das Geschenk holen.«

Eifrig flitzte Jonas durch den Garten und ins Haus, und keine Minute später war er wieder da. Mit erdverschmierten Händen hielt er mir ein in Geschenkpapier eingeschlagenes Päckchen entgegen. Strahlend sagte er: »Wir haben ganz schön lange gesucht, bis wir so ein schönes B… äh, Geschenk gefunden haben.«

Mit klopfendem Herzen nahm ich das Geschenk entgegen, wobei ich Pauls Blick mied, und packte es aus.

Es war ein Kräuterbuch.

Gott, es war das schönste, prachtvollste, umfassendste Kräuterbuch, das man sich nur vorstellen konnte!

Ich hob den Blick und sah Paul an, ohne ein Wort herauszubringen.

Er lächelte unsicher. »Ich dachte, weil dein Freund doch den Laptop mitgenommen hat.«

»Das ist …« Meine Stimme versagte. Ich hatte das Gefühl, mich noch nie so sehr über ein Geschenk gefreut zu haben wie über dieses Buch, das so vollkommen meinen Geschmack getroffen hatte.

»Papa war mit nix zufrieden«, krähte Jonas. »An allem hatte er was auszusetzen. Wir mussten am Samstag in drei Buchläden gehen, bis er sich endlich entschieden hatte!«

Pauls Gesicht überzog sich mit einer kaum wahrnehmbaren Röte. »Ich sag's doch, du bist eine kleine Plaudertasche!«, meinte er und boxte Jonas zärtlich gegen die schmale Schulter.

Jonas, der sonst immer so ernst wirkte, lachte glücklich.

Und dann suchte Paul meinen Blick. Als wir uns zögernd anlächelten, war ich mir sicher, dass er in meinen Augen alles lesen konnte, was in mir tobte: Dankbarkeit, Rührung, Unsicherheit und dieses Gefühl, das ich so entschlossen war zu bekämpfen. Das Gefühl, das mich verletzlich machte. Das Gefühl, das mich mit Vulkangewalt aus meinem lauen, aber sicheren Leben herausschleuderte.

Liebe.

Ich riss meine Augen von Paul los und zwang mich, Jonas anzusehen. »Das habt ihr ganz toll ausgesucht, Jonas. Es ist genau das Richtige«, sagte ich mit belegter Stimme.

Statt zu antworten, schaute der Kleine aufmerksam von mir zu seinem Vater und zurück, hin und her, immer wieder. Dann lächelte er.

»Gut, Papa«, sagte er zufrieden. »Jetzt kannst du gehen.«

Es war kalt ohne Paul.

Ich kümmerte mich um seinen Sohn, half in der Küche, setzte mich in die Puppenecke und wiegte Plastikbabys, erledigte Organisatorisches, schlichtete Streit zwischen Christine und Babsi, und die ganze Zeit über hatte ich das Gefühl, zu frieren. Blöderweise bildete ich mir ein, dass mir sofort wieder warm werden würde, wenn Paul nur da wäre. Immer wieder fand ich vor mir selbst eine Ausrede, um in mein Büro zu gehen und kurz in meinem neuen Kräuterbuch zu blättern. Die Seiten schienen Wärme abzusondern, fast so, als hätten sie Pauls Präsenz gespeichert. Du liebe Güte, ich hatte wirklich nicht mehr alle Tassen im Schrank! Theorien über wärmespeichernde Seiten. Fiebrige Sehnsucht nach diesem umwerfenden Mann, der definitiv einer anderen gehörte, egal was »Ehebruch als Erlösung. Eine Streitschrift« sagte. Glück und Unglück so nah beieinander, beständig darum kämpfend, wer die Oberhand in mir gewann. War das noch normal?

Wahrscheinlich nicht.

Und dann, nach unendlich erscheinenden Stunden, war Paul wieder da. Er erkundigte sich lächelnd danach, wie Jonas sich in seiner Abwesenheit gemacht hatte, und alles war wieder warm und hell. Ich sah Paul, wie er sich bewegte, wie er lachte und mit Jonas die letzten paar Minuten mit der Rennbahn spielte. Ab und zu fing ich seinen Blick auf, dann wurde die Wärme zu Hitze. Und als schließlich alle Kinder und Eltern gegangen waren, ich allein war und die Tür des Kinderladens abschloss, wusste ich, dass es keinen Sinn hatte, mir noch länger etwas vorzumachen.

Ich würde nicht mehr unbeschadet aus der Sache rauskommen.

Mehr denn je fürchtete ich mich vor dem Moment, da Rob aus dem Urlaub zurückkommen würde.

Während der restlichen Woche bekam ich allerdings wenig Gelegenheit, mir über Rob und unsere Beziehung Sorgen zu machen, denn die Stimmung im Kinderladen forderte meine ganze Aufmerksamkeit. Irgendetwas hatte sich in den letzten Tagen verändert.

Zum Schlechten.

Ich spürte es schon morgens, wenn ich mit den Müttern plauderte, die ihre Kinder in den *Eiertanz* brachten. Waren die meisten Frauen grundsätzlich freundlich zu mir, schlich sich nun zunehmend ein frostiger Unterton in ihre Stimmen. Als ich es das erste Mal registrierte, hielt ich es noch für Einbildung; doch bald sah ich die Mütter verstohlen miteinander tuscheln und mir dabei giftige Blicke zuwerfen.

Und das war nicht alles. Auch Anna und Babsi standen immer öfter konspirativ zusammen, diskutierten mit gesenkten Stimmen und verstummten, sobald ich mich ihnen näherte.

Ich grübelte, was ich wohl verbrochen hatte, dass die gesamte Truppe sich gegen mich verschwor. Hatte ich unwissentlich gegen eine fundamental wichtige *Eiertanz*-Konzept-Regel verstoßen? Aber nein, das Konzept kannte ich in- und auswendig, so etwas würde mir nicht passieren. Oder hatte ich irgendjemanden so schwer gekränkt, dass alle anderen in mitfühlender Empörung sauer auf mich waren? Hm. Aber was könnte so schlimm sein? Und warum hatte ich es nicht bemerkt?

Am Freitag, dem letzten Tag vor Robs Rückkehr aus der Türkei, hielt ich es nicht mehr aus. Als sie an meiner geöffneten Bürotür vorbeilief, schnappte ich mir die einzige Frau, die sich noch normal benahm: meine treue Freundin Christine.

Blitzschnell zog ich sie ins Büro und schloss leise die Tür hinter uns. »Hast du eine Ahnung, was hier abläuft?«, raunte ich und vergewisserte mich dabei, dass die Tür auch wirklich geschlossen war.

»He, spielst du Agentin oder was?«, fragte Christine grinsend, wurde jedoch ernst, als sie meine sorgenvolle Miene sah. »'tschuldigung. Ich bin es bloß nicht gewöhnt, dass man mich in dunkle Hauseingänge zieht, um mich zu verhören. Also, wo drückt der Schuh?«

»Dies ist kein dunkler Hauseingang, sondern mein helles Büro, und der Schuh drückt rundum«, sagte ich grimmig. »Anna und Babsi verschwören sich gegen mich, die Mütter betrachten mich mit eisigen Blicken, und ich habe das starke Gefühl, dass der Elternabend am nächsten Mittwoch schrecklich wird.«

»Verstehe«, sagte Christine. »Du leidest unter Paranoia. Warst du schon bei einem Fachmann deswegen?«

Ich schüttelte den Kopf. »Nein.«

»Ich kenne da einen guten Psychiater in der Niederburg, gleich bei …«

»Ich meinte nicht: Nein, ich war bei keinem Fachmann, sondern nein, ich leide nicht unter Paranoia. Es ist nur allzu wahr!«

»Das sagen sie alle. Es ist geradezu idealtypisch, dass man denkt …«

»Christine!«, rief ich verzweifelt. »Ich bilde mir das nicht ein. Irgendwas ist hier im Busch, das sieht doch ein Blinder mit Krückstock! Und da ich die Einzige bin, die nicht eingeweiht wird, muss es mit mir zu tun haben.«

»Ich bin auch nicht eingeweiht«, gab Christine zu bedenken. »Immer vorausgesetzt, es gibt etwas, in das man eingeweiht werden könnte und du bist nicht doch paranoid.«

»Okay, Christine. Du bist vielleicht nicht eingeweiht, aber dich schauen sie nicht so eisig an, oder?«

»Wer denn?«

»Die Mütter. Anna. Babsi. Alle halt.«

»Die Väter auch?«

Ich überlegte. »Nein, die nicht. Komisch eigentlich.«

»Und Paul?«

Ach, Paul …

Unwillkürlich seufzte ich. Paul sah ich nur noch sporadisch. Die Spirale würde erst bepflanzt, wenn es ein paarmal geregnet hätte – und leider war das Wetter gleichbleibend warm und schön. Blöde Sonne.

»Paul ist freundlich und zurückhaltend, wie immer. Aber wir sehen uns ja nicht mehr viel.«

Christine lachte, völlig unangemessen, wie ich fand. »Und das passt dir nicht, hm? Was ist eigentlich aus deinem Plan geworden, tapfer gegen seine überirdische Anziehungskraft anzukämpfen?« Sie hob abwehrend die Hände. »Sag nichts, ich weiß es sowieso. Du bist noch viel verliebter als bei unserem letzten Gespräch. Und alles nur wegen dieser Kräuterspirale, an der ihr zusammen gearbeitet habt!«

»Er ist so nett«, murmelte ich betreten. »So unaufdringlich, und gleichzeitig so aufmerksam. Und er …«

»… ist auch nicht direkt hässlich, nicht wahr?«

»Äh, nein.« Ich räusperte mich. »Nicht direkt.« *Verdammt, der ganze Mann ist eine einzige Versuchung.*

Christine lachte wieder. »Ist dir schon mal die Idee gekommen, dass die Weiberriege hier neidisch sein könnte?«

Ich runzelte die Stirn. »Worauf denn?«

»Na, auf dich! Da haben wir einmal, ein einziges Mal, einen solchen Mann im *Eiertanz,* und er schenkt keiner Frau auch nur die geringste Aufmerksamkeit! Anna hat ihm sogar ihr Tattoo gezeigt – das am Hintern, nicht das am Knöchel –, und er hat nur kühl gesagt, Tattoos seien nicht sein Ding.«

»O Gott, das hat Anna getan?«

»Mhm. Sie hat extra ihre Hotpants dafür angezogen.«

Ich stöhnte. Offensichtlich war Anna entschlossen, den Ruf des Kinderladens endgültig zu ruinieren.

»Mit dir aber«, fuhr Christine fort, »baut dieser Mann eine Kräuterspirale. Und das bedeutet, er widmet seine gesamte Zeit ausschließlich dir, redet und lacht und flirtet mit dir, und der gesamte Kinderladen kann euch dabei zusehen.« Sie zog die Augenbrauen hoch. »Hast du wirklich gedacht, die Weiber *kochen* nicht vor Wut?«

Verblüfft sagte ich: »Aber sie sind doch alle verheiratet! Außerdem kommt die Spirale den Kindern zugute. Wir werden Kräuter ernten können, das ist gesund. Und ich kann mit den Kleinen den Lebenszyklus der Pflanzen studieren, wir werden sehen, wie sie wachsen und Samen bilden und …«

»… das wäre auch schön und gut, solange Paul seine Aufmerksamkeit schön gleichmäßig auf alle Frauen verteilen würde. Aber das«, sie zuckte mit den Schultern, »tut er eben nicht. Und das kratzt gehörig am Selbstbewusstsein der Damen, verheiratet oder nicht.«

Ich schwieg.

»Das ist lächerlich«, sagte ich schließlich schwach.

»Ziemlich viel hier ist lächerlich«, sagte Christine. »Das weißt du so gut wie ich.«

Ich holte tief Luft, um ihr zu widersprechen. Dies hier war mein Kinderladen, ich war die Leiterin, und ich wollte meinen sinnerfüllten Job nicht schlechtreden.

Doch dann stieß ich die Luft ruckartig wieder aus, denn mir wurde klar, dass Christine Recht hatte. Das meiste hier lief nicht so, wie ich mir das wünschte.

Aber mich ständig gegen sämtliche Mütter und Väter auflehnen? Nicht »Wir zwei gegen alle«, wie bei meiner neuen Lieblingsautorin Vivian Violetta, sondern »Ich allein gegen alle«? Schon bei dem Gedanken daran wurde mir schlecht. Sarah Teschner gegen die böse Welt – ein Stück in einem Akt. Und ohne Happy-End.

Plötzlich konnte ich mich selbst nicht mehr ausstehen. Vielleicht hatte ich es ja verdient, dass man sich gegen mich verbündete. Vielleicht sollte ich einfach das Handtuch werfen, mit Rob zu seiner Mutti ziehen und lernen, wie man anständige Flädlesuppe kochte. Dann würde ich den verheirateten Paul nicht mehr sehen, keiner wäre mehr auf mich neidisch, die Frühförderung könnte bis zum Erbrechen intensiviert werden, und alle wären glücklich. O ja.

Nur ich nicht.

Hm, und die Kinder wahrscheinlich auch nicht.

Und der süße, ernste Jonas, der mir bereits ans Herz gewachsen war, ganz bestimmt nicht.

Und Paul?

»Lass uns mal den Mittwoch abwarten«, riss Christine mich aus meinen Gedanken. »Wenn der Elternabend gut verläuft, hast du dir diese ganze Verschwörung nur eingebildet, und du gehst zu dem netten, kompetenten Psychiater, von dem ich dir erzählt habe. Und wenn nicht, dann weißt du wenigstens, was Sache ist.«

Tja, man soll auch für den kleinsten Lichtblick dankbar sein, dachte ich trübe.

Mitteilung des Elternrates an alle Mütter

Liebe Mitstreiterinnen,

nur zur Erinnerung: Der Elternabend steht vor der Tür, und da wir gemeinsam beschlossen haben, eine gewisse Person in ihre Grenzen zu verweisen, ist es von Bedeutung, dass wir a) geschlossen auftreten und b) unsere Ehemänner daheim lassen.

Letzteres ist sehr wichtig für den Erfolg unserer Mission. Wie bekannt, schlägt eine gewisse Person gerne einen Vorteil aus ihrem Äußeren. Anders ist es meiner Meinung nach nicht zu erklären, dass sie überhaupt eingestellt wurde. Wir dürfen nicht vergessen, dass Männer – auch unsere – visuelle Wesen sind, liebe Mitstreiterinnen. Mit dem richtigen Aussehen kann man ihnen (leider) alles verkaufen. Also sorgt bitte dafür, dass wir beim Elternabend unter uns bleiben! So dass niemand in Versuchung kommt, einer gewissen Person den Rücken zu stärken.

Ich freue mich auf ein schönes, konstruktives Zusammensein mit Euch allen.

Inge Muller-Beinhard (1. Vorsitzende des Elternrates)

8.

Es war Samstagabend, Rob war wieder da, und er benahm sich entschieden seltsam.

»Soll ich dir einen Tee kochen? Ich trinke jedenfalls einen«, sagte er, unmittelbar nachdem er sein Gepäck in den Flur geschmissen hatte.

»Gerne«, sagte ich misstrauisch. Dass Rob freiwillig Tee trank, geschweige denn ihn selbst zubereitete, war in unserer ganzen Beziehung noch nicht vorgekommen. »Ist dir schlecht?«

»Nö«, nuschelte er. »Aber ich hatte ein bisschen zu viel Alkohol im Urlaub.«

»Das habe ich befürchtet.« Sofort verfiel ich wieder in die genervte Stimmung, in die ich in Robs Gegenwart nun so oft geriet.

Doch da sagte Rob zu meiner Überraschung: »Ich werde mich ändern, Sarah. Ich werde das Lotterleben aufgeben. Nun ja, zumindest einschränken.«

Ich glaubte, mich verhört zu haben.

»Ich habe nachgedacht«, sagte er. »Bin in mich gegangen.«

Ich zog die Augenbrauen hoch. »Am Strand?«

»Unter anderem, ja. Ich habe beschlossen, dass ich dir ein besserer Partner sein möchte.«

»Ach«, machte ich nur, denn das verschlug mir nun doch die Sprache. Rob liebte sein Lotterleben! Es war für ihn der Inbegriff der künstlerischen Existenz. Und nun wollte er es einschränken, nur um mir ein besserer Partner zu sein? Ich forschte in seinem Gesicht, ob er sich über mich lustig machte. Aber alles, was ich fand, war ein entschlossener Zug um den Mund und ein irgendwie reumütiger Ausdruck in seinen Augen.

»Rob«, sagte ich lauernd. »Was ist in der Türkei vorgefallen?«

»Nichts!«, erwiderte er hastig. »Jedenfalls nichts Schlimmes. Ist alles nochmal gut gegangen. Ich habe nur nachgedacht. Darf ich doch, oder?«

Ich verschränkte die Arme vor der Brust. »*Was* ist nochmal gut gegangen?«

»Ja nun. Ähm. Also. Ich habe gemalt. Einen Akt. Am Strand. Das hat den türkischen Behörden nicht so gut gefallen.« Rob warf mir einen betont unschuldigen Blick zu. »Ich war nur eine einzige Nacht im Gefängnis, Sarah. War wohl mein Glück, dass das Modell eine Italienerin war und keine Türkin. Sie hat sofort zu meinen Gunsten ausgesagt, sie fand die Sache genauso wenig schlimm wie ich. Klasse Frau, übrigens.«

Gefängnis. Okay. Nicht aufregen, Sarah.

Ich schloss kurz die Augen, um mich zu beruhigen. Dann öffnete ich sie wieder und musterte meinen Freund, der mir immer mehr wie mein missratenes Kind vorkam. »Was«, sagte ich, »ist wirklich an diesem Strand passiert, Rob?«

»Nichts! Ich habe sie gemalt, das ist alles. Okay, die Pose war vielleicht ein bisschen anzüglich, aber schau dir doch mal an, wie diese ganzen großen Künstler die Frauen gemalt haben, Egon Schiele, Gustave Courbet … hey, der Courbet hat sogar ein Bild gemalt, auf dem nichts zu sehen war als eine Vagina! Und das im 19. Jahrhundert! Und das Bild hängt jetzt im Musée d'Orsay!«

Ich atmete tief durch und sagte nichts.

»So etwas«, fügte Rob ernsthaft hinzu, »würde ich natürlich *nie* malen. Bei mir ist die ganze Frau zu sehen. Von oben bis unten.«

Super. Sollte ich mich also darüber freuen, dass Rob nicht nur die Vagina dieser tollen Frau gemalt hatte, sondern auch ihre Brüste? Heißer Zorn stieg in mir auf. Au Mann, ich hatte so was von genug.

»Weißt du was, Rob?«, stieß ich aus. »Ich glaube, du bist einfach wild auf alles, was einen Rock anhat, oder besser: nicht anhat. Deshalb malst du ständig Akte, sogar im Urlaub. So einfach ist das. So billig.« Ich schluckte. »So traurig.«

»Aber Sarah!« Rob sah ehrlich verletzt aus. »Ich liebe dich doch! Es ist bloß … wie soll ich das erklären … es ist dieser Drang tief in mir. Verstehst du?«

»Nein«, sagte ich.

»Ich möchte doch nur das Wesen der Frauen begreifen!« Er hob beschwörend die Hände. »Möchte es festhalten, verewigen, möchte ihm huldigen. Und ich möchte es auf meine Art interpretieren. Dass die Erotik dabei eine Rolle spielt, leugne ich ja gar nicht, aber das hat doch nichts mit Liebe zu tun! Was ich als Künstler tue, betrifft dich und mich als Paar überhaupt nicht. Kein kleinstes bisschen.«

Er kam einen Schritt auf mich zu und nahm mein Gesicht in beide Hände. »Du bist die Frau, mit der ich leben will«, sagte er leise. »Niemand sonst. Nur du. Warum also solltest du eifersüchtig auf ein x-beliebiges Modell sein?«

Ich spürte, dass ich ins Wanken geriet. Ein Teil von mir verstand Rob und seine Argumentation – und das ärgerte den Teil von mir, der absolute Treue forderte, der sich nach Romantik und ausschließlicher Liebe sehnte. Ich fühlte Robs warme Berührung auf meiner Haut, schaute in seine großen, bekümmerten Augen. Herrje, warum konnte ich ihn nicht so akzeptieren, wie er war? War ich wirklich so selbstgerecht? Niemand war perfekt, ich selbst ja auch nicht. Verdammt, ich war in einen verheirateten Mann verliebt! War das etwa besser als das, was Rob getan hatte? Ja, vielleicht hatte er mich tatsächlich körperlich betrogen, aber dafür betrog ich ihn in meinem Herzen. Was war schlimmer?

Rob zog meinen Kopf zu sich heran, um mich zu küssen. Müde und verwirrt ließ ich es geschehen und schloss die Augen. Blitzartig tauchte Pauls Bild in mir auf. Und da wusste ich, dass ich Rob nicht mehr küssen konnte.

In diesem Moment drückte er seinen Mund fest auf meinen.

Es fühlte sich vertraut an … vertraut und tröstlich und so sicher, dass sich meine Arme wie von selbst hoben. Sie legten sich um Robs Hals, als zwänge die pure Macht der Gewohnheit sie, genau dies zu tun. Aber gleichzeitig schoss ein scharfer Schmerz durch meine Brust, weil Rob nicht wie Paul roch, weil er nicht Paul *war*. Weil Paul in diesem Moment vielleicht genauso leidenschaftlich seine schöne Frau küsste, wie Rob mich küsste. O Gott, bitte nicht! All die aufwühlenden Gefühle, all die Gedanken, die ich nicht denken wollte, wirbelten durcheinander und trieben mir die Tränen in die Augen.

»So sehr hast du mich vermisst, Süße?«, flüsterte Rob gerührt und wischte mit dem Daumen eine Träne von meinem Gesicht. »Komm, nicht weinen, ich bin ja wieder da.«

Ich hasste mich.

»Lass uns unser Wiedersehen feiern«, raunte Rob. »Der Tee kann warten.«

Er hob mich auf seine Arme wie der Held eines altmodischen Films. Dann trug er mich ins Schlafzimmer, und ich ergab mich dem Strudel aus Sehnsucht, schlechtem Gewissen, Ohnmacht und Lust auf Liebe.

Doch über allem schwebte die Trauer darüber, dass es einfach nicht der Richtige war, der mir die Kleider vom Körper streifte.

Später tranken wir zusammen unseren Tee. Eine Kerze flackerte zwischen uns auf dem Tisch, die laue Nachtluft wehte durch das Fenster, und alles war sehr romantisch. Nur dass ich Rob vor lauter Scham mal wieder nicht in die Augen blicken konnte, womit ich nahtlos an den Zustand vor seinem Türkei-Urlaub anknüpfte.

Da hast du die Zeit ohne ihn ja wirklich gut genutzt, liebe Sarah, dachte ich böse.

Meine Finger schmerzten, weil ich die heiße Teetasse so fest umklammert hielt, als wollte ich sie zerbrechen. Gut so; ich hatte den Schmerz verdient. Denn statt in den letzten zwei Wochen eine wohlüberlegte, tragfähige Entscheidung getroffen zu haben, war ich trotz der schlauen Bücher, die ich gelesen hatte, verwirrter denn je:

Paul mied meine Nähe, seit er mir das Kräuterbuch geschenkt hatte, und statt erleichtert zu sein, machte mich sein Rückzug ganz krank. Rob dagegen verhielt sich nun so liebevoll, dass ich ihm unmöglich an den Kopf werfen konnte, dass das mit uns keinen Sinn mehr hatte. Dennoch hatte ich im Augenblick der höchsten Lust nicht an Rob gedacht, sondern völlig selbstverständlich an Paul. Dass ich es mir gerade noch verkniffen hatte, seinen Namen zu stöhnen, war das Einzige, das sich zu meinen Gunsten anführen ließ. Und nun saßen Rob und ich hier und plauderten, als sei alles wie immer. Er lächelte und erkundigte sich danach, wie es mir während seiner Abwesenheit ergangen war, und dass er nicht spürte, wie sehr ich mich innerlich von ihm entfernt hatte, machte es nur noch schlimmer.

Irgendwann bemerkte Rob, dass ich ziemlich einsilbig war, und übernahm das Reden selbst. Nachdem er ein bisschen was vom Urlaub erzählt hatte – Max und Reinhold schienen sich konsequent danebenbenommen zu haben, was Rob superlustig fand –, wurde er ernster und legte mir seinen Plan zur Änderung seines Lebens dar.

Der Plan bestand aus drei Punkten:

Erstens, Rob würde von nun an keinen Alkohol mehr trinken. Ausnahmen: das Wochenende, und wenn er ein besonders gelungenes Bild fertiggestellt hatte. (Hm. Fand Rob nicht jedes seiner Bilder besonders gelungen?) Bier galt übrigens nicht als Alkohol, das hatten die Menschen im Mittelalter schließlich auch wie Wasser getrunken.

Zweitens, Rob würde Akte nur noch in der Sicherheit der heimischen Wohnung malen. (O je. Sollte ich seine Modelle nun etwa auch noch bekochen?!)

Und drittens, in die Türkei würde Rob nie, nie wieder fliegen! (Na, das würde Annemarie sicher freuen).

Damit, erklärte er feierlich, sei sein Lotterleben offiziell Vergangenheit. Ich seufzte nur. Was ihn zu der Aussage bewegte, ganz offensichtlich sei ich an diesem Wiedersehensabend nicht mehr in der Lage, seine hehren Absichten angemessen zu würdigen. Ob ich müde sei? Ich solle doch lieber ins Bett gehen. Schlafen. Am besten mit ihm.

Ich seufzte ein zweites Mal. Schon wieder Sex? Offensichtlich hatte er mich doch nicht betrogen, so ausgehungert, wie er war. Ich sagte mir, dass das ein gutes Zeichen war, und dass ich mich darüber freuen sollte. Vielleicht hatte unsere Beziehung doch noch eine Chance verdient. Zwei Wochen mit seinen Kumpels im Urlaub, und Rob war treu geblieben! Das war doch bemerkenswert!

Also gingen wir wieder ins Bett.

Leider liefen in meinem Kopfkino auch diesmal nur Filme (FSK 18), in denen Paul die männliche Hauptrolle spielte und ich die weibliche. Nicht, dass diese Filme schlecht gewesen wären – sie waren sogar ziemlich aufregend. Währenddessen. Aber danach war mir vor lauter Gewissensqual speiübel, und ich lag die halbe Nacht lang wach.

Mal wieder.

Was dazu führte, dass meine Laune am nächsten Tag bei weitem nicht so strahlend war, wie sie hätte sein sollen. Ein warmer, sonniger Sonntag Ende Mai, ein Spaziergang am Seeufer, neben mir mein frisch aus dem Urlaub zurückgekehrter Freund, der sein Lotterleben hinter sich lassen wollte – ich hätte selig lächeln und verliebten Unsinn reden sollen! Stattdessen versteckte ich meine müden, roten Augen hinter einer schwarzen Sonnenbrille und war so wortkarg, dass es jedem, wirklich jedem, hätte auffallen müssen.

Nur nicht Rob. Vielleicht lag das an seiner Freude darüber, dass dies der erste Sonntag seit Monaten war, den er ohne die Nachwirkungen übermäßigen Alkoholkonsums erleben durfte. Vielleicht auch daran, dass Menschen wie Rob es schlichtweg nicht mitbekamen, wie es anderen um sie herum ging. Oder es lag einfach daran, dass seine Aufmerksamkeit von dem magischen Stückchen Bodensee-Ufer gefesselt wurde, dem wir uns gerade langsam, aber unaufhaltsam näherten.

Wir waren mit dem Bus zum Strandbad Hörnle gefahren, wie immer, wenn wir vorhatten, spazieren zu gehen. Wir fuhren aber nicht zum Strandbad, weil Rob vor dem Laufen eine Runde schwimmen wollte, ja nicht einmal wegen der vielen Frauen in Bikinis, die sich auf den weitläufigen Wiesen tummelten oder auf Handtüchern am steinigen Strand lagen. Nein, Rob zog es zu eben jenem Stückchen Ufer, das eigentlich genauso aussah wie das Ufer ein paar Meter weiter – mit einem einzigen Unterschied. Einem gewichtigen Unterschied, den ein Schild anzeigte, das schamhaft zwischen den Blättern der Buchenhecke hervorlugte: Hier begann der FKK-Bereich.

Normalerweise versetzte es mir einen Stich, wenn wir den FKK-Bereich passierten. Es ärgerte mich, dass Rob sich den Hals verrenkte, über Hecken schielte und ganz ungeniert Fleischbeschau betrieb, während ich neben ihm hertrottete. Konnte er das nicht sein lassen? Oder wenigstens auf die Spaziergänge beschränken, die er allein unternahm? Nein, Rob konnte nicht. Rob glotzte, und ich brodelte, und wenn unser Spaziergang uns dann weiterführte, fort vom Strandbad und den Anhängern der Freikörperkultur, fingen wir regelmäßig an zu streiten. Ich warf Rob vor, dass er keinen Funken Anstand im Leib habe, von Taktgefühl ganz zu schweigen, während Rob mir zu erklären pflegte, dass es ein legitimes männliches Bedürfnis sei, ästhetische nackte Frauenkörper zu betrachten, und dass ich doch bitte! etwas offener sein solle. Und so stapften wir den Uferweg entlang, über uns die mächtigen Kronen der Stieleichen, rechts der See, und stritten ungeachtet der malerischen Natur über das ewig gleiche Thema. Immer, jedes Mal, ohne Ausnahme.

Heute nicht.

Heute machte ich mir nicht einmal die Mühe, Robs Blicken mit den Augen zu folgen. Wenn ich ehrlich war, empfand ich sogar eine gewisse Erleichterung, dass Rob seine Aufmerksamkeit ein paar Minuten lang von mir abzog, so dass ich meinen eigenen Gedanken nachhängen konnte. Mit meinem Freund in der Sonne spazieren zu gehen, war schön und gut; Paul und damit auch mein schlechtes Gewissen als ständige Begleiter in Kopf und Herz zu spüren, tat dem Vergnügen jedoch entschieden Abbruch. Ich fühlte mich untreu und verdorben, und das gefiel mir nicht.

Außerdem machte ich mir Sorgen wegen des Elternabends, der am Mittwoch anstand. Ich ahnte, ich *wusste*, dass es nicht nur um die üblichen Kleinigkeiten gehen würde: ob die Eingangstür in Cremeweiß oder in fröhlichem Orange gestrichen werden solle, ob die neue Aktivität »Wirtschafts-Chinesisch« für unsere Vorschüler als kindgerecht anzusehen sei und ob der jährliche Großputz dieses Jahr wieder von den Eltern durchgeführt werden müsse (weil die Putzerei so gemeinschaftsfördernd war) oder an eine Dienstleistungsfirma delegiert werden würde (weil die Putzerei auch verdammt anstrengend war). Nein, dieses Mal würde über diese Fragen kein Streit entbrennen, der uns Stunde um Stunde im nächtlichen Kinderladen festhalten würde. Denn dieses Mal hätten alle ein gemeinsames Ziel, auf das sie sich einschießen konnten – und dieses Ziel war ich. Das wusste ich so sicher, wie ich in diesem Moment wusste, dass Rob am Spannen war, auch wenn ich ihn keines Blickes würdigte.

Ob Paul auch auf den Elternabend kommen würde? Ob er mich unterstützte? Oder ob seine geheimnisvolle, stets ferne Ehefrau uns die Ehre erweisen würde? Wenn es denn eine Ehre war. Ich schlich neben Rob her, der in schneckenartiger Geschwindigkeit den FKK-Bereich durchschritt, und kniff hinter meiner dunklen Sonnenbrille die Augen zusammen. Verdammt, ich lehnte diese Lydia aus tiefster Seele ab, obwohl ich sie nicht einmal kannte! Und das tat ich nicht nur deshalb, weil sie Jonas, den ich inzwischen sehr lieb gewonnen hatte, unglücklich machte. Nein, mein Hauptgrund war weniger edelmütig: Lydia hatte, wonach ich mich verzehrte.

Paul.

Paul, der mich kaum mehr beachtete, und der keinerlei Anstrengung unternahm, in meiner Nähe zu sein.

Warum auch?, dachte ich missmutig. Er hatte ja seine schöne, erfolgreiche Frau. *Die* würde sich bestimmt nicht von irgendwelchen Eltern auf der Nase rumtanzen lassen. *Die* würde ihren Kinderladen so führen, wie sie es für richtig hielt. Lydia war sicher nicht nur hübsch und diszipliniert, sondern auch mit einer natürlichen innerlichen Stärke gesegnet. Was also sollte Paul mit einer wie mir, die sich vor einem blöden Elternabend fürchtete, und vor biestigen Frauen wie Inge Muller-Beinhard? Plötzlich wünschte ich mir nichts sehnlicher, als dass es tatsächlich Lydia sein würde, die auf dem Elternabend erschien. Dass sie meine Niederlage miterleben würde, war kein schöner Gedanke. Aber vor Paul niedergemacht zu werden – diese Vorstellung war schrecklich.

Es sei denn, du wehrst dich endlich mal, flüsterte eine kaum vernehmbare Stimme in mir spöttisch.

Sie verstummte sofort, als Rob neben mir euphorisch ausrief: »Was für ein herrlicher, herrlicher Sonntag! Und ganz ohne Eifersüchteleien. Ich sag's ja, ab jetzt wird alles besser, Sarah.«

Er nahm meine Hand und zog mich durch das Tor aus dem Strandbad. Schweigend gingen wir den Uferweg entlang, über uns die Kronen der Stieleichen, rechts der See, alles genau wie immer. Aber heute war Rob still und zufrieden, und ich war still und sorgenvoll.

Tja, wir schwiegen zwar, aber immerhin stritten wir uns nicht.

Wenn das mal kein Fortschritt war.

Aufstrebender Künstler sucht hübsches, offenes Aktmodell für Darstellung der Liebesgöttin Aphrodite. Gerne mit Idealmaßen, gerne sehr jung. Bezahlung nach Absprache, Beginn der Sitzungen sobald wie möglich.

*Tel. 0176/*********

9.

Christine ließ meinen Bürostuhl krachend auf dem Boden nieder, und ich sah mich prüfend um. Wir hatten einen großen Kreis aus Kinderstühlchen im Gemeinschaftsraum aufgebaut. Für die schwangeren Mütter gab es vier normale Stühle – mehr Frauen durften nicht zur gleichen Zeit schwanger sein, denn mehr große Stühle besaß der *Eiertanz* nicht. Dinkelstangen und Gemüse-Sticks standen zum Knabbern bereit, und Mineralwasser lud zur gesunden Erfrischung ein. (Bei meinem allerersten Elternabend hatte ich den Fehler gemacht, neben Wasser und Saft auch Cola anzubieten. *Cola!* Die Frauen hätten mich fast gelyncht.)

Im Hintergrund lief bereits die Meditationsmusik, die seit einigen Monaten jeden Elternabend begleitete; auch dies eine Idee von Inge Muller-Beinhard. Na ja, wenn's die Mütter beruhigte, sollte es mir Recht sein. Die Väter hatten Beruhigung im Allgemeinen nicht nötig, sie dösten sowieso meist mit halbgeschlossenen Augen vor sich hin.

»Alles fertig. Sie können kommen«, sagte ich aufatmend, und da klappte auch schon die Tür. Die erste Mutter trat ein (Inge, wer sonst), dann ging es Schlag auf Schlag. Unsere Eltern waren sehr diszipliniert; dass jemand zu spät kam, war im *Eiertanz* völlig undenkbar.

Komisch, es kamen gar keine Väter.

Ich hockte mich auf eines der winzigen Stühlchen und verfluchte wieder einmal meine Größe, die es mir unmöglich machte, einigermaßen würdevoll auf dem Mini-Möbel zu sitzen. Aber das war noch mein geringstes Problem, sagte ich mir, denn gleich würde ich erfahren, welchen Vergehens ich mich schuldig gemacht hatte. Nervös leckte ich mir über die Lippen und schaute mich um. Fast alle waren da.

Alle Mütter. Kein einziger Vater.

Inge erhob sich und klatschte gebieterisch in die Hände. »Können wir anfangen?«, rief sie in die Runde. Die Mütter nickten brav.

Da öffnete sich ein weiteres Mal die Tür.

»Entschuldigung«, sagte Paul und ging schnell zum letzten freien Platz. Er warf mir einen kurzen Blick zu, die Andeutung eines Lächelns spielte um seine Mundwinkel. Dann ließ er sich auf das Stühlchen fallen und sagte in die Runde: »Meine Frau hat im Büro in letzter Minute ein wichtiges Telefongespräch reingekriegt, deshalb ist sie später nach Hause gekommen. Tut mir leid. Aber ich wollte Jonas nicht ganz allein lassen.«

Inge, sonst die Zuchtmeisterin par excellence, lächelte milde. »Aber das macht doch nichts. Die eine Minute hin oder her, Paul, ich bitte dich!«

Nicht nur ich zog erstaunt die Augenbrauen hoch. Ob Inges Sanftheit damit zusammenhing, dass Paul selbst auf dem winzigen Stuhl hockend aussah wie von Michelangelo geformt?

Doch Inge fand sofort wieder zu ihrer üblichen Form zurück und sagte zackig: »Gut, dann los. Wir haben sieben Tagesordnungspunkte, und wir wollen möglichst vor Mitternacht fertig sein.«

Paul lachte höflich. Es war neunzehn Uhr, und da es sein erster Elternabend war, hielt er Inges Bemerkung offensichtlich für einen Scherz. Nun, er würde bald merken, dass in unserer Einrichtung unter vier bis fünf Stunden pro Elternabend gar nichts ging.

Inge als Vorsitzende des Elternrates (der mit umfassenden Befugnissen ausgestattet war, schließlich war der *Eiertanz* eine Eltern-Kind-Initiative) begrüßte nun offiziell die Anwesenden, und da diese Begrüßung stets gleich ablief, erlaubte ich mir eine kurze gedankliche Abschweifung.

Sie führte mich zu Paul, der mir genau gegenübersaß.

Susi, die Nanny, hatte Jonas von Montag bis heute, Mittwoch, in den *Eiertanz* gebracht und auch wieder abgeholt. Ich hatte Paul also mehrere Tage lang nicht gesehen, und obwohl ich mir eingeredet hatte, dass mir nichts Besseres passieren konnte – schließlich machte Paul es mir auf diese Weise leicht, nicht mehr an ihn zu denken –, hatte ich in Wahrheit gelitten wie ein Hund.

Paul offensichtlich nicht. Völlig entspannt lehnte er auf dem Kinderstühlchen und lauschte Inges Worten. Das verdross mich. Warum hatte er mir ein Kräuterbuch geschenkt, wenn ihm überhaupt nichts an mir lag? *Weil er einfach nett sein wollte!,* schoss es mir durch den Kopf. Und dass diese Erklärung durchaus logisch war, verdross mich noch mehr.

»Sarah?«

Ich zuckte zusammen, jäh aus meinen Gedanken gerissen, und blickte in die zusammengekniffenen Augen Inge Muller-Beinhards.

»Inge?«, sagte ich blöde, weil mir nichts Besseres einfiel. Ich hatte keine Ahnung, was sie von mir wollte, ob sie mich etwas gefragt hatte oder erwartete, dass ich die Leitung des Abends übernahm; ich hatte ja bloß an Paul gedacht.

Stille.

Wie ein ertapptes Schulmädchen blickte ich in die Runde der erwartungsvollen Gesichter. »Äh, ja, dann wollen wir mal«, sagte ich aufs Geratewohl.

»Vielleicht sollte ich meine Frage wiederholen«, versetzte Inge kühl. »Also, nochmal ganz langsam: Was hältst du als Leiterin davon, die Kindergruppen umzubenennen? Mäuse, Hasen und Igel findet der Elternrat unangemessen. Wir dachten für die Zukunft an Namen, die nett und zugleich lehrreich sind. Etwas, das die Entwicklungsphasen der Lebewesen verdeutlicht, so wie … äh …«

»Eier, Küken und Hühner«, überlegte Anna laut.

»Ja, das würde gut zu ›Eiertanz‹ passen«, schleimte Babsi.

»Unsinn«, sagte Inge. »Ich dachte eher an etwas wie Larven, Puppen, Schmetterlinge.«

»Moment mal!«, schaltete sich eine Mutter namens Verena ein, die als Biologin an der Uni arbeitete. »Wenn die Kinder etwas lernen sollen, dann doch bitte schön kein Halbwissen! Larven, Puppen, Imagines. *So* sollten wir die Gruppen nennen.«

»Mein lieber Schieber, hier geht's aber vornehm zu«, sagte Sonja ratlos. »Was soll das denn sein, ein Imagines?«

»Es heißt Imago«, verbesserte Verena sie. »*Eine* Imago, aber *viele* Imagines. Das sind die erwachsenen Insekten.«

»Noch nie gehört, Sonja?« Inges Stimme klang herablassend. »Verena, du hast ganz Recht: Schmetterlinge klingt zwar hübscher, aber wir sollten die Kinder nicht unterfordern. Also, was meint ihr, meine Lieben: Wollen wir die Gruppen in Larven, Puppen und Imagines umbenennen? Stimmen wir ab.«

Ich hob die Hand. »Ich dachte, ihr wolltet zuerst meine Meinung dazu hören.«

Unwirsch wandte Inge sich mir zu. »Hast du denn was dagegen?«

»Hm, ich finde das nicht so schön«, sagte ich vorsichtig. »Kleine Kinder identifizieren sich doch lieber mit etwas Süßem, nicht mit Larven oder, äh, Imagines. Da können sie sich doch gar nichts drunter vorstellen! Ich meine, wen stört es denn, wenn wir die Gruppen einfach so nennen wie bisher?«

»Uns stört es, Sarah, uns!«, sagte Inge scharf. Ihr Arm machte eine weitgreifende Bewegung, die den gesamten Raum umfasste. »Wir sind nämlich zufällig daran interessiert, dass unsere Kinder nicht nur spielen«, sie spuckte das Wort geradezu aus, »sondern op-ti-mal auf ihr späteres Leben vorbereitet werden. Und du als Leiterin, Sarah, solltest uns nach Kräften dabei unterstützen, findest du nicht?«

Verdammt, was war so verwerflich daran, wenn Kinder spielten? Dieser krankhafte Ehrgeiz! Doch ein kurzer Blick in die Runde verriet mir, dass die versammelte Elternschaft Inges Meinung war. Ich biss die Zähne zusammen. Arme Kinder.

»Okay«, presste ich hervor.

Inge lächelte.

»Ich finde, Sarah hat Recht«, sagte Paul ruhig.

Alle Köpfe ruckten in seine Richtung.

»Unsere Kinder werden hier sowieso schon umfassend gefördert. Kann man ihnen dann nicht zumindest die netteren Gruppennamen lassen?«

»Aber Paul, Frühförderung kann gar nicht umfassend genug sein!«, sagte Inge nachsichtig. »Ich denke, da stimmen mir alle hier zu.«

Allgemeines Nicken folgte ihren Worten. Wie immer.

»Abstimmung?«, fragte Inge lächelnd.

Die Frage war rein rhetorisch gemeint; alles hier wurde abgestimmt, und alles wurde so entschieden, wie Inge und ihr Elternrat es wünschten. Diesmal natürlich auch. Nur Paul, Christine, Sonja und ich stimmten gegen die bekloppten neuen Namen.

Inges Miene wurde noch eine Spur selbstzufriedener, dann nahm sie übergangslos den nächsten Punkt in Angriff.

»TOP 2: Kräuterspirale«, sagte sie.

Und jetzt wurde es für mich richtig ungemütlich.

»Wir sind uns doch einig«, sagte Inge seidenweich, »dass alle Projekte und Aktivitäten im *Eiertanz* gemeinsam entwickelt und entschieden werden. Nicht wahr? Sarah?«

Ich blickte in ihre kalten Augen, die die weiche Stimme Lügen straften, und ein jähes Frösteln überlief mich. Beklommen nickte ich.

»Dann verstehe ich nicht«, fuhr Inge fast genießerisch fort, »wie du deine Kompetenzen derart überschreiten konntest. Du hast im Alleingang die Entscheidung für ein Hochbeet gekippt und stattdessen eine Kräuterspirale gebaut. Was hast du dazu zu sagen?«

Beinahe hätte ich gelacht. *Das* sollte mein fürchterliches Vergehen sein? Wenn's weiter nichts war …

»Wir wollten das Hochbeet doch sowieso mit Kräutern bepflanzen«, sagte ich schulterzuckend. »Auf einer Spirale gedeihen Kräuter noch besser. Also dachte ich, es ist ja nur eine andere Beetform, und da Paul so nett war, mir zu helfen …«

»Ja, von Paul war das äußerst großzügig«, schnitt Inge mir das Wort ab. »Aber du, Sarah, solltest eigenmächtige Entscheidungen solchen Ausmaßes besser nicht mehr treffen.«

»Ansonsten kann der Elternrat nämlich deine Kündigung beschließen«, sagte Anna gehässig.

»Und das geht schneller, als du glaubst«, fügte Babsi hinzu.

»Wir werden nun darüber abstimmen, ob du verwarnt wirst, Sarah«, sagte Inge. »Ich darf dich an das *Eiertanz*-Konzept erinnern: erste Verwarnung, zweite Verwarnung, Kündigung.«

Kündigung, hallte es in meinem Kopf nach.

Kündigung?

»Wir anderen müssen uns schließlich auch an die *Eiertanz*-Prinzipien halten«, sagte Anna. Babsi nickte.

Kündigung?!

Und dann herrschte Stille im Gemeinschaftsraum, während alle Augenpaare auf mich gerichtet waren. Wie durch einen Nebel sah ich sie: Christine und Sonja schauten mitfühlend, Pauls Blick konnte ich nicht deuten. Doch die Blicke der anderen sagten klar: *Entschuldige dich. Jetzt. Kriech vor uns auf dem Boden! Und wenn nicht …*

Wenn nicht, würden sie einen weiteren Grund finden, mich zu verwarnen, und dann würden sie mir kündigen. Wegen einer Kräuterspirale. Einer schönen, lehrreichen, in vielen mühevollen Arbeitsstunden errichteten Kräuterspirale. Mein Hals wurde eng vor Bitterkeit und Enttäuschung.

Paul stand auf. »Die Spirale war meine Idee. Hätte ich gewusst, dass das ein Problem für euch ist, hätte ich Sarah selbstverständlich nicht dazu überredet, sie zu bauen.«

»Oh, das ist doch kein *Problem* für uns!«, beeilte Verena sich zu sagen. »Von dir war das wirklich lieb! Es geht nur ums Prinzip, verstehst du?«

»Darum, dass wir Sarahs ständige Alleingänge nicht mehr dulden können«, setzte Inge hinzu.

Paul verschränkte die Arme vor der Brust. »Ich übernehme die volle Verantwortung dafür«, sagte er fest. »Es war meine Idee, und ich habe sie ausgeführt. Sarah hat mir in bester Absicht geholfen, mehr nicht. Wenn Sarah daraus Nachteile entstehen sollten, bin ich bereit, die Konsequenzen zu ziehen und für Jonas eine andere Einrichtung zu suchen.«

Vor Schreck stockte mir der Atem. Er wollte gehen?

Ich öffnete den Mund, um ihm zu sagen, dass er das nicht tun, dass er mich nicht verteidigen müsse, doch als ich seinen Blick auffing, klappte mein Mund wieder zu. Denn ich verstand, dass Paul nicht anders konnte. Er beugte sich vielleicht vor Entscheidungen, die alberne Insekten-Gruppennamen betrafen; doch bei etwas, das in seinen Augen ein klares Unrecht war, würde er nicht mitmachen. Niemals.

Im Gemeinschaftsraum herrschte betroffenes Schweigen. Mit dieser Wendung hatte keine der Mütter gerechnet. Sie hatten mich in meine Schranken weisen, mich demütigen und dafür bestrafen wollen, dass ich es gewagt hatte, selbst zu denken. Und vielleicht auch dafür, dass Paul mir, und nur mir, seine Zeit gewidmet hatte. Doch dass Paul nun damit drohte, zu gehen, gehörte nicht zu ihrem Plan, zumal ich wusste, dass seine monatlichen Spenden die höchsten waren, die der Kinderladen je erhalten hatte.

Sonja fasste sich als Erste. »Da hast du's, Inge«, sagte sie vorwurfsvoll. »Das war ein voller Griff ins Klo! Hab ich doch gleich gesagt, dass du nicht mit der Kündigung drohen sollst!«

Inge fuhr zu ihr herum. »Ja, weil du immer auf Sarahs Seite stehst, liebe Sonja!«

»He, immer langsam mit den jungen Pferden!«, rief Sonja empört. »Wir stimmen jetzt ab, ob Sarah offiziell verwarnt wird oder nicht, und Ende Gelände!«

Inge presste die Lippen zu einem schmalen Strich zusammen. »Abstimmung«, befahl sie. »Wer ist dafür?« Ihr Arm schoss in die Höhe.

Zögerlich hoben sich zwei, drei Hände. Nachdem die dazugehörigen Mütter jedoch einen weiteren Blick auf Paul geworfen hatten – der immer noch mit verschränkten Armen vor seinem Stuhl stand und dabei düster, entschlossen und verflucht sexy aussah –, ließen sie ihre Hände wieder sinken.

»Vielleicht haben wir ja ein bisschen übertrieben«, murmelte eine von ihnen.

Fassungslos sah Inge sich um. Es war ihre erste Niederlage in diesem Kreis, und dass sie so absolut war, machte sie noch vernichtender.

Abrupt ließ Inge ihren Arm fallen. Er baumelte an ihrer Seite wie ein unnützes Anhängsel.

»Ergebnis: keine offizielle Verwarnung«, sagte sie schroff. »Und damit weiter zu TOP 3.«

Kurz vor Mitternacht hatten wir alle Tagesordnungspunkte abgearbeitet, und ich war erschöpft. Anna und Babsi offensichtlich auch, weshalb sie es Christine und mir überließen, Stühle, Gläser und Knabberzeug aufzuräumen. Normalerweise nötigte ich die beiden Grazien dazu, uns zu helfen, aber heute nicht. Ich hatte keine Lust mehr, sie zu sehen – sie, die mit Freuden zugeschaut hätten, wie ich verwarnt worden wäre. Nein, ihr Anblick reichte mir auch morgen noch.

»Paul ist ja ganz schön für dich in die Bresche gesprungen«, bemerkte Christine, als wir endlich abgeschlossen hatten und uns voneinander verabschiedeten.

»Mhm«, machte ich nur. Denn Paul war zwar für mich in die Bresche gesprungen, war dann aber gegangen, ohne mir auch nur auf Wiedersehen zu sagen. »Bis morgen, Christine.«

Sie nickte und klopfte mir aufmunternd auf die Schulter. »Keine Sorge. Die beruhigen sich auch wieder, die Weiber. Bis morgen.«

Ich schaute ihr nach, dann drehte ich mich um und ging durch die Nacht zur Bushaltestelle. So idyllisch mein Fußweg nach Hause auch war: Um diese Uhrzeit war er mir eindeutig zu einsam, zumal er ein ganzes Stück am Friedhof entlang führte. Nein, dann doch lieber Bus fahren.

Die Hochhäuser am Pfeiferhölzle waren still und schwarz, die Bäume dahinter noch schwärzer. Die Bushaltestelle, auf die ich zuging, lag am Waldrand. Irgendwie gruselig, fand ich.

Ich war eigentlich kein ängstlicher Typ. Aber die Abstimmung über meine Verwarnung, die Konfrontationen, der ganze grässliche Abend, all das hatte mich geschlaucht, und meine Nerven waren zum Zerreißen gespannt. Als hinter mir Schritte ertönten, vergrub ich deshalb die Hände in meinen Jeans und ging schneller.

Auch die Person hinter mir beschleunigte ihre Schritte.

Mist. Wurde ich etwa verfolgt? Noch nie war mir die Gegend so einsam erschienen.

»Sarah«, rief die Person, und mein wilder Herzschlag setzte abrupt aus. Paul!

Halb verärgert, halb erleichtert blieb ich stehen und drehte mich um. Er kam rasch auf mich zu, und als er mich erreicht hatte, lächelte er.

»Ich hoffe, ich habe dich nicht erschreckt«, sagte er locker.

»Ach Quatsch«, log ich und versuchte mich an einem Grinsen. Es fühlte sich ziemlich verkrampft an.

»Ich wollte dir nur noch mal versichern, dass ich voll und ganz auf deiner Seite stehe«, sagte Paul. »Es war nicht richtig von den Müttern, dich wegen unserer Kräuterspirale verwarnen zu wollen.«

Überrascht schwieg ich. Um mir *das* zu sagen, hatte er gewartet, bis er mich allein erwischte, und war mir durch die Nacht gefolgt?

»Dass ich dich verteidigt habe«, fuhr Paul fort und sah mir in der Dunkelheit tief in die Augen, »hatte nichts damit zu tun, dass ich dich … schätze, Sarah.«

Mein Gehirn registrierte: Paul schätzte mich.

Er schätzte mich? Verdammt, etwas noch Unverbindlicheres war ihm wohl nicht eingefallen. Ich liebte ihn, und er *schätzte* mich?

»Du sollst wissen, dass ich dich für sehr kompetent halte.«

Immer noch dieser tiefe Blick. Außerdem klang seine Stimme nun befangen, fast so, als sei er im Begriff, mir eine Liebeserklärung zu machen. Nur dass seine Worte leider gar nicht zu einer Liebeserklärung passen wollten. »Kompetent«, du meine Güte!

»Du bist fürsorglich und liebevoll«, fuhr er fort, »du hast ein großes Herz, und du bist die Allerletzte, die eine Verwarnung verdienen würde.«

Ich schluckte, unsicher, ob ich mich freuen oder enttäuscht sein sollte. Schließlich sagte ich lahm: »Danke.«

»Ich bin für dich da, wenn du mich brauchst«, sagte Paul. »Immer. Das ist es, was ich dir sagen wollte. Du bist … eine sehr einfühlsame Erzieherin. Die einfühlsamste, die mir je begegnet ist.«

»Danke«, wiederholte ich mechanisch.

Eine kompetente, einfühlsame Erzieherin. Das war alles, was der Mann meiner Träume in mir sah. Na toll.

Die Enttäuschung gewann den Kampf und schlug über mir zusammen. Dieser Abend würde nicht mehr mein Freund werden, das war mir nun klar. Ärgerlicherweise stiegen mir jetzt auch noch die Tränen in die Augen. Rasch wandte ich mich ab und ging die letzten Schritte bis zur Bushaltestelle. Mit hochgezogenen Schultern blieb ich stehen.

Paul folgte mir.

»Habe ich etwas Falsches gesagt?«

»Nein.«

»Du siehst so traurig aus.«

Ach was, warum nur? Ich hob den Kopf, um Paul ein bitteres Lächeln zu schenken. Unsere Blicke trafen sich.

Und plötzlich war alles anders.

Meine Traurigkeit löste sich in der Nachtluft auf wie Rauch, in meinem Magen begann es zu kribbeln. Denn Paul schaute mich überhaupt nicht so an, wie ein Vater die kompetente, einfühlsame Erzieherin seines Sohnes anschauen sollte. Stattdessen schaute er mich an, wie ein Mann eine Frau anschaute. Eine Frau, die dieser Mann überaus verlockend fand.

Pauls Worte mochten unverbindlich sein, seine Stimme und sein Blick waren es nicht. Und als ich das begriff, sprudelte die Wahrheit einfach aus mir heraus.

»Ich finde es so schade, dass wir uns gar nicht mehr sehen«, sagte ich hastig, leise. »Es war so schön, mit dir an der Spirale zu arbeiten, mit dir zu reden, mit dir zusammen zu sein. Ich … ich vermisse das.«

Verlegen verstummte ich, denn mir wurde klar, dass ich gerade hart an einem Geständnis vorbeischrammte. Wie konnte ich nur! Aber wie sollte ich auch klar denken, wenn Paul mich so ansah, so nah bei mir stand? Es war dieser Frühlingswald-Duft, der mir die Sinne vernebelte. Nur deshalb hatte ich das mit dem Vermissen gesagt. Ojeojeoje.

Pauls Blick war unergründlich.

Und dann sagte er rau: »Ich vermisse es auch.«

Mein Herz machte einen Satz. Er vermisste es. Er vermisste *mich!* War das möglich? Eine überwältigende, völlig unsinnige Hoffnung stieg in mir auf, und bevor ich mich eines Besseren besinnen konnte, hörte ich mich fragen: »Und warum schickst du dann immer die Susi in den *Eiertanz*? So sehen wir uns ja überhaupt nicht mehr. Warum kommst du nicht zumindest selbst, um Jonas zu bringen und abzuholen?«

»Weil … weil ich dich nicht … ach, Sarah.«

Er hob die Hand und strich mir in einer hilflosen, zärtlichen Geste eine rote Locke hinters Ohr. Zwischen uns begann etwas zu pulsieren, etwas Größeres, Gewaltigeres als bloße Anziehung. Es war ein unsichtbares Band, und dieses Band erschien mir für einen glücklichen Augenblick so greifbar, real und leuchtend, dass es all meine Zweifel verstummen ließ.

Paul und ich gehörten zusammen. So einfach war das.

Doch da sagte er: »Ich komme nicht mehr in den Kinderladen, weil zwischen uns nichts sein darf, Sarah.«

Er ließ seine Hand sinken und entzog mir seinen Blick. Kappte die Verbindung. Schickte das leuchtende Band zurück in die Welt der Vivian-Violetta-Wunschträume und stieß mich hart in die Wirklichkeit zurück.

Motorengeräusch dröhnte in meinem Kopf.

»Dein Bus kommt«, sagte Paul, viel zu viel Bedauern in der Stimme.

Neben mir öffneten sich quietschend die roten Türen.

»Na dann. Bis morgen«, würgte ich hervor und stürzte am Fahrer vorbei in den hell erleuchteten Gang, es krampfhaft vermeidend, Paul noch einmal anzusehen.

Erst als ich eine gefühlte Ewigkeit später vor meiner Haustür stand und mit zitternden Fingern den Schlüssel ins Schloss fummelte, wurde mir klar, dass mein »Bis morgen« nicht korrekt gewesen war: Denn ich würde Paul morgen nicht zu Gesicht bekommen. Ich würde lediglich Susi sehen. Paul würde nur im *Eiertanz* auftauchen, wenn es unvermeidlich war.

Weil zwischen uns nichts sein durfte.

»Bitte sprechen Sie nach dem Ton.«

»Christine, hier ist Sarah. Ich muss dir unbedingt noch was sagen, und zwar … Christine, versprich mir eines: Sprich nie, nie, nie wieder mit mir über Paul Bachstein! Es hat keinen Sinn, er ist verheiratet, und Schluss. Ich will ihn ja auch gar nicht. Hey, wer will schon einen verheirateten Mann mit Kind? Dann ende ich bloß als Dauer-Geliebte, die mit Mitte fünfzig endlich einsieht, dass es zu einer eigenen Familie nie kommen wird. Oh nein, das ist nichts für mich! Also sprich das Thema Paul einfach nicht mehr an, okay? Versprich es mir. Versprich es mir!!!

Und nein, ich heule gerade nicht. *Warum sollte ich heulen? Es gibt doch gar keinen Grund. Nicht den geringsten. Alles ist gut, oder etwa nicht? Nicht?«*

Piiiiiiiiiep.

»Vielen Dank für Ihren Anruf.«

10.

Die Atmosphäre im *Eiertanz* war nach der missglückten Verschwörung des Elternrates frostig. Ich bemühte mich zwar, weiterhin zu allen freundlich zu sein – schon deshalb, weil die Kinder nicht unter den Animositäten der Erwachsenen leiden sollten –, aber da war ich so ziemlich die Einzige. Christine war in meinem Namen sauer auf Anna und Babsi, Anna und Babsi waren sauer auf mich, weil Paul sich auf meine Seite geschlagen hatte, Inge war ebenfalls sauer auf mich, aber auch auf die anderen Eltern, weil man nicht in ihrem Sinne abgestimmt hatte. Und die Mütter waren ... nein, nicht sauer, aber verunsichert. Manche waren besonders nett zu mir, stritten jedoch untereinander. Andere ließen mich in meinen Bitten um Normalität eiskalt abblitzen; die Juniwärme färbte leider nicht auf ihre Stimmung ab. Kurz: Ich konnte mir in diesen Tagen vorstellen, dass es angenehmere Arbeitsplätze auf der Welt gab.

Paul war, wie nicht anders erwartet, konsequent: Ich bekam ihn nicht mehr zu Gesicht. Und ich litt darunter. Ich dachte an diese kurze, glückliche Sekunde, in der das Band zwischen uns pulsiert hatte, und versuchte erfolglos, es zu zerschneiden; ebenso vernünftig zu sein wie Paul. Doch das blöde Band weigerte sich hartnäckig, sich von mir zerschneiden zu lassen. Genau wie der blöde Himmel sich seit Wochen weigerte, endlich Regenwetter zu bringen, damit die Erde sich setzen und Paul, ich und die Kinder danach die Spirale bepflanzen konnten.

Okay, Paul durfte ich nicht haben – um seinen Sohn jedoch konnte ich mich kümmern. Also überschüttete ich den kleinen, ernsten Jonas mit meiner Zuneigung, und er dankte sie mir mit einer Anhänglichkeit, die mein Herz berührte. Seine Augen strahlten, sobald sie mich erblickten, und wir verbrachten mehr Zeit miteinander, als ich je mit einem Bezugskind verbracht hatte. In manchen Momenten, wenn ich gedankenverloren über Jonas' Haar streichelte oder er sich beim Vorlesen in meine Arme kuschelte, fragte ich mich, ob ich auch deswegen ein schlechtes Gewissen haben sollte. Überschritt ich nicht eine professionelle Grenze, wenn ich Jonas so deutlich zeigte, dass ich ihn gern hatte?

Andererseits: Jonas litt darunter, dass seine Mutter sich kaum für ihn interessierte. Wenn ich ihm für die Zeit, die er bei uns verbrachte, eine verlässliche Bindung anbieten konnte, kam ihm das doch nur zugute, oder? Dass ich Jonas aufrichtig lieb gewonnen hatte, war eben ein Nebeneffekt dieser Bindung. Daran, dass Jonas nach der Kindergartenzeit wieder aus meinem Leben verschwinden würde, durfte ich allerdings nicht einmal denken.

Verdammt, was hatten diese Bachsteins nur an sich, dass ich sie lieben musste, ob ich das nun wollte oder nicht?

Egal, was es war, Lydia Bachstein schloss es nicht mit ein. Denn an dem trüben Junitag, an dem ich sie zum ersten Mal sah, entdeckte ich eine Seite an mir, die mir bis dahin völlig unbekannt gewesen war: Ich konnte einen unschuldigen, mir relativ unbekannten Menschen aus tiefster Seele verabscheuen.

Ich! Die ich doch sonst für alle – sogar Anna und Babsi – nur das Beste wollte! (Okay, für Inge nicht, aber die war auch wirklich ein harter Brocken.) Mein Selbstbild geriet gehörig ins Wanken, als ich aus dem Fenster meines Büros starrte und sie sah.

Lydia Bachstein war unvergleichlich.

Auf einen Schlag war alles, was noch von meiner einstigen Gelassenheit übrig war, dahin. Ich beobachtete sie, wie sie aus dem Wagen stieg, zur Eingangstür ging und sie aufstieß, und ich wusste mit hellseherischer Sicherheit, wer diese Frau war. Und dass ich sie kein kleinstes, winziges bisschen mögen konnte.

Zutiefst erschrocken über mich selbst zog ich mir einen Stuhl ans Fenster und setzte mich mit wackeligen Knien darauf.

Eigentlich hätte ich mein Büro verlassen und Lydia herzlich begrüßen sollen. Stattdessen betete ich, dass Christine diese Aufgabe übernahm, ohne mich dazuzuholen. Ich konnte Lydia nicht gegenübertreten; nicht, solange ich meine Gefühle nicht besser im Griff hatte. Ich wollte nicht, dass diese Fremde mich in einem Zustand sah, den ich selbst bis vor wenigen Wochen nicht für möglich gehalten hätte: erfüllt von Eifersucht, randvoll mit einem Gift, das mir jegliche Fähigkeit raubte, logisch zu denken. Unversehens hatte ich mich in ein unglückliches, wütendes Wesen verwandelt, das Lydia dafür hasste, dass sie Paul vor mir kennengelernt hatte.

Ich meine, was konnte Lydia denn dafür? Ungerechter ging es ja wohl kaum!

Und obwohl ich das wusste, kam ich nicht gegen meinen Hass an.

Deshalb würde ich jetzt hier sitzen bleiben, würde hinter dem Vorhang hervorlugen und beobachten, wie Lydia Jonas ins Auto verfrachtete. Wahrscheinlich freute er sich gar nicht darüber, dass seine kalte Mutter ihn abholte. Hoffentlich schnallte sie ihn wenigstens richtig an! Mein schlechtes Gewissen schlug wieder zu, als ich mich bei diesen gluckenhaften Gedanken ertappte, die mir überhaupt nicht zustanden.

Jonas! Ist! Nicht! Mein! Kind!

Als ich mir diesen Satz während des Wartens etwa dreizehn Mal vorgesagt hatte, ging es mir ein wenig besser. Genauso lange, bis die Tür des *Eiertanzes* sich wieder öffnete und Lydia tatsächlich mit Jonas an der Hand herauskam.

Ich starrte sie durch die Scheibe hindurch an, und schlagartig verstand ich, warum Babsi und Anna mich nicht mochten. Wenn die beiden mich auch nur halb so schön fanden wie ich diese Frau (was ich, bei Gott, keineswegs war), dann mussten sie mich einfach ablehnen. Aber nein, *so* schön konnten sie mich gar nicht finden!

Denn Lydia sah aus wie einem idealisierenden Renaissance-Gemälde entsprungen. Das lange, goldblonde Haar fiel ihr glatt und glänzend über die Schultern. Selbst auf die Entfernung erkannte ich, dass ihre Züge zart und absolut gleichmäßig waren, ihre Augen veilchenblau, ihre Lippen perfekt geschwungen. So viel zum Gesicht. Die Betrachtung ihres Körpers war ähnlich deprimierend: Mittelgroß und schlank, betonte Lydia ihre Figur mit einem maßgeschneiderten, grauen Kostüm. Und was an jeder anderen langweilig gewirkt hätte, hatte bei ihr den gegenteiligen Effekt: Das Grau betonte ihre elfenhafte Schönheit wie ein schlichter Hintergrund, vor dem sie umso heller strahlen konnte. Ich kam zu dem Schluss, dass Lydia der Typ Frau war, den man als Mann einfach anbeten musste – alles an ihr wirkte rein und schön, fast so, als schwebe sie in anderen, himmlischen Sphären.

Mit einem Pochen hinter der Stirn wandte ich mich ab. Gegen diese Frau konnte ich nur verlieren, so viel war klar. Was konnte eine kleine Meerjungfrau schon gegen eine solch berückende Renaissance-Schönheit ausrichten? Nichts. Gar nichts. Kein Wunder, dass Paul mich nicht wollte.

Da half es noch nicht einmal, dass es in diesem Moment endlich anfing zu regnen.

Es schüttete zwei Tage lang wie aus Kübeln. Der Morgen des dritten Tages brachte nicht nur den Sonnenschein zurück, sondern auch Paul.

Die Arme voller Kräuter, stapften er und Jonas durch den Gemeinschaftsraum direkt in den Garten. »Wir haben ganz viel eingekauft, Sarah!«, rief Jonas mir aufgeregt zu. »Hast du Zeit uns zu helfen? Papa will den ganzen Vormittag bleiben!«

Paul warf mir über die Schulter ein schiefes Lächeln zu, und mein Bauch fing an zu kribbeln. Ich dachte an die perfekte Lydia, und das Kribbeln wurde zu einem fiesen Stechen. Langsam erhob ich mich vom Maltisch, an dem ich gerade mit Jeremy Monster gezeichnet hatte, und sagte: »Möchtest du mitkommen, Jeremy? Die Kräuter sind da. Heute können wir pflanzen, das macht Spaß!«

Jeremy bleckte nur die Zähne und verpasste seinem Monster auf dem Papier eine blutige Wunde. Ich seufzte. »Na gut, vielleicht hast du ja später Lust. Komm einfach zu uns raus, ja?«

Ich trat ins Freie und schlenderte auf Paul und Jonas zu, die ihre Last bereits abgeladen hatten. Jonas sprang um die Spirale herum wie ein Irrwisch, und Paul ordnete die Kräutertöpfchen nach Zonen.

»Das Bergbohnenkraut in den sonnigen Trockenbereich«, murmelte er, als ich auf ihn zutrat. »Oregano – ebenfalls Trockenbereich. Sonnig oder halbschattig? Hm. Sonnig. Nee, lieber halbschattig.«

»Kann ich helfen?«, fragte ich und bemühte mich, meine Stimme freundlich-neutral zu halten. »Der Oregano sollte in den halbschattig-humosen Trockenbereich.«

Paul richtete sich auf. Er schaute mich an, sah mir direkt in die Augen, und auf der Stelle begann das leuchtende, unbelehrbare Band zwischen uns zu pulsieren.

Meine freundlich-neutrale Stimme kippte. »So steht es jedenfalls in dem Kräuterbuch, das du mir geschenkt hast«, krächzte ich.

»Dann wird's wohl stimmen«, sagte Paul und lächelte.

Wir arbeiteten drei Stunden ohne Pause durch. Ich hatte die Kinder, die uns helfen wollten, in drei Gruppen eingeteilt, so dass jede Gruppe eine Stunde lang mit uns pflanzen konnte. Jonas war in der letzten Gruppe, was er ohne zu murren akzeptiert hatte; fast schien mir, dass er mit allem zufrieden war, solange er seinen Papa nur an meiner Seite wusste.

Tja, da ging es ihm wie mir. Denn obwohl ich Lydias Bild beständig im Hinterkopf hatte, atmete ich Pauls Duft in tiefen Zügen ein, sobald ich in seine Nähe kam. Ich betrachtete ihn verstohlen, labte mich an seiner reinen Gegenwart und war, völlig grundlos und ziemlich bekloppt, glücklich. Einfach, weil Paul da war. Weil wir nebeneinander standen, uns Kräuter reichten, die Hände in der feuchten Erde vergruben, über unverfängliche Themen plauderten – und weil ich immer wieder einen Blick von ihm auffing, der mein Herz schneller klopfen ließ. Schon heute Nachmittag, wenn die Spirale fertig wäre, würde ich Paul wieder verlieren. Hier und jetzt aber waren wir zusammen, und wenn das alles war, was ich von ihm haben konnte, wollte ich zumindest dies auskosten bis zur Neige.

»Auaaaaaaaaaaaa!«

Jonas' gellender Schmerzensschrei ließ mich hochfahren.

»Jonas?«, rief ich. »Was ist passiert? Wo bist du?«

»Hier«, heulte Jonas. Offensichtlich lag er hinter einem Busch fünf Meter weiter. Wie der Blitz war ich dort, zusammen mit Paul, und entdeckte das Kind zusammengekrümmt auf dem Boden. Blut rann aus einer Wunde an seiner Hand. Über ihm stand, mit dem spitzen Unkrautstecher in der Hand und höchst zufriedener Miene, Jeremy.

»Wir spielen Drachentöter«, sagte Jeremy. »Ich bin der Ritter und Jonas der Drache. Aber jetzt ist er tot. Ich habe ihn besiegt.«

Jonas wimmerte. Ich hockte mich neben ihn und untersuchte rasch seine Wunde. Gott sei Dank, sie sah nicht allzu schlimm aus. Jonas hatte Glück gehabt; der Unkrautstecher hätte weit mehr Schaden anrichten können.

Ich strich Jonas tröstend über den Kopf, dann wandte ich mich scharf an Jeremy. »Sag mal, was denkst du dir eigentlich dabei? Jonas blutet! Das ist kein Spiel mehr, Jeremy!«

Jeremy grinste.

»Und ich finde das auch überhaupt nicht witzig!«, schimpfte ich. »Du gehst jetzt zu Christine und holst das Desinfektionsspray und ein Pflaster, und dann entschuldigst du dich bei Jonas. Über deine Strafe sprechen wir später.«

»Strafe?« Jeremys Grinsen verschwand. »Aber der Jonas ist doof, er hat's verdient! Außerdem ist er der böse Drache.«

»Und ich«, ertönte Pauls tiefe Stimme, »bin der böse Drachenvater. Der den gemeinen kleinen Ritter zum Frühstück verspeist, wenn er nicht *auf der Stelle* das tut, was die Sarah ihm sagt!«

Jeremy blickte erschrocken zu Paul hoch. Einen dürren Fünfjährigen mit Hasenzähnen konnte man leicht besiegen – vor einem muskulösen Drachenvater mit drohend funkelnden Augen gab man besser klein bei.

»Immer bin ich an allem schuld«, maulte Jeremy und trollte sich. Im Davongehen sagte er gerade so laut, dass Jonas es noch hören konnte: »Aber doof ist der doch.«

Jonas schluchzte. »Wir versorgen deine Wunde, und dann wird es gleich besser, wirst sehen«, tröstete ich ihn, während Paul ihn vom Boden aufhob und ihn sich auf den Schoß setzte. So saßen wir zu dritt hinter dem Busch und warteten auf Jeremy und das Desinfektionsspray.

Plötzlich piepste Jonas: »Es wird nur besser, wenn ich was von euch kriege.«

Erstaunt musterte ich ihn. Als so materialistisch hatte ich ihn gar nicht eingeschätzt.

»Ihr beide sollt mit mir schwimmen gehen«, verlangte Jonas. »Ich will an den See. Am Samstag.«

Paul und ich sahen uns an.

»Jonas, das geht nicht«, sagte Paul unbehaglich zu seinem Sohn, ohne den Blick von mir zu wenden. »Die Sarah will am Wochenende daheim sein. Ihr Freund wartet doch auf sie.«

»Ach, Rob wird sowieso malen«, sagte ich. Gleich darauf biss ich mir auf die Zunge. Wie aufdringlich war das denn!

Jonas wischte sich eine einzelne Träne von der Wange. »Ich wünsche es mir aber von euch«, beharrte er. »Ich will an den See. Mit euch beiden. Mama arbeitet am Samstag auch, genau wie Sarahs Freund. Also habt ihr beide Zeit.«

Paul leckte sich über die Lippen. »Jonas …«

»Es tut wirklich weh, Papa!« Anklagend deutete Jonas auf die kleine Wunde, die bereits aufgehört hatte zu bluten. »Es tut wirklich, wirklich weh! Und ich wünsche es mir ganz, ganz arg!«

Plötzlich musste ich lachen. Der kleine Teufelsbraten! »Setzt du dich immer auf diese Weise durch?«, fragte ich Jonas, und der lächelte mit einem Ausdruck, als könne ihn kein Wässerlein trüben.

Ich wandte mich an Paul. »Ich habe morgen tatsächlich noch nichts vor.« Wer einmal aufdringlich sein konnte, dachte ich, konnte es auch zweimal sein. Mir war bewusst, dass ich mich weit aus dem Fenster lehnte, aber ich tat es schließlich für Jonas. Oder?

Paul zögerte. »Hm, das Wetter soll ja morgen wieder schön werden.«

»Also dann?«, sagte ich mit klopfendem Herzen.

»Also dann«, sagte er rau.

»Juhu!«, jubelte Jonas.

Mein Magen schlug Purzelbäume.

Wir trafen uns am Samstagvormittag in der Nähe des Wasserwerks, zwischen Hörnle und Staad. Die Badestelle, die wir ausgesucht hatten, war zwar abends ein beliebter Platz für studentische Saufgelage und Lagerfeuer, wovon kalte Aschehaufen am Rande des steinigen Strandes kündeten. Ansonsten war es aber sehr hübsch hier, vor allem bei solch strahlendem Sommerwetter wie heute. See, Sonne, Liebe – alles passte ganz wunderbar zusammen.

Mann, war ich blöd. Konnte ich es mir nicht noch schwerer machen?!

Rob hatte ich erzählt, ich ginge schwimmen, und das entsprach ja durchaus der Wahrheit. Ich log also nicht, ich ließ nur die eine Hälfte der Wahrheit weg. Trotzdem hätte mich mein Gewissen wahrscheinlich gezwickt, wenn es nicht durch die Tatsache gemildert worden wäre, dass Rob mal wieder Akte malte, und zwar – gemäß seiner guten Vorsätze – in unserer Wohnung. Er wollte sein neues Bild »Aphrodite mit Apfeltasche« nennen, da die Frau, die er verewigen wollte, eine Apfeltasche verzehren sollte, während sie sich auf dem Sofa räkelte. Auf meinem Sofa. Nackt.

Dagegen, fand ich, nahm es sich relativ harmlos aus, mit einem kleinen Jungen und seinem Vater schwimmen zu gehen.

Meine Gefühle sprachen allerdings eine weniger harmlose Sprache. Denn als ich mit bloßen Füßen über die Steine stakste und Paul und Jonas entgegenblickte, die schon unter den zeltartig überhängenden Ästen einer riesigen Eiche lagerten, klopfte mir das Herz bis zum Hals. Gott, Paul war so … unbekleidet!

»Hi«, sagte ich betont lässig und warf meine Badetasche neben die Handtücher von Vater und Sohn. Dabei versuchte ich, nicht auf Paul zu starren, der nichts trug als eine äußerst gut sitzende Badehose.

Natürlich trägt er sonst nichts!, schalt ich mich innerlich. *Schließlich sind wir zum Schwimmen hier!*

Trotzdem: War es nicht irgendwie gemein von ihm, bronzefarben und fast nackt vor mir auf diesem Handtuch zu liegen? Hingegossen wie ein Kunstwerk. Ein Kunstwerk mit Waschbrettbauch und langen, schönen Muskeln und … Nun starrte ich doch auf seinen Körper, und als er sagte: »Jonas wartet schon sehnsüchtig auf dich, er kann es gar nicht abwarten, ins Wasser zu gehen«, zuckte ich zusammen.

»Natürlich, ich ziehe mich sofort aus.« Mist, das war missverständlich. »Ich meine, mein Kleid. Ich ziehe mein Kleid aus. Ich habe den Bikini schon drunter. *Das* meinte ich.«

»Schon klar.« Paul verkniff sich ein Grinsen.

Er stand auf und wartete mit dem ungeduldigen Jonas an der Hand, bis ich mir – ungeschickt und mich innerlich verfluchend – das Kleid über den Kopf gezerrt hatte.

Aber als wir dann bis zu den Knien zwischen überspülten Gräsern und grauem Schwemmholz im Wasser standen, verkündete Jonas plötzlich: »Ach, ich bleibe lieber hier am Ufer. Ich spiele mit meinen Tieren.«

»Was?«, fragte Paul entgeistert. »Du warst doch so scharf darauf zu schwimmen!«

»Jetzt nicht mehr.« Jonas lächelte unschuldig, rannte zurück zu den Handtüchern und kramte drei Gummi-Elefanten aus seinem Rucksack. Damit kam er wieder ans Ufer und sagte:

»Papa, geh du ruhig allein mit der Sarah schwimmen. Ich warte hier auf euch.«

Paul musterte ihn misstrauisch. Doch dann seufzte er und sagte: »Wettschwimmen, Sarah? Wer zuerst bei der Boje ist.«

Ohne meine Antwort abzuwarten, stürzte er sich in die blaugrünen Fluten.

»Solche Spiele mache ich seit der vierten Klasse nicht mehr«, protestierte ich, tat es ihm aber nach und erreichte die kleine Boje nur wenige Augenblicke nach ihm.

Das kalte Wasser prickelte auf meiner Haut, neben uns quakte unmelodisch ein Entenpaar. Paul lachte und strich sich das nasse, schwarze Haar aus der Stirn, während er sich mit der anderen Hand an der Boje festhielt. Sie schaukelte, als in der Ferne die Autofähre nach Meersburg durchs Wasser pflügte und sanfte Wellen über den See bis zu uns sandte. Ich legte meinen Arm ebenfalls um die Boje, und für den Bruchteil einer Sekunde berührten sich unsere Hände.

Paul zuckte zurück, als habe er einen elektrischen Schlag bekommen. Sofort ließ er die Boje los.

»Hey, ich bin nicht giftig«, sagte ich gekränkt. »Es passiert nichts, wenn deine Finger kurz an meinen liegen, weißt du?«

Paul hielt sich mit rudernden Bewegungen über Wasser. Er lachte nun nicht mehr. Unverwandt, beinahe wütend fixierte er mich. Ich erwiderte seinen dunklen Blick, ließ zu, dass er mir für einen Augenblick in die Seele schaute, spürte, wie sich etwas zwischen uns veränderte.

Und dann war er bei mir, schneller, als ich Luft holen konnte.

Mit einem einzigen Schwimmstoß hatte er mich erreicht, schlang seinen linken Arm wieder um die Boje und seinen rechten um mich, und ich fand mich an Pauls Brust wieder, an ihn geklammert wie eine Ertrinkende; sein warmer Atem ging stoßartig an meinem Ohr.

»Es passiert also nichts?«, flüsterte er. »Du irrst dich, Sarah. Es passiert die ganze Zeit über was, in jedem verdammten

Augenblick, den ich mit dir verbringe, auch wenn ich mir noch so oft einhämmere, dass du einen Freund hast und dass ich verheiratet bin.«

Endlich, wehte es wie ein langes, tiefes Seufzen durch mein Herz. *Endlich!*

Widerstand war zwecklos – jede einzelne meiner Zellen drängte zu Paul hin. Also schloss ich die Augen und schmiegte mich an ihn. Kurz tauchte Rob in meinen Gedanken auf; die anbetungswürdige Lydia; Jonas, der am Ufer mit seinen Gummi-Elefanten spielte. Doch nichts von alldem erreichte meinen Körper, der nur noch aus Sehnsucht zu bestehen schien. Der das kalte Wasser nicht mehr wahrnahm, nicht die schaukelnde Boje, nicht den fehlenden Grund unter meinen Füßen, sondern nur noch Pauls Haut, jeden einzelnen Zentimeter, und diesen berückenden Duft, von dem ich träumte, seit ich ihm zum ersten Mal begegnet war. Ich streifte mit den Lippen über seine nasse, stoppelige Wange. Suchte seinen Mund.

Fand ihn.

Dieser erste, lange Kuss war so berauschend, dass sämtliche Gedanken einfach mit den Wellen davontrieben. Ein einziger Gedanke blieb übrig.

Ich liebe ihn.

Hochzytsgedanke

Numme e Stick ufhewe,
vu dem viile Kueche
un nie meh Hunger ha.

Numme e Schluck ufhewe,
vu dem viile Wii
un nie meh Durscht ha.

Numme e weng ufhewe,
vu allene Glickwinsch
un nie meh Pech ha.

Numme e Fünkli ufhewe
vum Läichte in dr Auge
un nie meh trurig sii.

Numme e bitzili ufhewe
vu dem große Liebesgfiahl
un nie meh Zwiifel ha.

Eberhard Peter Flamm

***

Immer langsam mit den jungen Pferden!
Sonja

11.

Paul brachte mich mit dem Auto nach Hause. Aber erst als ich im Begriff war auszusteigen, wurde mir tatsächlich klar, was wir getan hatten. Denn da waren der Drang, Paul zum Abschied noch einmal zu küssen – und die absolute Unmöglichkeit, es zu tun: Jonas saß im Kindersitz auf der Rückbank und beobachtete uns aufmerksam, und vielleicht schaute ja auch Rob in eben diesem Moment aus dem Fenster zu uns heraus.

Paul und ich sahen uns in die Augen. Ich wusste nicht, ob ich glücklich war oder todtraurig; ob dies ein Anfang war oder bereits der Abschied.

»Rufst du mich an?«, brachte ich schließlich hervor.

Er nickte. Nach einem kurzen Seitenblick auf Jonas sagte er: »Wann passt es denn?«

Und schon beginnen die Heimlichkeiten, dachte ich verzagt. Denn was Paul wirklich meinte, war natürlich: »Wann ist Rob nicht da, so dass ich dich gefahrlos anrufen kann?«

»Gegen Abend wollte Rob mit seinen Kumpels in die *Hafenhalle* gehen«, sagte ich. »Ich glaube, da werde ich müde sein und lieber daheimbleiben.«

Paul lächelte leicht, doch seine Augen blieben ernst. »Acht?«

»Perfekt.« Ich drehte mich auf meinem Sitz um. »Ade, Jonas. Bis Montag im Kindergarten.«

Der Kleine lächelte mich in stiller Zufriedenheit an, und für einen Moment hatte ich das Gefühl, dass dieses Kind alles wusste; dass sein Gefühl ihm alles verriet. Doch wie konnte das sein?

Eigentlich war ich mir sicher, dass er Paul und mich nicht beobachtet hatte, als wir uns an der Boje so selbstvergessen geküsst hatten. Denn als wir, verwirrt und überwältigt, endlich voneinander abgelassen und wie auf einen geheimen Befehl hin beide zum Ufer geschaut hatten, war Jonas mit dem Rücken zu uns vor einem toten Baumstamm gehockt, vollkommen in sein Spiel vertieft. Schweigend und sich der Gegenwart des anderen doch so sehr bewusst, waren wir zurückgeschwommen, und Jonas hatte uns mit den harmlosen Worten begrüßt: »Schaut mal, der Stamm da ist Afrika, und meine Elefanten sind gerade auf der Suche nach einem Wasserloch.«

Paul hatte ihm übers Haar gestrichen und gesagt: »Damit sollten sie am See ja keine Probleme haben, oder?«

Jonas hatte gelächelt, sich an ihn geschmiegt und uns gefragt: »Spielt ihr mit?«

So hatten wir also alle drei mit den Gummi-Elefanten gespielt, und Jonas hatte mit keinem Blick, keiner Bemerkung zu erkennen gegeben, dass sich in seiner kleinen Welt irgendetwas verändert hatte. Er konnte also gar nichts wissen, versicherte ich mir jetzt.

Eigentlich.

Und wenn doch? Mir fiel ein, wie Paul seinen Sohn immer nannte: Kleine Plaudertasche. Prompt brach mir der Schweiß aus. Herrgott, wie hatten wir nur so unvorsichtig sein können?

Ich vermied jeden weiteren, verräterischen Blick und beeilte mich, aus dem Auto zu kommen. Kurz spürte ich ein Gefühl der Erleichterung, bis mir einfiel, dass mir die wahre Herausforderung ja noch bevorstand: Ich musste Rob unter die Augen treten.

»Ja, oh ja, genau so«, hörte ich Rob begeistert stöhnen, als ich die Wohnung betrat.

Ich runzelte die Stirn. War sein Aktmodell etwa immer noch da?

Und was, um Himmels Willen, trieben die beiden da miteinander?

Es blieb mir erspart, Rob und sein Modell in flagranti zu erwischen. Als ich das Wohnzimmer betrat, stand er nämlich unschuldig und vollständig bekleidet vor seiner Staffelei, und das Mädchen lag ebenso unschuldig, wenn auch nackt, auf meinem Sofa. »Ein bisschen weiter unten«, feuerte er sie gerade an, und da begriff ich, was sie taten: Die junge Frau verteilte den Inhalt einer Apfeltasche über ihren Körper, und Rob erklärte ihr genau, wo er den bräunlich-gelben Brei sehen wollte. Sie waren schon recht weit gekommen. Bäh. In der klebrigen Haut des Mädchens hätte ich nicht stecken wollen.

»Hallo«, sagte ich laut.

Die beiden zuckten zusammen.

»Kannst du nicht anklopfen?«, fragte Rob vorwurfsvoll. »Du hast mich erschreckt.«

»Wer ist das?«, fragte das Mädchen ängstlich.

Mir fiel auf, dass sie sehr hübsch war, auf eine altmodische Art: glänzendes kastanienbraunes Haar, rosige Wangen, volle Lippen. Hätte ich sie malen sollen, ich hätte sie nicht zur »Aphrodite«, sondern zu einer brünetten »Fischerin vom Bodensee« aus den 50er-Jahren gemacht.

Dass sie nackt dalag, während eine andere Frau im Zimmer stand, war der Fischerin allerdings sichtlich unangenehm. Sie versuchte, ihre Blöße mit den Händen zu verdecken, doch da sie in der einen Hand die Reste des Gebäcks hielt und die andere Hand voller Apfelbrei mit Rosinen war, gestaltete sich dieses Unterfangen recht schwierig. Panisch schaute sie in meine Richtung.

»Keine Angst, ich bin nur Robs Freundin«, beruhigte ich sie.

»Seine Freundin? O Gott! Und ich liege *so* hier!«, jammerte das Mädchen. Offenbar war sie zwar recht freizügig, wenn es darum ging, Modell zu liegen, aber nur, solange der Künstler Single war. Hm, vielleicht hätte sie Rob ja vorher danach fragen sollen.

»Du hast doch gesagt, du hättest keine Freundin«, wandte sie sich anklagend an Rob.

Okay. Sie *hatte* ihn gefragt.

»Ja, weil du dich sonst nicht ausgezogen hättest«, meinte Rob unbekümmert. »Aber mach dir keine Sorgen, Sarah ist supertolerant. Stimmt's nicht, Süße?« Lächelnd wandte er sich an mich. »Komm mal her, schau dir den neuesten Lohmann an! Bin natürlich noch nicht fertig, aber man kann jetzt schon erkennen, dass diese Farbkomposition einmalig …«

Ich seufzte und schaltete ab. Blablablablabla. Dieses ewige Selbstlob! Die ständigen Eskapaden, Robs mehr als großzügige Auslegung, wenn es um Fragen von Wahrheit und Treue ging – wie hatte ich das alles jemals charmant finden können?

Wäre ich je aufgewacht, wenn ich Paul nicht kennengelernt hätte?

Schlagartig wurde mir bewusst, dass meine eigene Auslegung von Wahrheit und Treue im Moment noch wesentlich großzügiger war als Robs. Ich presste meine Nägel in die Handflächen.

»Macht einfach weiter, ich gehe in den Garten«, sagte ich hastig. »Ich schau mir das Bild später an, wenn es fertig ist.«

Das Mädchen flüsterte: »Soll ich mir nicht doch lieber was überziehen?«, doch Rob und ich beruhigten sie mit vereinten Kräften, dass das wirklich nicht nötig sei. Als sie zögernd ihre Apfelbrei-Schmiererei wiederaufnahm, ließ ich die beiden aufatmend allein.

Ich ging in den Garten und griff nach Unkrautkorb und Hacke. Dass Rob mit seiner Fischerin beschäftigt war, verschaffte mir einen willkommenen Aufschub und die dringend nötige Denkpause. Dafür war ich den beiden unendlich dankbar, auch wenn sie gar nichts von ihrer guten Tat ahnten.

Attraktives Mädchen, wenn auch etwas furchtsam, ging es mir durch den Kopf, als ich ein paar Minuten später zwischen meinen Sommer-Adonisröschen hockte und Unkraut zupfte. Gartenarbeit hatte mich schon immer beruhigt, nirgends konnte ich meine Gedanken so gut ordnen wie zwischen Blättern und Blüten. Von Letzteren gab es jetzt im Juni genug in meinem Garten: Meine englischen Einjährigen blühten in faszinierendem Scharlachrot, und zusammen mit dem wasserblauen Rittersporn und den weißen Lupinen bildeten sie ein

Feuerwerk an Farbe um mich herum. Was für Rob seine Palette war, das war für mich mein Garten: eine stete Quelle von Lebensfreude, Buntheit und Kraft. Mein Garten schenkte mir Ruhe und gleichzeitig Energie, und wenn ich pflanzte, säte oder jätete, kam alles in mir ins Gleichgewicht. Im Garten fügte sich alles – und im Garten hatte ich meine besten Ideen.

Nachdenklich hielt ich inne, eine ausgestochene Löwenzahnpflanze in der Hand. Ich dachte an den Blick der jungen Frau, den sie Rob zugeworfen hatte, als ich schon fast aus der Tür gewesen war. So viel anhimmelnde Bewunderung! Rob musste sich in ihrer Gegenwart vorkommen wie Henri Matisse höchstpersönlich. Wenn ihm das mal nicht schmeichelte! Was wäre wohl, wenn …

Ja. Ja! War das nicht eine wunderbare Idee? Damit wäre eines meiner zwei Probleme – Lydia und Rob – bereits gelöst! Rob musste nur mitspielen.

Natürlich ohne dass er merkte, dass ich es war, die das Spiel angefangen hatte – und dass ich ihn mit voller Absicht gewinnen ließ.

»Wie heißt sie eigentlich?«, fragte ich Rob am frühen Abend, als wir wieder allein waren und ich, wie versprochen, sein Bild betrachtete.

»Imperia«, sagte er und tupfte einen Hauch Gelb auf das, was den Bauch darstellen sollte.

»Nein, nicht die Gemalte«, sagte ich. »Die Echte!«

»Imperia«, wiederholte er ungeduldig. »Die Gemalte heißt ›Aphrodite mit Apfeltasche‹. Das weißt du doch.«

Ich starrte ihn an. »Dein Modell heißt Imperia, wie das Denkmal an der Hafenmole? Das kann doch gar nicht sein.«

»Warum nicht? Sie ist 1993 geboren, in dem Jahr, als die Imperia enthüllt wurde. Sie hat mir erzählt, dass ihr Vater so begeistert von dem Kunstwerk war, dass er seine kleine Tochter unbedingt danach benennen wollte. Cool, oder?« Rob grinste.

»Cool? Aber der Künstler nennt seine Imperia am Hafen ein ›Denkmal der Käuflichkeit‹!« Ich dachte an die neun Meter hohe Frauengestalt mit den prallen Brüsten, auf deren erhobenen Händen ein Kaiser und ein Papst hockten. »Man kann doch einem unschuldigen Baby keinen solchen Namen geben!«

»Siehst du doch, dass man kann«, sagte Rob, den das Thema zu langweilen begann. »Und jetzt muss ich los. Kommst du mit? Reinhold und Max würden sich bestimmt freuen, dich zu sehen.«

»Ähm, nein, ich möchte lieber einen ruhigen Abend daheim verbringen«, schwindelte ich. »Aber nochmal zurück zu Imperia: ein tolles Mädchen, Rob!«

»Mhm«, machte Rob. »Sie kommt übrigens auch in die *Hafenhalle*. Stört dich das?«

»Aber nein«, sagte ich herzlich. »Grüß sie von mir, ja? Ich muss immer daran denken, wie hübsch der Apfelbrei auf ihrem Bauch ausgesehen hat.«

Rob kniff die Augen zusammen und musterte mich misstrauisch.

»Wäre ich ein Mann«, schob ich nach, »würde ich mich glatt in sie verlieben. Ich meine, man *kann* doch gar nicht anders, als bei so einem Mädchen ins Schwärmen zu geraten, oder? Hübsch und unschuldig und trotzdem bereit, sich für die Kunst auszuziehen, und ...«

»Sag mal, hast du dich an meinem Gras vergriffen?«, fragte Rob.

Kurz war ich aus dem Konzept gebracht. »Du kiffst?«

»Äh, nein, war nur ein Scherz.«

Rob wurde rot, und ich beschloss, es fürs Erste gut sein zu lassen, sowohl was die schöne Imperia betraf als auch das Gras.

»Na dann, viel Spaß in der *Hafenhalle*«, sagte ich friedfertig.

»Danke.« Rob legte den Kopf schief und musterte mich. »Sarah, darf ich dich was fragen?«

Er ahnte es! Lieber Himmel, er sah mir meinen Betrug an.

»Ja?«, fragte ich mit dünner Stimme.

»Kannst du mir zwanzig Euro leihen?«

Nie hatte ich ihm das Geld bereitwilliger in die Hand gedrückt.

Tatsache ist: Neunzig Prozent der fremdgehenden Ehemänner bleiben bei ihren Frauen. Nur zehn Prozent der Geliebten schaffen also irgendwann einmal den Sprung von der heimlichen Nebenbeziehung zur offiziellen Partnerin.

Felix Mutzhaas, »Die Geliebte – Fluch oder Segen für die Gesellschaft?«

***

Und dann sank sie in seine starken Arme, und er flüsterte zärtlich und leidenschaftlich zugleich: »Ich bin frei, Geliebte. Möchtest du mich heiraten und für immer und ewig mit mir zusammenbleiben?«

»Ja, ich will«, hauchte sie ergriffen, während eine einzelne, schimmernde Träne ihre Wange hinunter lief.

Vivian Violetta, »Sieg der wahren Liebe«

12.

Es war neunzehn Uhr neunundfünfzig, und ich starrte auf das Telefon.

Warum ruft er nicht an?

Zwanzig Uhr null.

Langsam, Sarah, wir haben schließlich acht gesagt, und jetzt ist es acht. Keine Minute später.

Zwanzig Uhr eins.

Nur eine einzige Minute später, kein Grund zur Panik. Ich mache mir mal einen Tee.

Zwanzig Uhr fünf.

Jetzt könnte er aber doch mal anrufen. Es sei denn …

Zwanzig Uhr zehn.

… ich bin ihm nicht wichtig.

Zwanzig Uhr fünfzehn.

Ach, er hat mich nur benutzt, um mal wieder einen Kuss im Wasser zu bekommen!

Zwanzig Uhr sechzehn.

Wahrscheinlich hasst Lydia das Wasser, er aber liebt es, und da hat er sich gedacht, die Sarah ist immer noch besser als keine, und bevor ich nie wieder einen heißen Kuss im See bekomme, küsse ich halt diese kompetente, einfühlsame Erzieherin, und …

Das Telefon klingelte. Wie der Blitz nahm ich ab.

»Guten Abend, spreche ich mit Sarah Teschner?« Eine unbekannte Frauenstimme.

Lydia, schoss es mir durch den Kopf. O mein Gott, sie wusste es! Jonas hatte geplaudert!

»Ja«, hauchte ich.

»Frau Teschner, schön, dass ich Sie erreiche! Sie haben vor einem Jahr bei uns einen Knoblauchtopf bestellt, und deshalb möchte ich Ihnen, Frau Teschner, heute ein besonderes

Angebot unterbreiten. Exklusiv für Sie, Frau Teschner, hätten wir heute einen formschönen und spülmaschinenfesten Kartoffeltopf im Angebot, und wenn Sie Interesse hätten, Frau Teschner, würde ich Ihnen ganz kurz die Vorteile dieses Kartoffeltopfes erläutern.«

Kartoffeltopf? Vor Erleichterung wurde ich ganz schwach.

»Klar, nehme ich«, sagte ich. »Schicken Sie ihn an die gleiche Adresse wie beim letzten Mal. Wiederhören.«

Ich legte auf. Zwanzig Uhr achtzehn. O je, hoffentlich hatte Paul nicht genau in den letzten zwei Minuten versucht, mich zu erreichen! Da klingelte das Telefon wieder. Diesmal holte ich tief Luft und wartete drei Klingelzeichen lang ab, bevor ich dranging.

»Hi, Sarah.«

Die Abendsonne malte goldene, filigrane Muster aufs Parkett. »Hallo, Paul.«

»Tut mir leid, dass ich zu spät anrufe, aber Jonas wollte nicht einschlafen. Immer, wenn ich was vorhabe, ist er glockenwach, ob ich nun zum Elternabend muss oder …« Er räusperte sich verlegen, bevor er fortfuhr: »Oder ob ich die Frau anrufen will, an die ich ununterbrochen denke.«

Unwillkürlich lächelte ich. »Tust du das denn?«

»Zweifelst du noch daran?«

»Ich weiß es nicht.« Ich schluckte. »Ehrlich gesagt bin ich ziemlich durcheinander.«

»Tja, da haben wir schon was gemeinsam.« Trotz der flapsigen Worte klang Pauls Stimme ernst.

»Ich … ich muss immer an unseren Kuss denken, und in diesen Momenten bin ich mir sicher, dass …«

Schweigen.

»Ja?«, fragte Paul.

»Dass es etwas Besonderes ist. Das zwischen uns«, presste ich hervor. Im selben Augenblick brach mir der Schweiß aus, als mir bewusst wurde, wie unglaublich verletzlich ich mich mit diesen Worten machte. Mit Rob hatte ich das Gefühl der

Verletzlichkeit nie gehabt. Eifersucht, ja, und Wut, aber mehr nicht. Weil Rob nie die Macht gehabt hatte, mir wirklich weh zu tun. Weil ich Rob nie geliebt hatte.

Paul schwieg, und je länger sein Schweigen andauerte, desto mehr verkrampfte sich mein Magen.

Da sagte er: »Gib mir ein paar Tage Zeit, Sarah.«

Mir sank das Herz. Kläglich fragte ich: »Tut es dir schon leid?«

»Nein!«, sagte er sofort. »Es ist nur … Sarah, ich bin seit acht Jahren verheiratet. Lydia und ich sind Eltern. Eine Familie wirft man nicht einfach so weg.«

Einfach so. Mein Mund wurde trocken.

»Ich brauche ein bisschen Zeit zum Nachdenken.« Paul stockte. Dann sagte er: »Weißt du, es ist gar nicht so sehr wegen Lydia. Es heißt zwar ›In guten wie in schlechten Tagen‹, aber unsere Ehe läuft schon so lange schlecht, dass ich mich an die guten Tage kaum mehr erinnern kann.«

Na immerhin, dachte ich. *Dann zerstöre ich also keine glückliche Ehe. Ein Gewissensbiss weniger.*

»Es ist wegen Jonas«, sagte er. »Lydia mag keine perfekte Mutter sein, ist aber doch seine Mutter, und Jonas kennt kein anderes Familienleben als unseres. Es ist nicht toll, aber es ist vertraut. Wenn ich Lydia verlasse, bricht Jonas' kleine Welt zusammen, von einer Sekunde auf die andere. Verdammt, das kann ich ihm doch nicht antun, aus … aus einer Laune heraus!«

Eine Laune? In mir wurde alles kalt und taub. Außerdem machten Pauls Worte mir klar, was ich im Begriff war, zu zerstören: nicht nur das bequeme Nest meines eigenen Freundes. Sondern auch die Familie, zu der das Kind gehörte, das ich lieber hatte als jedes andere auf der Welt.

»Gut, lassen wir es einfach sein. Bleib bei deiner Frau« – das hätte ich jetzt sagen sollen, vernünftig und großzügig.

Doch ich konnte mich nicht überwinden, die Worte auszusprechen. Stattdessen drängte ein Satz über meine Lippen, der von meinem heillosen Egoismus zeugte, vom Verrat jeglicher guter Vorsätze. Der Satz, der auf keinen Fall gesagt werden durfte. Mein Gehirn wusste das.

Mein Mund nicht. »Aber es ist keine Laune, Paul, es ist Liebe! Zumindest für mich.«

»Ich weiß«, sagte Paul leise.

Was wusste er? Dass ich ihn liebte, oder dass *wir uns* liebten? Das war schließlich ein himmelweiter Unterschied! Aber bevor mein Mund mich noch mehr erniedrigen und Paul diese Frage stellen konnte, sagte er: »Gib mir eine Woche. Eine Woche, in der wir nachdenken können. Beide.« Und nach einer kurzen Pause: »Du bist schließlich auch gebunden.«

Ich dachte an Imperia, die ich Rob an meiner Stelle ins Nest zu setzen gedachte. »Ja, aber ich habe da schon einen Plan.«

»So so.« Ich spürte, dass Paul am anderen Ende der Leitung lächelte.

Moment. Ich spürte es? Man spürte nicht, wenn jemand ganz woanders lächelte! Vielleicht hatte das ja mit dem störrischen Band zu tun, das uns von Anfang an verbunden hatte; fast so, als seien Paul und ich verwandte Seelen. Hey, wie kitschig war das denn!?

Komischerweise fühlte es sich aber überhaupt nicht kitschig an. Es fühlte sich nur gut an und ganz genau richtig, so, als sei dieses Band schon immer zwischen uns gewesen.

Nie, nie war ich romantisch gewesen!

Jetzt war ich sogar kitschig.

Und da wusste ich, dass ich nicht mit ein paar Wochen Liebeskummer davonkommen würde, sollte Paul sich dafür entscheiden, bei seiner Familie zu bleiben.

Als Rob in der Nacht zurückkam, lag ich im Bett und starrte an die Decke. Er trat ins Schlafzimmer, und ich schloss rasch die Augen und stellte mich schlafend.

»Bist du noch wach?«, raunte er und legte sich neben mich.

Ich atmete betont gleichmäßig. Ich schlief. Tief und fest.

»Schade, dass du nicht dabei warst«, sagte Rob. »Es war echt lustig. Die Imperia kann total gut Witze erzählen, das hätte ich ihr gar nicht zugetraut.«

»Hey, toll!«, rutschte es mir heraus. Imperia war also nicht nur hübsch, sondern hatte auch noch Humor. Wenn das nicht vielversprechend klang!

»Du bist wach. Wusste ich's doch.« Rob lachte.

»Äh, nur so halb«, sagte ich. »Aber jetzt möchte ich schlafen.«

Rob wollte nicht schlafen.

Rob wollte Sex.

»Du bist viel süßer als die Imperia«, sagte er und fing an, mich zu küssen.

Ich drehte meinen Kopf weg. »Finde ich nicht«, murmelte ich. Imperia war im Gegensatz zu mir wenigstens offen und ehrlich; so jedenfalls schätzte ich sie ein.

Unverdrossen sagte Rob: »O doch. Du bist schärfer als alle anderen. Ich sollte dich mal wieder malen.« Seine Hand wanderte von meiner Taille hoch zu meinen Brüsten.

»Lass das«, fuhr ich ihn an.

Erschrocken zuckte er zurück. »Habe ich dir irgendwas getan?«

»Nein.« Ich schluckte. »Es ist nicht deine Schuld, Rob. Ich habe einfach, äh, Migräne.«

Er stützte sich auf seinen Ellenbogen und musterte mich. »Du hast *nie* Migräne, Sarah.«

»Heute schon«, sagte ich lahm.

»Aha. Und morgen hast du deine Tage?«

Gute Idee. »Wahrscheinlich.«

»Sind wir schon so weit, dass du die klassischen Ausreden lustloser Ehefrauen bemühen musst?« Er schüttelte den Kopf. »Ich dachte, diese Phase kommt frühestens mit vierzig.«

Ich schloss die Augen. »Mit dreißig. Und das bin ich bald.«

»Du bist siebenundzwanzig!«

Ich rollte mich auf die Seite und sagte leise: »Lass mich einfach schlafen, ja?«

Rob antwortete nicht. Er starrte mich noch ein paar Sekunden lang an, dann stieg er aus dem Bett und verließ das Schlafzimmer. Ich hörte, wie die Tür des Kühlschranks quietschte, und dann ertönte das charakteristische Zischen, als Rob eine Bierflasche öffnete.

Na toll. Rob war wütend und würde sich volllaufen lassen, und alles nur meinetwegen. Während unserer Beziehung war es praktisch nie vorgekommen, dass ich ihn zurückgewiesen hatte; natürlich musste ihm das jetzt verdächtig vorkommen. Zu Recht, verdammt!

Aber wie sollte ich ihm sagen, was er vielleicht schon ahnte? Ich konnte ihm doch nicht brutal das Messer in die Brust stoßen! Nein, zuerst wollte ich sicher sein, dass er schnellen und zugleich beständigen Trost finden würde. Davon, dass Rob mich in der Vergangenheit des Öfteren betrogen hatte, war ich mittlerweile überzeugt. Tief in mir hatte ich es eigentlich schon immer gewusst. Aber jetzt ging es nicht mehr nur um einen kurzen Abstecher in fremde Betten, sondern um eine tragfähige, neue Beziehung. Und dafür erschien mir Imperia genau die Richtige zu sein. Ich musste sie ihm unbedingt schmackhaft machen!

Und ich musste die Woche, auf der Paul bestanden hatte, nicht zum nervösen Warten und Fingernägelkauen, sondern zum Nachdenken nutzen. Vielleicht würde ich ja einen Weg finden, wie ich mit Paul zusammen sein und trotzdem alle um mich herum glücklich machen konnte! Rob wäre glücklich mit Imperia, Jonas mit Paul und mir, Lydia mit … na ja, da würde sich schon einer finden. Mehrere wahrscheinlich, so fantastisch, wie die aussah.

Ich seufzte tief. Irgendwie fiel es mir in letzter Zeit zunehmend schwer, meinen eigenen Ansprüchen zu genügen. Nicht nur im Privatleben gelang es mir immer weniger, mich moralisch einwandfrei zu verhalten, auch im Kinderladen liefen die Dinge nicht mehr rund. Dabei wollte ich die Welt doch so gerne besser machen, wenn auch nur ein kleines Stück!

Doch statt Gutes zu tun, stürzte ich Paul in emotionale Krisen, hasste die arme, unschuldige Lydia, stieß Rob vor den Kopf, verärgerte Inge Muller-Beinhard und war der Grund dafür, dass sich im *Eiertanz* alle mit allen zerstritten hatten.

Keine gute Bilanz.

Ich hörte Rob in der Küche das zweite Bier öffnen und beschloss, mein Leben unverzüglich wieder in die richtigen Bahnen zu lenken. Ich musste die positiven Seiten meines Wesens hervorlocken – wenn sie denn überhaupt noch existierten.

Aber wie sollte ich das bewerkstelligen?

Ich liebte Paul, und ich wollte mit ihm zusammen sein, daran war nicht zu rütteln. Eher würde ich einen Pakt mit dem Teufel abschließen, als freiwillig auf diesen Mann zu verzichten, Moral hin oder her. Sofern Paul mich überhaupt wollte, dachte ich. Sicher war ich mir da immer noch nicht. Doch während ich noch über meine Liebe zu Paul nachsann, kam mir eine wunderbare Idee: Warum sollte ich meine Not nicht zur Tugend machen und mich für Menschen engagieren, die genauso in Beziehungsnöten steckten wie ich?

Ich würde eine ehrenamtliche Beratungstätigkeit aufnehmen!

Das war doch geradezu perfekt: Ich würde in der Lage sein, mich bestens in das Leid der Hilfesuchenden einzufühlen, aber im Gegensatz zu meinen eigenen Problemen würde ich die der anderen objektiv und distanziert beurteilen können. Ich würde verständnisvoll zuhören, die Menschen sanft in die richtige Richtung lenken und zu Lösungen beitragen, die alle Beteiligten zufriedenstellten. Und ganz nebenbei würde ich auf diese Weise die altruistische Seite meines Wesens fördern. Die Seite, die so sehr geschrumpft war, seit ich mich Hals über Kopf in Paul verliebt hatte.

Ich erwärmte mich zunehmend für meinen Plan. Gleich morgen würde ich recherchieren, ob es in Konstanz einen Verein jener Art gab, wie er mir vorschwebte. Daran, dass man meine Hilfe dankbar annehmen würde, zweifelte ich nicht.

Schließlich war ich Sozialpädagogin und somit prädestiniert für ein solches Ehrenamt.

Als ich die Augen schloss und versuchte einzuschlafen, ließ mir mein Gewissen zum ersten Mal seit Wochen Ruhe. Das war ein gutes Zeichen. Ich war zwar noch weit von dem Ziel entfernt, alle Menschen um mich herum glücklich zu machen, aber zumindest hatte ich mich endlich wieder auf den Weg dorthin gemacht.

Seriöser Verein sucht
ehrenamtliche Mitarbeiterin für die telefonische Beratung psychisch belasteter Menschen. Bei uns erwarten Sie eine gründliche Einarbeitung, ein angenehmes Arbeitsklima und das gute Gefühl, Menschen in Not hilfreich zur Seite stehen zu können. Ideal wäre es, wenn Sie einen persönlichen und/oder beruflichen Bezug zu Menschen mit Beziehungsstörungen hätten. Wenn Sie sich vorstellen können, uns regelmäßig zu unterstützen, freuen wir uns über Ihren Anruf.

Bitte melden Sie sich bei Isabel Buschle,
*Tel. 07531/*****

13.

Ich stand im Nieselregen am Zähringerplatz und legte den Kopf in den Nacken. In einem der oberen Stockwerke des gammeligen Hauses musste sie sein: die Zentrale des VbKK, des »Vereins für beziehungsgestörte Konstanzerinnen und Konstanzer e. V.«. Genau das Richtige für mich – und genau der richtige Tag, um hier anzufangen.

Es war Mittwochabend, zwanzig Uhr, die Zeit, in der die Leitungen im Verein heiß liefen, da der durchschnittliche Beziehungsgestörte jetzt allein in seiner Wohnung hockte. Das hatte mir Isabel erzählt, die Vorsitzende des VbKK, bei der ich am Montag angerufen hatte, um meine Hilfe anzubieten. Isabel hatte nicht lange gefackelt: Gleich zwei ihrer ehrenamtlichen Mitarbeiterinnen waren in den letzten Wochen ausgefallen, erzählte sie mir, und so blieb ziemlich viel Arbeit liegen. Was nichts anderes hieß, als dass die beziehungsgestörten Konstanzerinnen und Konstanzer immer wieder auf später vertröstet wurden, wenn sie anriefen und sich aussprechen wollten. Eine untragbare Situation, sagte Isabel.

»Dich schickt der Himmel!«, hatte sie deshalb begeistert ausgerufen, als ich erklärt hatte, wer ich sei und welche Qualifikationen ich vorweisen könne. »Möchtest du gleich am Mittwoch anfangen? Abends, da kriegen unsere Schätzchen regelmäßig die Sinnkrise.«

Dass Isabel die hilfesuchenden Anrufer ihre »Schätzchen« nannte, fand ich zwar seltsam, aber auch rührend. Offensichtlich ging sie ganz in ihrem Ehrenamt auf, und die Anrufer waren so etwas wie ihre, hm, Kinder. Oder ihre Haustiere. Isabel selbst war eigentlich Finanzbeamtin, aber dieser Beruf erfüllte sie nicht, wie sie mir gestanden hatte. Erst die Arbeit im VbKK gebe ihrem Leben Sinn und Ziel, zumal sie weder Mann noch Kinder oder Freunde habe. (Ich war also offensichtlich nicht die Einzige, die ihr ganz persönliches Verhältnis zu Beziehungsstörungen hatte.)

Der Regen wurde stärker. Ich trat an die schwere Haustür und drückte auf den Klingelknopf des VbKK.

Das Treppenhaus war schmuddelig, vor manchen Wohnungstüren fristeten gelbliche Topfpflanzen ihr Dasein. Genau das richtige Ambiente, fand ich, um mich seelisch schon mal auf die verzweifelten Anrufer einzustellen, die ich beraten sollte. Isabel hatte gesagt, ich könne ohne Verzögerung einsteigen; da ich Sozialpädagogin sei, kenne ich mich mit Beratungsarbeit ja gut aus. Das stimmte zwar nicht ganz, da ich immer nur als Erzieherin gearbeitet hatte. Aber Isabel hatte so überlastet geklungen, dass ich beschlossen hatte, ihr die Illusion meiner perfekten Qualifikation zu lassen. Ich würde das schon stemmen! Ich kam mit den Müttern im *Eiertanz* zurecht (na ja, nicht mit allen und auch nicht immer, aber doch grundsätzlich), warum sollte ich es da nicht schaffen, ein paar nette, hilfreiche Telefongespräche zu führen? Und ein, zwei Abende, an denen ich den anderen Beraterinnen bei ihrer Arbeit über die Schulter sehen durfte, würde Isabel mir ja ganz sicher gönnen.

Vor mir wurde die Tür aufgerissen. Eine immens dicke Frau mit Schweißperlen auf der Stirn griff nach meinen Händen und zog mich über die Schwelle. Sie trug einen Norwegerpulli (Ende Juni?!), hatte fettige Haare und roch, als hielte sie nur wenig von der Erfindung des Duschgels.

»Sarah? Isabel«, begrüßte sie mich atemlos.

Ich warf die Vorurteile, die ihr Anblick in mir hervorgerufen hatte, beherzt über Bord. »Hallo, Isabel«, sagte ich lächelnd und schüttelte ihr die schweißnasse Hand. »Schön, dass ich hier anfangen darf.«

»Ja, anfangen ist ein prima Stichwort«, sagte Isabel. »Überall läuten schon die Apparate.«

Die verlor ja wirklich keine Zeit. »Gibst du mir noch eine kurze Einführung?«, fragte ich überrumpelt.

»Unmöglich, Liebes«, sagte Isabel und deutete auf einen riesigen Schreibtisch, auf dem vier schnurlose Telefone lagen. Drei davon klingelten. »Du hast dich doch bestimmt auf der Homepage des Vereins über unsere Arbeit informiert, oder?«

Das vierte Telefon klingelte nun auch.

»Ja, natürlich.«

»Drei Grundsätze«, sagte sie, ihr Blick flog gehetzt zu den penetranten Geräten. »Erstens: Alles läuft anonym, und zwar von beiden Seiten. Konstanz ist zu klein, um solche Beratungen unter dem richtigen Namen zu machen. Wir alle haben Blumennamen, und unsere Schätzchen suchen sich selbst einen Decknamen aus. Zweitens: Absolute Schweigepflicht! Alles, was du hier hörst, siehst, besprichst, bleibt eine Sache zwischen dir und deinem Schätzchen. Und drittens: Es gibt keinen Wechsel! Ein Schätzchen, eine Betreuerin. Gerade für Beziehungsgestörte ist das un-heim-lich wichtig.«

»Das sehe ich ein«, nickte ich. »Wie lange betreut man seine, äh, Schätzchen denn im Schnitt?«

»Das ist ganz unterschiedlich«, sagte Isabel. »Manchen ist mit einem Anruf schon geholfen, andere rufen monatelang an. Der Poseidon zum Beispiel ist so ein Fall. Mit dem kommen wir hier alle an unsere Grenzen. Ich dachte, den könntest du vielleicht übernehmen, hm?«

»Gleich zu Anfang? Ist das nicht ein bisschen fahrlässig? Weißt du, ich dachte, ich assistiere euch ein paarmal, höre zu, lese mich ein bisschen ein. So könnte ich mir das erforderliche Wissen nach und nach aneignen, und dann …«

»Liebes, hast du nun Sozialpädagogik studiert oder nicht?«, unterbrach mich Isabel.

»Schon, aber …«

»Nichts aber. Wir sind ein kleiner Verein, den Luxus einer ewig langen Einarbeitung können wir uns nicht leisten. Mach dir keine Sorgen. Der Poseidon ist zwar eine harte Nuss, aber da wir ihm sowieso nicht helfen können, ist es auch wurscht, was du ihm sagst. Hauptsache, er kann sich aussprechen und hat das Gefühl: Hier werde ich geholfen.« Isabel lachte herzlich.

»Tja, wenn du meinst ...«

Ich hatte ein komisches Gefühl bei der ganzen Sache. Doch mir blieb keine Zeit, meinem Unbehagen nachzugehen oder gar Konsequenzen daraus zu ziehen, denn Isabel wischte sich die schwitzigen Hände an ihrem Pulli ab und rief aus: »Und jetzt geht's auch schon los, Liebes! Schnapp dir deinen Apparat, und ran an den Speck!«

Sie watschelte zum Tisch, warf mir ein Telefon zu, legte ein schalldämpfendes Kissen auf zwei weitere Apparate und griff selbst nach dem vierten.

»VbKK, hier ist Röslein, mit wem spreche ich?«, flötete sie in den Hörer. »Aaaah, der liebe Poseidon! Für Sie habe ich heute eine ganz besonders gute Nachricht: Wir haben eine neue, gaaaanz kompetente Mitarbeiterin. Sie nennt sich ... äh ... Tülpchen, und sie steht schon neben mir. Ich reiche Sie gleich weiter, Poseidon.«

»Viel Glück, Liebes«, zischte Isabel mir zu, als wir die Telefone tauschten.

Gut, dachte ich nervös. Das würde schon klappen. Ich war Sozialpädagogin. Alles kein Problem.

»Hallo?«, sagte ich zögernd. »Hier ist Tülpchen.« Wer wohl auf die bescheuerte Idee gekommen war, die Betreuerinnen nach kleinen Blumen zu benennen? »Ich habe, äh, schon viel von Ihnen gehört, Poseidon.«

»Ach ja?«, klang es weinerlich aus dem Hörer. »Was denn?«

Tja, was? Kein sehr guter Anfang. »Dass Sie schon länger hier anrufen«, sagte ich. »Möchten Sie mir erzählen, für welches Problem Sie Hilfe suchen?«

»Das hätte ja wohl auch Ihre Kollegin übernehmen können«, sagte Poseidon verschnupft. »Muss ich jetzt etwa ganz von vorne anfangen?«

»Nein nein nein, Sie erzählen nur das, was Sie erzählen möchten!« Puh, war das schwierig. Mir brach der Schweiß aus. Kein Wunder, dass Isabel immer nasse Hände hatte. Und dann auch noch der Norwegerpulli!

»Ich liebe sie«, sagte Poseidon klagend.

»Mich?« Ich erschrak.

»Aber nein. Sie! Die, die ich damals im Theater kennengelernt habe. Die Überirdische, Himmlische, Göttliche.«

Dieser Bodensee-Poseidon hatte offensichtlich eine starke Leidenschaft für alles Numinose; Beziehungsstörungen schienen nicht sein einziges Problem zu sein.

Vorsichtig fragte ich: »Liebt die, äh, Überirdische Sie denn auch?«

Tiefes Seufzen. »Das dachte ich zuerst. Wir sahen uns in die Augen, Gott und Göttin erkannten sich, und Schwups – waren wir zusammen im Bett.«

»Eine sehr irdische Vorgehensweise«, wagte ich zu bemerken.

»Aber dann«, fuhr Poseidon fort, als habe er mich gar nicht gehört, »hat sie mich einfach fallen lassen. Dabei war das Erlebnis unserer Vereinigung himmlisch! Ich war der absolute Hammer im Bett, Tülpchen. Daran kann es also nicht gelegen haben.«

An Poseidons mangelndem Selbstbewusstsein auch nicht, dachte ich, gleichermaßen abgestoßen wie belustigt.

»Trotzdem hat sie das Interesse verloren«, klagte er. »Sie ist einfach verschwunden, vor Monaten schon. Seitdem irre ich durch die Gassen der Stadt und suche sie. Bin verloren für jedes andere Wesen, ob göttlich oder menschlich.«

Der Typ hatte ja echt ein Rad ab. Was sagte man so einem? Ich versuchte es mit einem praktischen Ratschlag: »Warum rufen Sie die Dame nicht einfach mal an?«

»Anrufen!«, rief Poseidon verzweifelt. »Wie stellen Sie sich das denn vor?«

»Na ja, Sie nehmen das Telefon in die Hand, tippen die Nummer ein und …«

»Nummer!«, rief Poseidon. »Eine wie sie gibt mir doch nicht ihre *Nummer!*«

»Nicht?« Ich runzelte die Stirn. »Aber sie hat doch sogar mit Ihnen geschlafen, Poseidon!«

»Das«, sagte er, »war ein göttliches Zusammentreffen. Auf solch banale Dinge wie Telefonnummern sind wir selbstverständlich *nicht* zu sprechen gekommen!«

»Wäre aber besser gewesen«, brummte ich. »Hören Sie zu, ich berate mich mit Is... äh, Röslein, wie wir am besten vorgehen können, und Sie rufen nächste Woche wieder hier an, okay?«

»Tja dann«, sagte Poseidon bitter. »Irre ich eben eine weitere Woche verzweifelt durch die Gassen der Stadt. Macht ja nichts.«

Ich fühlte mich schlecht.

Als wir uns verabschiedet hatten und ich auflegte, fragte ich mich bang, ob mein nächster Anrufer wohl genauso durchgeknallt sein würde wie der Meeresgott. Prompt klingelte das Telefon – die Antwort auf meine Frage würde ich also in wenigen Sekunden bekommen.

»VbKK, hier ist Tülpchen, mit wem spreche ich?«, ahmte ich Isabels Begrüßungsformel nach.

Halb erwartete ich, nun Athene oder Hera an der Strippe zu haben, aber die kühle Stimme, die sich meldete, nannte einen erfrischend weltlichen Namen:

»Diva hier«, sagte sie knapp. »Sind Sie neu?«

»Ja«, antwortete ich. »Wie kann ich Ihnen helfen, Diva?«

»Kurz gefasst: Ich brauche viel Sex, und zwar mit verschiedenen Männern«, sagte Diva.

Ich schluckte. Mit zarten Umschreibungen hatte Diva es offensichtlich nicht so.

»Mich stört meine Veranlagung nicht«, fuhr Diva sachlich fort, »aber ich fürchte, meinen Mann würden meine Bedürfnisse, hm, verunsichern. Wenn er davon wüsste, versteht sich. Er ist ein bisschen bieder, was außereheliche Vergnügungen angeht, und am Anfang fand ich das auch ganz süß und rührend, aber jetzt … Verstehen Sie, Tülpchen, ich möchte ihn nicht verletzen. Aber bei einer Veranlagung, die zwangsläufig andere Menschen mit einschließt, ist die Gefahr doch ziemlich groß, dass die ganze Sache irgendwann auffliegt. Und das möchte ich verhindern. Ich finde es aufregend, zwei Leben zu führen, ein bürgerliches und ein … wie soll ich es nennen? Ein unmoralisches.«

Diva hatte so emotionslos gesprochen, als hielte sie einen Vortrag über die Vorteile makrobiotischer Ernährung. *Komische Frau,* dachte ich befremdet. Rasch durchforstete ich mein Gehirn nach dem Wenigen, was ich über Nymphomaninnen wusste. Gehörte nicht ein schlimmer Leidensdruck dazu? Diva klang ganz und gar nicht leidend. Aber vielleicht machte sie sich und mir ja auch nur etwas vor.

»Versuchen Sie einmal, offen und ehrlich zu sich selbst zu sein, Diva«, sagte ich mit meiner verständnisvollsten Stimme. »Geht es Ihnen mit Ihrer Veranlagung wirklich gut? Oder belügen Sie sich, nur um nichts verändern zu müssen?«

Diva lachte. »Klinge ich etwa, als schlittere ich am Abgrund entlang? Tülpchen, ich liebe mein Doppelleben!«

Ich runzelte die Stirn. »Vielleicht sollten Sie mir dann erklären, was Sie sich von den Anrufen bei uns eigentlich versprechen.«

»Ein mitfühlendes Ohr«, sagte Diva. »Jemanden, der mich nicht verurteilt, wenn ich mich so zeige, wie ich wirklich bin.«

Ich war gerührt. Hatte ich Diva zuerst als kaltschnäuzig und arrogant eingestuft, so zeigte sie sich jetzt von ihrer verletzlichen Seite. Das war schön. Es machte sie gleich viel sympathischer.

»Aber vor allem brauche ich Tipps, wie ich meinen Mann behalten kann, ohne auf meinen Spaß zu verzichten«, sagte Diva. Meine Rührung verflog. »Ich meine, Ihr Verein ist doch die Top-Anlaufstelle für solche Tipps, oder? Ihnen beichten doch die Beziehungsgestörten des gesamten Bodenseeraumes, wie sie ihre Partner betrügen! Da müssen Sie für mich doch Ratschläge zum Fremdgehen in Hülle und Fülle haben!«

Hey, was war denn das für eine? Erwartete Diva allen Ernstes, dass ich ihr erklärte, wie sie ihren Mann am sichersten hintergehen konnte?

»Ich brauche mehr Zeit für meine Affären«, sagte Diva nüchtern. »Jeder Mensch hat ein Recht auf Erholung und Entspannung, Tülpchen, da stimmen Sie mir doch sicher zu.«

Ich räusperte mich. »Diva …«

»Und ich sehe nicht ein, warum mir dieses Grundrecht verweigert werden sollte, nur weil ich zur Entspannung neue sexuelle Kontakte brauche. Mein Mann ist zwar attraktiv, aber eben immer derselbe. Kann ich was dafür, wenn mir das nicht reicht?«

Ich bezwang meinen Widerwillen, indem ich mir in Erinnerung rief, dass Diva nicht mit mir zu telefonieren bräuchte, wenn sie nett, mitfühlend und selbstlos wäre. Diese Frau war krank, genau wie Poseidon! Sie brauchte Hilfe. Und ich war ab heute dafür da, ihr diese Hilfe zu gewähren.

»Rufen Sie nächsten Mittwoch wieder an, okay? Ich muss mich in das Thema erst ein bisschen einarbeiten. Dann kann ich Ihnen kompetenteren Rat erteilen.«

Diva seufzte. »Da habe ich wieder die einzige blutige Anfängerin als Beraterin erwischt, was?«

»Nein, äh, na ja. Dann bis nächste Woche«, sagte ich ausweichend.

Doch Diva hatte bereits aufgelegt.

Als ich um Mitternacht daheim vor dem Computer saß und »griechische Götterwelt« sowie »Nymphomanie/Sexsucht« recherchierte, kam ich nicht umhin, Poseidon als total gestört einzuordnen und Divas Familie von Herzen zu bedauern. Letzteres vor allem deshalb, weil zum Krankheitsbild »Sexsucht« nicht nur chronische Untreue, sondern auch das völlige Unvermögen gehörte, emotionale Bindungen einzugehen. Dass diese Frau geheiratet hatte, konnte ich mir nur damit erklären, dass die Sexsucht zu einem späteren Zeitpunkt begonnen hatte. Denn wie alle Süchte, begann auch Sexsucht schleichend.

Ein schrecklicher Gedanke durchzuckte mich. Stand auch Rob am Anfang einer Sexsucht-Karriere? War dies die Erklärung dafür, dass er seinen Modellen nicht widerstehen konnte? Der arme Rob! Und ich hatte ihn die ganze Zeit über verurteilt – dabei war er vielleicht schwer krank! Unwillkürlich warf ich einen Blick auf die Tür des Schlafzimmers, in dem Rob den Schlaf des Gerechten schlief. Oder eher den Schlaf des von seiner Sucht Geknechteten?

Doch die nächste Information, die das Internet mir lieferte, beruhigte mich wieder. Genau wie ich vermutet hatte, litten Sexsüchtige nämlich unter ihrer Sucht, und das tat Rob definitiv nicht. Rob war stets guter Dinge, ob er mich nun betrog oder mit vollen Händen mein Geld ausgab.

Hm. Diva war mir eigentlich auch nicht vorgekommen, als leide sie sehr oder als spiele sie mir Theater vor.

Poseidon dagegen hatte gelitten, wenn auch in überirdischen Dimensionen.

Brauchten die beiden vielleicht einfach mal jemanden, der ihnen den Kopf geraderückte?

Ich lehnte mich auf meinem Stuhl zurück und starrte zweifelnd auf den Bildschirm. Vielleicht war die Idee mit dem Ehrenamt ja doch nicht so genial gewesen. Ich war keine Psychologin; woher sollte ich wissen, wer krank war, wer überspannt und wer einfach nur einen miesen Charakter hatte? Dass ich bei diesem Verein ohne jegliche Anleitung ins kalte Wasser geworfen würde, hatte ich nach der Anzeige, auf die ich mich gemeldet hatte, nicht erwartet. Aber jetzt war es zu spät fürs Zaudern: Poseidon und Diva erwarteten meinen Ratschlag, und auch die überforderte Isabel verließ sich auf mich.

Ich würde meine seltsamen Patienten wohl nicht so schnell wieder losbekommen.

Von: *mario@young-artists-konstanz.com*
An: *paul@young-artists-konstanz.com*
Betreff: *Probleme?*

Hallo Paul,

bin gerade nach Hause gekommen und dachte, jetzt muss ich Dir doch noch eine Mail schreiben. Mir geht nicht aus dem Kopf, wie verschlossen und grimmig Du den ganzen Tag über warst. Hey, vielleicht solltest Du einfach mal wieder ein Bier trinken gehen, das wirkt Wunder! ;-)

Im Ernst: Hast Du Ärger, belastet Dich irgendwas? Wenn Du nicht darüber sprechen möchtest, kein Thema. Aber denk immer dran, was die Kunstpsychologie sagt. Ich zitiere den guten alten Professor Maier:

»Der künstlerische Schaffensprozess dient nicht selten dem heilenden Selbstdialog des Individuums in schwierigen Situationen. So trägt es beispielsweise erheblich zur seelisch-emotionalen Entlastung vieler Künstler bei, wenn sie ihre Tagträume künstlerisch umsetzen. Oft kommen die Kunstschaffenden auf diese Weise sogar einer Lösung ihrer Probleme näher, indem sie Letztere mit Hilfe der Kunst erst intuitiv, dann intellektuell zu durchdringen vermögen.«

Einfacher ausgedrückt: RAN AN DIE STAFFELEI!

Und wenn Du mich brauchst, weißt Du ja, wo Du mich findest: im Atelier nebenan. :-)

Gruß
Mario

14.

Für den letzten Freitag im Juni hatte ich mir freigenommen. Denn Freitag war der Tag der Tage.

Am Freitag traf ich Paul.

Lydia arbeitete, Jonas war im Kinderladen, Rob perfektionierte zu Hause die »Aphrodite mit Apfeltasche«. Und Paul und ich hintergingen sie alle, indem wir uns heimlich verabredet hatten. Herrgott, ich war keinen Deut besser als diese Diva!

Doch. Bei Diva ging es nur um Sex. Bei mir war es Liebe.

Und bei Paul auch.

Aber ob seine Liebe zu mir stark genug war?

Und rechtfertigte die Liebe den Betrug?

Tief in Gedanken versunken überquerte ich die Untere Laube und kam in den Stadtteil Paradies, in dem *Young art(ists)* seinen Sitz hatte. Die ganze Woche über ging das schon so, vielleicht abgesehen von dem Abend, an dem ich mich mit Poseidon und Diva herumgeschlagen hatte: Ich grübelte, grübelte, grübelte. Sehnte mich nach Paul, zerfleischte mich mit Selbstvorwürfen, bemitleidete Rob, bemitleidete und hasste Lydia, bekam Panikanfälle beim Gedanken daran, dass Paul sich gegen mich entscheiden könnte, schalt mich dafür, dass ich mich derart von einem Mann abhängig machte, beschloss, erst wieder darüber nachzudenken, wenn ich mich beruhigt hätte – und fing im nächsten Augenblick von vorne an. Ein ewiger Kreislauf, der mich der vernünftigen Lösung, die ich doch hatte erarbeiten wollen, keinen Schritt weitergebracht hatte. Zermürbend.

Und nun war ich auf dem Weg zu ihm, denn wir wollten in Ruhe über alles sprechen. Mit dem Kunstzentrum hatten wir den einzigen Ort dafür gewählt, an dem uns garantiert niemand stören würde; dafür hatte Paul gesorgt.

Ich schlenderte durch die Straßen und besah mir die alten Häuser des Paradieses, die den verblichenen Charme der Gründerzeit atmeten. Plötzlich hatte ich es gar nicht mehr so eilig, Paul gegenüberzutreten. Was, wenn er mir erklärte, er könne seine Familie nicht verlassen?

Bei diesem Gedanken wurden meine Schritte noch langsamer.

Die melancholische Stimmung des Viertels begann auf mich abzufärben, und meine Hoffnung sank. Aus einem offenen Fenster wehten traurige Klavierklänge; vor einem Backsteinhaus mit grünen Fensterläden verblühten die Rosen. Am Kramerhaus mit seinem exzentrischen Jugendstildekor überlief mich ein Schauder. Zwar hatte ich die zähnefletschenden Steinfratzen an der Fassade schon oft gesehen, aber noch nie waren sie mir derart unheilschwanger erschienen – wie Vorboten eines Unglücks, *meines* Unglücks, meiner ganz persönlichen Katastrophe.

Nun ging ich gar nicht mehr. Ich schlich.

Irgendwann erreichte ich *Young art(ists)* dennoch. Zaudernd blieb ich davor stehen und wünschte mir, die Zeit anhalten zu können. Denn mittlerweile war ich mir vollkommen sicher, dass in der nächsten halben Stunde meine Welt zusammenbrechen würde. Beklommen trat ich durch das verschnörkelte Eisentor und durchquerte den Garten.

Das Kunstzentrum war in einem alleinstehenden Haus untergebracht, dessen Mauern von riesigen Fenstern dominiert wurden. Graue, altmodische Pilaster gliederten die weiße Fassade und sorgten dafür, dass der Gründerzeit-Charakter des Hauses trotz des vielen Glases erhalten blieb. Ich stieg die paar Stufen zur Eingangstür hinauf und dachte, dass dieses Haus wunderschön war – und dass ich mir einen tristeren Rahmen für meinen Untergang gewünscht hätte.

Paul öffnete mir die Tür. Offensichtlich hatte er gearbeitet, denn seine Jeans wiesen etliche Farbflecken auf, und auch das T-Shirt hatte seine porentief reinen Tage schon lange hinter sich. Außerdem schien es zu heiß gewaschen worden zu sein, denn es war ziemlich knapp.

O Mann, er sah so sexy aus.

Ziemlich unfair, wenn man bedachte, dass es mit uns beiden aller Voraussicht nach nichts werden würde.

»Du malst gerade?«, fragte ich nach der Begrüßung überflüssigerweise. Eigentlich fragte ich es nur, um überhaupt etwas zu sagen. Ich konnte mich ja nicht gut nach drei Sekunden erkundigen: »Wie steht's: Hast du dich entschieden, dein zukünftiges Leben mit mir zu verbringen?«

Paul nickte, einen sehr entschlossenen Ausdruck in den Augen. »Ich arbeite schon die ganze Woche an einem neuen Bild. Willst du es sehen?« Der Ton seiner Stimme war unmöglich zu deuten.

Ich bejahte nervös und folgte ihm durch den kurzen Flur in ein lichtdurchflutetes Atelier.

Und dann schnappte ich nach Luft, als hätte mir jemand den Sauerstoffhahn abgedreht.

Auf der Staffelei in der Mitte des Raumes, genau dort, wo die Sonnenstrahlen aus den vielen Fenstern sich bündelten, lehnte eine großformatige Leinwand. Die Frauengestalt, die das riesige Bild dominierte, stand mit dem Rücken zum Betrachter und lächelte ihn über die Schulter hinweg an. Ihr Haar fiel über ihren Rücken bis fast auf die Hüften. Um sie herum wucherten Pflanzen, in der rechten Hand hielt sie einen aufbrechenden Granatapfel. Einige Farben auf der Leinwand waren noch nass; Dutzende feuchte Schattierungen von Grün bildeten den Hintergrund, vor dem die Frauengestalt leuchtete und lockte – schön, sanft und unwiderstehlich.

Eine Frauengestalt mit zinnoberroten Locken.

Milchweißer Haut.

Meergrünen Augen.

Meinem Lächeln.

Ich.

Erschlagen starrte ich auf das Gemälde. »So sehe ich in deinen Augen aus?«, flüsterte ich. »So wunderbar?«

Paul trat von hinten an mich heran und legte einen Arm um mich, ganz leicht, als wolle er mir die Möglichkeit geben, mich sofort wieder von ihm zu befreien.

»Genau so.«

Ich schluckte. »Was bedeutet der Granatapfel?«

»Nächstenliebe. Ich kenne keinen Menschen, der so viel an andere denkt wie du.«

»Oh. Äh … danke.«

Zugegeben, ich war ein bisschen enttäuscht. War der Granatapfel nicht auch die Frucht der Liebesgöttin? Das hätte mir besser gefallen. Eine altruistische Tugend wie die Nächstenliebe war ja schön und gut, aber im Moment ging es mir doch eher um die Liebe zwischen Paul und mir.

Ich fasste mir ein Herz und fragte: »Ist das die einzige Bedeutung?«

»Nein.« Pauls Arm umschloss mich fester. »Da wäre noch … die Hoffnung.«

Ah, das klang schon besser.

»Die Leidenschaft.«

Das klang definitiv besser!

»Die Verführung.«

Mein Herzschlag geriet aus dem Takt.

»Und die Liebe«, schloss Paul leise.

Hoffnung. Leidenschaft. Verführung. Liebe.

Die ganze Welt schien mit mir die Luft anzuhalten, als ich es begriff: Paul hatte mit diesem Gemälde nicht nur eine berückend schöne Version meiner selbst geschaffen.

Er hatte mir eine gewaltige, wortlose Liebeserklärung gemacht.

Ich drehte mich um und schlang meine Arme um seinen Hals.

»Paul …« Mehr brachte ich nicht heraus, bevor mir die Stimme versagte. Das war nicht viel und auch nicht sehr aussagekräftig. Aber Paul schien mich trotzdem zu verstehen, denn er lächelte.

Und dann küsste er mich.

Mein Gott, und *wie* er mich küsste! An Land, ohne schaukelnde Boje im Arm und spionierendes Kleinkind am Ufer, küsste Paul nicht nur gut, sondern wahrhaft berauschend. Da konnte sich sogar der strahlende Held bei Vivian Violetta noch eine Scheibe von abschneiden.

»Ich kann nicht so weitermachen wie bisher«, murmelte er an meinem Mund, als er seine Lippen wieder von meinen löste. »Ich möchte mit dir leben, Sarah. Mit dir und niemandem sonst.«

Jaaaaaaaaaaa!

Ich wollte Paul gleich wieder küssen, doch dann hielt ich inne. Küssen war wundervoll, aber eigentlich hatten wir uns ja zum Reden getroffen.

Also zwang ich mich, heroisch zu fragen: »Was ist mit deiner Frau?«

Paul schüttelte leicht den Kopf. Er sah mir in die Augen, und wieder bemerkte ich, wie entschlossen sein Blick war. »Ich liebe dich, Sarah. Mit solchen Gefühlen bei Lydia zu bleiben ist unmöglich. Das ist mir beim Malen klar geworden. Ich würde Lydia Tag für Tag betrügen, indem ich in Gedanken bei dir wäre – in jeder Stunde, jeder Minute, jeder einzelnen Sekunde. Und das wäre ein größerer Verrat als alles andere.«

Obwohl Pauls Worte so ernst waren, musste ich lächeln, zaghaft erst, dann immer strahlender. Ach was, lächeln: Ich grinste von einem Ohr bis zum anderen! Wahrscheinlich sah ich aus wie ein rothaariger Breitmaulfrosch, aber das war mir egal. Meine Angst löste sich auf, sogar das ewig schlechte Gewissen gab Ruhe. Was da zwischen Paul und mir aufleuchtete war zu mächtig, als dass wir dagegen ankämpfen durften. Und deshalb würde ich den Kampf hier und jetzt beenden. (Den Granatapfel als Symbol der Nächstenliebe verdiente ich dann zwar nicht mehr, aber mir blieben ja Hoffnung, Leidenschaft, Verführung und Liebe. Das, fand ich, war doch ein schöner Trost.)

Und dann öffnete Paul meinen Mund erneut mit seinen Lippen, und ich hatte keinerlei Trost mehr nötig. Ich ließ mich in seine Zärtlichkeit fallen, ohne auch nur einen Gedanken daran zu verschwenden, wo wir waren (Atelier! Nicht abgeschlossen!) oder ob es für all das in unserer Beziehung nicht zu früh war (niemals Sex vor dem vierten Date!). Selbst der harte Holzboden, auf den wir wenig später sanken, störte uns nicht – nicht, solange wir gemeinsam darauf zu liegen kamen.

Ich liebte ihn, und er liebte mich. Paul durfte alles von mir haben, und ich wollte alles von ihm.

Jetzt.

Später lag ich träge in Pauls Armen, die Sonne wärmte unsere nackte Haut. Mein Blick glitt zu der Leinwand auf der Staffelei zurück. Immer noch war ich wie verzaubert von der Liebe, von der jeder einzelne Pinselstrich kündete.

Plötzlich musste ich lachen. »Da hast du deine Fantasie aber ganz schön anstrengen müssen, was?«

Paul zog fragend die Augenbrauen hoch. »Wieso?«

»Na ja, auf dem Bild bin ich nackt. So kanntest du mich bis vor einer Stunde doch gar nicht!«

Er grinste. »Ich kannte dich im Bikini, schon vergessen?«

»Und das hat dir gereicht?«

»Nein«, raunte er und küsste mein Ohrläppchen. »Völlig nackt ist eindeutig besser. Deshalb liegen wir ja jetzt hier. Verdammt hart übrigens.«

»So ist das halt, wenn man kein Zuhause hat«, witzelte ich.

»Wir haben aber ein Zuhause. Sogar zwei.«

»Tja, nur keines, das wir nutzen können.«

Pauls Finger strichen über meinen nackten Arm. »Willst du wirklich mit mir zusammen sein, Sarah? Hast du dich für mich entschieden?«

Überrascht richtete ich mich auf. »Was für eine Frage! Natürlich.«

»Dann müssen wir reinen Tisch machen. Ich bei Lydia, du bei Rob. Ich möchte keine heimliche Affäre haben.«

Ich nickte. Er hatte selbstverständlich Recht. Prinzipiell.

»Das will ich auch nicht, Paul. Aber …«

Ich brach ab. Wie sollte ich das Folgende so sagen, dass er mich verstand? Wie mein absurdes Gefühl der Fürsorglichkeit erklären, das ich Rob gegenüber immer noch empfand? Mit wahrer Liebe hatte das nichts zu tun, das wusste ich mittlerweile. Eher mit Freundschaft. Vielleicht sogar mit einer kuriosen Abart von Mütterlichkeit.

Aber würde Paul mir das glauben?

Ich versuchte es mit: »Ich habe dir eine Woche Zeit gegeben, gib du mir nun auch Zeit. Ich möchte, dass Rob sich in eine andere verliebt, damit ihm das Ende unserer Beziehung nicht so schwerfällt. Eine Woche, höchstens einen Monat, länger wird es nicht dauern.«

»Wann dein Freund sich in wen verliebt, hast du wohl kaum in der Hand«, sagte Paul trocken.

»Doch! Es gibt da dieses Aktmodell, Imperia. Sie wäre genau die Richtige für Rob, jung, hübsch und ängstlich. Bei ihr käme er sich vor wie ein richtiger Mann, weißt du? Die Beschützer-Masche. Ich muss nur dafür sorgen, dass sie ihm noch ein paarmal Modell sitzt, und zusammen mit dem Entzug wird es nicht lange dauern, bis …«

»Entzug?«, unterbrach Paul mich.

Mir schoss die Röte ins Gesicht. »Ich schlafe nicht mehr mit Rob. Seit ich dich im See geküsst habe, bringe ich es nicht mehr fertig.« Ich schluckte. »Wie … wie ist das eigentlich bei dir? Hast du noch mit Lydia …?«

Plötzlich hatte ich das Gefühl, nicht mehr atmen zu können. Verdammt, warum hatte ich das gefragt? Ich wollte die Antwort doch gar nicht hören! Jedenfalls nicht, wenn sie zu meinen Ungunsten ausfiel.

Paul wurde womöglich noch röter als ich. Es stand ihm gut, wie so ziemlich alles. »Nach dem Elternabend, als ich beschlossen hatte, dir fernzubleiben«, sagte er langsam, »da habe ich es versucht. Aber ich hatte nur dich im Kopf, von Anfang bis Ende, und danach habe ich mich gefühlt, als hätte ich Lydia mit dir betrogen.«

»Kenn ich.« Unbehaglich dachte ich an mein Kopfkino.

»Ich habe es vermieden, nochmal in diese Situation zu kommen«, gestand Paul. »Lydia arbeitet sehr viel, und wenn sie doch mal für mich Zeit hatte, habe ich sie ins Restaurant geschleppt oder ins Theater oder zu Freunden, alles nur, um nicht mit ihr allein zu sein. So viel unternommen haben wir seit Jahren nicht mehr. Tja, und danach waren wir beide immer hundemüde. Zum Glück.« Er lächelte schief. »Sie muss mich inzwischen für einen ziemlichen Schlappschwanz halten.«

»Das«, sagte ich und dachte an die vergangene Stunde, »bist du definitiv nicht.«

Ich zog ihn auf mich und legte die Hände auf seine Hüften.

»Wollen wir's nochmal testen?«, bot ich hilfsbereit an.

Paul grinste. »Nichts lieber als das.«

Er beugte sich zu mir herunter, und flüchtig fragte ich mich, wie er es schaffte, dass sich jeder Kuss noch vollkommener anfühlte als der vorherige, noch sinnlicher, noch erregender. Ich vergaß die Zeit, versank in Pauls Liebe, verschmolz mit seinem Körper. Alles war perfekt, und in den wenigen Momenten, in denen ich klar denken konnte, dankte ich dem Schicksal stumm für seine unendliche Güte.

Wie hätte ich auch ahnen können, was für ein missgünstiger Scheißkerl das Schicksal war?

Sehr geehrte Frau Teschner,

leider müssen wir Ihnen mitteilen, dass der von Ihnen bestellte Titel »Egoistisch – na und?« doch nicht mehr lieferbar ist. Gerne beraten wir Sie bezüglich ähnlicher Bücher. Kommen Sie einfach bei uns vorbei.

Mit freundlichen Grüßen
Magdalena Rosenstock
Bodensee-Bücher – Ihre Buchhandlung mit Flair

P. S. Wenn ich mir eine persönliche Bemerkung gestatten darf, von Frau zu Frau: »Egoistisch – na und?« hätte sowieso nicht zu Ihnen gepasst.

15.

»Hallo, Diva, schön, dass Sie anrufen.«

»Wieso?«

»Na ja, ich habe mich informiert. Über Ihr Problem.«

»Tülpchen, wie oft soll ich es noch sagen: Ich habe kein Problem! Ich liebe Sex, vor allem, wenn ich ihn nicht immer mit demselben Mann haben muss!«

»Ja, dafür habe ich, ähm, Verständnis. Aber wir sind uns doch einig, dass Sie ein paar Ratschläge brauchen, nicht wahr?«

»Definitiv. Ich glaube, mein Süßer wird langsam misstrauisch, er ist so seltsam in letzter Zeit. Also, was haben Sie für mich in petto?«

»Hm, eigentlich wollte ich mir Ihr Pr… Ihre Veranlagung erst einmal genauer ansehen. Es gibt da ein paar Fragen, die ich Ihnen stellen müsste, bevor ich Ihnen Tipps geben kann.«

»Dann aber flott. Ich habe nicht den ganzen Abend Zeit.«

»Also dann. Ja. Hrmhrm. Ähm, Diva, kommen Sie jedes Mal zum Orgasmus, wenn Sie Sex haben?«

»Was soll das denn jetzt, Tülpchen?«

»Es ist wichtig, glauben Sie mir. Menschen mit Ihrem Pr… Ihrer Veranlagung kommen nämlich so gut wie nie …«

»Jedes Mal.«

»Was?!«

»Ja.«

»Oh.«

»Recht einsilbig, unser Dialog, hm? Nächste Frage, bitte.«

»Aber … aber dann …«

»Was ist los? Hatten Sie eine andere Antwort erwartet?«

»Ehrlich gestanden, ja. Laut Lehrbuch dürften Sie *nie* einen Orgasmus haben! Oder zumindest fast nie. Deshalb sind Sie ja so verzweifelt auf der Suche nach sexueller Erfüllung!«

»Hey, was dichten Sie mir denn da an? Tülpchen, Sie sind nicht die Einzige, die studiert hat! Haben Sie das überhaupt? Na, egal, hier geht es ja nicht um Sie. Jedenfalls wäre ich schon selbst in der Lage, zu erkennen, ob ich psychisch krank bin oder nicht. Bin ich nicht. Klar?«

»Aber wieso sind Sie dann …«

»… so promiskuitiv? Weil's aufregend ist. Nicht jeder sehnt sich nach einem Leben zwischen Blümchentapeten und Sex in der Missionarsstellung, wissen Sie? Wie ist das eigentlich bei Ihnen?«

»…«

»Ah, ich sehe schon, Sie sind der Blümchentapeten-Typ. Nichts für ungut, ich wollte Ihnen nicht zu nahe treten.« Sie lachte. »Übrigens fällt mir da gerade ein, dass es doch eine Nacht gab, in der ich nicht zum Orgasmus gekommen bin: Als ich diesen Typ abgeschleppt habe, der so auf die griechische Götterwelt stand. Der war echt eine Niete. Aber was soll's, die Uhr tickt, Tülpchen. Was ist jetzt mit den Tipps?«

»Beim nächsten Mal«, sagte ich schwach. »Ich muss das erst … verarbeiten.«

»Haben Sie sich schon mal überlegt, dass Sie vielleicht am falschen Ende der Leitung sitzen? Haha.«

»Ich … Bis nächsten Mittwoch, Diva.«

»Tschüs, Tülpchen. Wissen Sie was? Wenn Sie nicht so verklemmt wären, fände ich Sie richtig niedlich.«

»Die beiden deprimieren mich«, sagte ich einige Tage später zu Christine. »Poseidon lebt vollkommen an der Realität vorbei, und Diva ist die größte Egoistin, die man sich vorstellen kann.«

Christine und ich bastelten mit den Imagines Schultüten. Die Puppen waren mit Babsi beim Bodystyling, und die Larven spielten Geige. Es tat weh in den Ohren, auch wenn ich wirklich viel von Frau Reininger und Shinichi Suzuki hielt.

»Du kennst sie doch gar nicht«, sagte Christine. »Lass dich doch nicht so runterziehen! Vielleicht leidet Poseidon gerne, das soll's ja geben, vor allem, wenn man so theatralisch ist. Und Divas Mann ist möglicherweise der letzte Bachel und hat es verdient, nach Strich und Faden hintergangen zu werden!«

»Vielleicht.« Ich war nicht überzeugt. »Aber Diva macht ja nicht nur ihren eigenen Mann unglücklich, sondern auch all die anderen Kerle, die sie in ihr Bett holt. Wenn du wüsstest, wie sehr sich Poseidon nach ihr verzehrt! Denn ich bin sicher, die Niete, von der sie gesprochen hat, das war er.« Mutlos schüttelte ich den Kopf. »Christine, ich glaube, der VbKK ist doch nicht das Richtige für mich. Aber jetzt muss ich es durchziehen. Ich habe nur so Angst, dass ich diesen Menschen die völlig falschen Ratschläge gebe! Diva zum Beispiel will, dass ich ihr die Betrügereien *erleichtere!* Das ist doch unmoralisch, oder?«

»Unmoralisch ist es auch, wie Paul Bachstein dich anschaut. Sein Blick lodert ja förmlich! Wie glühende Kohlen. Super erotisch, wenn du mich fragst.«

»Ich frage dich aber nicht. Glühende Kohlen, also wirklich! Du hast zu viele Heftchenromane gelesen«, sagte ich verlegen.

»Mag sein. Aber dass der Mann absolut wild auf dich ist, hat damit nichts zu tun. Das würde jede Oma merken.«

»Omas lesen ja auch Heftchenromane.«

»Heilandsack!« Christine klatschte mit der flachen Hand auf den Basteltisch. »Weichst du mir absichtlich aus? Ich bin deine Freundin! Wenn du eine Affäre hast, sollte ich die Erste sein, der du davon erzählst!«

»Aber nicht beim Schultütenbasteln«, sagte ich mit einem nervösen Blick zu Jeremy.

»Was ist eine Affäre?«, fragte Jeremy und ließ sein Tonpapier sinken. Er schnitt gerade grüne Monster aus, die auf der Schultüte kleine Monsterbabys verschlingen sollten. (Inge fand das sehr kreativ. Sie war der Meinung, das sensible Kind verarbeite auf diese Weise seine alterstypischen Ängste.)

»Eine Affäre ist so was Ähnliches wie die Fähre, mit der dein Papa morgens über den See fährt«, sagte Christine. Roland Beinhard arbeitete in Meersburg.

»Lass uns nachher weiterreden«, flüsterte ich Christine zu.

»Es *gibt* also was zu reden?«, flüsterte sie mit leuchtenden Augen zurück.

Ich wollte schon verneinen, doch dann sagte ich mir, dass sie Recht hatte: Sie war meine beste Freundin. Wer, wenn nicht sie, sollte die Erste sein, die von der glücklichen Wendung in meinem Liebesleben erfuhr? Okay, im Moment war das Ganze noch etwas problematisch, aber sobald ich Rob mit Imperia verkuppelt hätte, würde meinem wunderbaren Leben mit Paul nichts mehr im Wege stehen. Lydia verdrängte ich jetzt einfach mal.

»Nachher«, wiederholte ich leise. »Dann erzähle ich dir, was …«

In diesem Moment betrat Inge den Raum.

»Was denn, mitten am Tag?«, brummte Christine mit zusammengezogenen Augenbrauen.

»Sicher will sie kontrollieren, ob auch alle Aktivitäten ordnungsgemäß durchgeführt werden«, sagte ich.

»Mama!«, krähte Jeremy fröhlich, als er Inge erspähte. »Die Sarah hat eine A-Fähre, und das ist so was Ähnliches wie bei Papa, wenn er zur Arbeit geht!«

Inges giftiger Blick schoss zu mir herüber und durchbohrte mich. Christine und ich zuckten gemeinschaftlich zusammen.

»Affäre?« Ihre Stimme war frostig.

»Nein, dein Mann hat natürlich keine … ich meine, ich weiß es ja nicht, es geht mich auch nichts an, aber ich bin sicher … äh … dass er dich nie …« Ich brach ab, als ich die gekreuzten Säbel in Inges Blick wahrnahm.

Na toll. Wenn ich mich je gefragt hatte, wie ich mir Inge Muller-Beinhard noch mehr zur Feindin machen konnte, dann war diese Frage hiermit beantwortet.

Erst gegen Abend kamen Christine und ich dazu, unser unterbrochenes Gespräch fortzusetzen. Leon war gleich nach dem Kindergarten mit der Oma ans Hörnle gefahren, um das schöne Juliwetter auszunutzen (natürlich erst, nachdem er zwanzig Minuten lang seine Sandalen gesucht hatte), und so nutzten Christine und ich unseren Feierabend, um einen Stadtbummel zu machen.

Wir schlenderten durch die Niederburg. Christine wollte alles haarklein wissen, und ich bemühte mich, ihre Neugier angemessen zu befriedigen; nur bei den erotischen Details verweigerte ich ihr die Antwort. Ich stellte fest, dass mir das Reden sogar guttat. Geheimnisse hatte ich noch nie gemocht, und es erleichterte mich, Pauls und meines zumindest mit einem Menschen teilen zu können.

Christine verurteilte uns nicht, im Gegenteil: Sie hatte Lydia ja im Juni kennengelernt, als ich mich in meinem Büro versteckt hatte, und seitdem bezeichnete sie Jonas' Mutter nur noch als »kalten Fisch, wenn auch einen hübschen«. Ich hatte zwar Mühe, die engelsgleiche Lydia mit einem Fisch in Verbindung zu bringen (eigentlich fand ich keinen Vertreter dieser Tierart sonderlich schön), aber dass Christine Lydia nicht mochte und vorbehaltlos auf meiner Seite stand, tat mir gut. Schließlich wusste ich selbst, dass ich mit dieser Liebe gegen so ziemlich alle Regeln verstieß, die ich mir selbst auferlegt hatte: gut sein. Niemanden verletzen. Stets an die anderen denken. Rob glücklich machen.

Ach ja, Rob … dass ich von diesem letzten Punkt meilenweit entfernt war, bewies mir Robs Laune, sooft wir uns sahen. Er war sauer, weil ich nicht mehr mit ihm schlafen wollte, und er nahm mir meine Gründe dafür nicht ab. Sie waren ja auch nicht sonderlich überzeugend. Migräne, meine Periode und unerklärliche Stimmungstiefs gehörten zu den besseren Ausreden, ein verdorbener Magen und Enthaltsamkeit, weil ich mich spirituell weiterentwickeln wolle, zu den schlechteren. (Ich war ebenso wenig spirituell wie ich zu Migräne neigte, und das wusste Rob.) Aber immerhin nährte seine täglich mürrischer werdende Miene meine Hoffnung, die pure Verzweiflung würde ihn in absehbarer Zeit in Imperias Arme treiben. Im

Moment versuchte er allerdings nur, mich mit ihr eifersüchtig zu machen. Dass ich ersehnte, womit er mir drohte, ahnte er ja nicht.

»Immerhin malt er nun ein zweites Bild von ihr«, sagte ich hoffnungsvoll zu Christine. »Dafür muss sie sich wieder ausziehen. Wenn das keine Versuchung für ihn ist – in seinem Zustand!«

Christine grinste. »Malt er wieder eine ›Aphrodite mit Apfelkuchen‹?«

»Es war eine Apfeltasche«, verbesserte ich sie. »Nein, diesmal stellt sie die ›Aphrodite mit Zipfele‹ dar. Fischwurst mit Zander- und Bachsaiblingsfilet.«

»Klingt lecker«, sagte Christine. »Sag mal, hast du auch Hunger?«

Gierig betrachtete sie die Auslage eines kleinen Ladens in der Gerichtsgasse, der feine Schokoladen anbot. Auf einem Plakat hinter den Süßigkeiten stand »Heute schon gesündigt?«, und ich blickte schnell wieder weg. Nein, ich hatte heute noch nicht gesündigt – aber gestern, und vorvorgestern, und auch morgen würde ich es wieder tun. Wie immer in Pauls Atelier.

Denn obwohl ich schon mit dem Gedanken gespielt hatte, nicht mehr mit Paul zu schlafen, bis wir beide mit unseren Partnern gebrochen hatten, wurde ich schwach, sobald ich Paul auch nur ansah. Seine Blicke, wenn er Jonas in den *Eiertanz* brachte und nachmittags wieder abholte (Susi hatte diesbezüglich ausgedient), riefen mir unsere Sünden stets so anregend in Erinnerung, dass ich Himmel und Hölle in Bewegung setzte, um Paul treffen zu können. Wir stahlen uns halbe Stunden oder kurze Abende – aus der Zeit gefallene Momente ohne Arbeit, ohne Rob, ohne Lydia und Jonas. Wir schoben unsere heimlichen Küsse zwischen die Pflichten des Alltags, malten uns engumschlungen unsere gemeinsame Zukunft aus. Und wir hatten intensiven Sex, der mich zunächst auch glücklich machte. Doch wenn ich dann nach Hause kam, konnte ich dem armen Rob stundenlang nicht in die Augen schauen.

Nein, ich war entschieden nicht der Typ, den das Verbotene an einer solchen Affäre reizte, und Paul ging es ähnlich. Beide sehnten wir die Zeit herbei, in der wir uns zueinander bekennen durften; in der ein Plakat wie das im Schokoladengeschäft keinem von uns mehr Schweißausbrüche bescheren würde.

Aber Rob würde bald so weit sein, mich zu betrügen, dessen war ich mir sicher. Mensch, früher hatte er sich doch auch nicht so geziert! Und Pauls und Lydias Ehe war sowieso nur noch eine Fassade, hinter der keinerlei Gefühle mehr wohnten. Bei ihnen kam es deshalb lediglich darauf an, die Ehe so zu beenden, dass Jonas einigermaßen damit klarkommen würde.

Jonas … wenn ich an ihn dachte, fühlte ich mich *richtig* schlecht. Ich liebte diesen Jungen, und er vertraute mir; dass ausgerechnet ich diejenige war, die seine Eltern auseinanderbrachte, würde entsetzlich für ihn sein. Aber Paul hatte mir unmissverständlich klargemacht, dass er auf keinen Fall mit Lydia zusammenbleiben würde. So beharrlich er in den letzten, schlechten Jahren versucht hatte, seine Ehe zu retten, so fest stand nun sein Entschluss, sich von der Frau zu trennen, die er nicht mehr liebte. Paul, das wusste ich mittlerweile, machte sich Entscheidungen nicht leicht. Aber wenn er sich dann zu etwas entschlossen hatte, stand er auch dazu.

Heimlich träumte ich davon, dass Paul, Jonas und ich zusammenziehen würden. Jonas mochte mich, und manchmal hatte ich das Gefühl, er wünschte sich mich als Ersatzmutter genauso sehr, wie ich ihn mir als Sohn wünschte. Okay, mit fünf Jahren wünschte man sich auch, Astronaut oder Müllmann zu werden, ohne die Konsequenzen überblicken zu können. Aber Jonas kam mir reifer und überlegter vor als alle Kinder, die ich kannte. Und das waren nicht wenige, schließlich war ich schon eine ganze Weile Erzieherin.

Ich fragte mich oft, woher Jonas' Ernsthaftigkeit kommen mochte. Paul kümmerte sich so hingebungsvoll um seinen Sohn, dass Lydias häufige Abwesenheit eigentlich kein großes Problem hätte darstellen dürfen. Der umgekehrte Fall funktionierte schließlich auch: Wie viele Väter waren so gut wie nie zu Hause und kümmerten sich höchstens mal an Feiertagen um ihren Nachwuchs? Und deren Kinder waren auch nicht alle traumatisiert. Jonas hingegen … er wirkte, als ahne er Familiengeheimnisse, die ihm nicht guttaten. Tabus, die er mit seinen feinen Antennen spürte, ohne sie einordnen zu können.

Das musste ihn natürlich verunsichern.

Um welche Tabus es sich wohl handelte?

»… noch in den *Seitensprung?*«, drang Christines Stimme in meine Gedanken.

Verwirrt blickte ich sie an. Pauls Familiengeheimnisse verzogen sich widerwillig aus meinem Bewusstsein.

»Das Geschäft!«, sagte Christine. »Ich brauche dringend was Neues zum Anziehen. Wenn *du* so eine aufregende Affäre hast, kann *ich* mir zumindest einen aufregenden Rock leisten, oder?«

Christine lachte, und ich stimmte halbherzig in ihr Lachen ein. *Seitensprung* – wie passend, dass wir ausgerechnet da hineingingen. Und das nach dem sündigen Schokoladenladen! Die ganze kleine Stadt schien sich einen Spaß daraus zu machen, mir meine Schuld unter die Nase zu reiben.

Verdammt, ich wollte keine Schuld tragen. Ich wollte offen zu Paul stehen.

Es war höchste Zeit, den Heimlichkeiten ein Ende zu bereiten.

Liebes Tagebuch,

ich liebe ihn. Ja, es ist wahr, ich liebe ihn. Ach, wenn du wüsstest, wie sehr ich ihn liebe!

Liebes Tagebuch, wenn ich bei Rob bin und er mich malt, wallen Gefühle in mir auf, die mir bis dato völlig unbekannt wa-

ren. Wenn es nicht so ordinär klänge, würde ich sagen, er weckt das Tier in mir. Nicht einmal bei Heinz Grabenkopf habe ich je empfunden, was ich bei Rob empfinde. Und du weißt, was Heinzi und ich alles getrieben haben! Aber pssst, das bleibt unser kleines Geheimnis.

Wenn nur Robs Freundin nicht wäre, diese Sarah. Ich fürchte mich vor ihr, ja wirklich. Andererseits ist Sarah auch wunderschön, und ich bewundere sie.

Liebes Tagebuch, ich bin ganz verwirrt.

Ich werde zu Mami in die Küche gehen und eine schöne Torte backen. Das hat noch jedes Mal geholfen.

Bis morgen, liebes Tagebuch. Ich berichte weiter!

16.

Mein Plan war simpel, aber gut: Ich lud Imperia und Annemarie zum Abendessen ein.

»Muss das sein?«, maulte Rob, während ich den Tisch deckte.

»Aber ja«, sagte ich. »Imperia ist deine Muse.«

»Ist sie nicht«, sagte Rob störrisch. »Du bist meine Muse. Jedenfalls wirst du es wieder sein, wenn du irgendwann mal keine Kopfschmerzen mehr hast.«

»Ich werde noch sehr, sehr lange Kopfschmerzen haben«, sagte ich und verteilte die Servietten. »Hat Imperia auch Kopfschmerzen?«

»Nein«, schnappte er. »Nie!«

»Na siehst du. Ein Grund mehr, dass du sie besser kennenlernst.«

Rob runzelte die Stirn. »Warum bist du eigentlich gar nicht mehr eifersüchtig, Sarah? Das macht mir echt Sorgen. Ich meine, früher, wenn ich Se… Spaß mit einem Modell hatte, da bist du mir sofort aufs Dach gestiegen!«

Ich zog eine Augenbraue hoch. »Gibst du's also endlich zu?«

»Was? Nein!« Rob ließ sich aufs Sofa fallen. Er verschränkte die Arme vor der Brust und sah finster zu mir hoch. »Ach, was soll's, ich bin dir ja sowieso egal. Ja, ich bin ab und zu fremdgegangen! Und? Was sagst du nun?«

Ich schüttelte nachsichtig den Kopf. Wie er da auf dem Sofa lümmelte, kam Rob mir vor wie mein pubertierender, flegelhafter Sohn. Es überraschte mich selbst, dass mir sein Geständnis nicht wehtat. Auch wenn ich ihn nicht liebte, hätte doch zumindest mein Stolz verletzt sein müssen. Aber da war nichts, höchstens der Gedanke: *Ha, ich wusste es doch gleich!* Absurderweise freute ich mich sogar darüber, dass meine Eifersucht berechtigt gewesen war, so, als hätte ich bei einem Spiel richtig geraten.

»Ich war aber nie in eine andere verliebt«, schob Rob schnell nach. Sein Mut verließ ihn wohl schon wieder.

»Mit Imperia«, sagte ich optimistisch, »wäre das bestimmt anders. In die würdest du dich verlieben! Sie ist so hübsch, so blühend, so blutjung, und du hast selbst gesagt, sie ist auch noch witzig! Wenn man einmal mit der im Bett war, ist man bestimmt auf ewig für andere Frauen verloren.«

»Weil sie *witzig* ist?« Rob starrte mich an. »Sarah, in letzter Zeit bist du echt komisch.«

Hm, da hatte ich es wohl ein bisschen übertrieben. Während ich das Besteck verteilte, nahm ich mir vor, mich zu mäßigen.

In diesem Moment rief Rob triumphierend: »Aber klar, jetzt hab ich's! Du bist bisexuell!«

Mir fielen die Gabeln aus der Hand. »Um Gottes Willen, wie kommst du denn darauf?«

»Na, so wie du über die Imperia redest, du schwärmst ja richtig von ihr! Sag mal ehrlich: Träumst du davon, mit ihr zu schlafen?«

»Rob!«

»Mir kannst du's doch sagen. Ich wäre auch nicht böse.«

»Rob, du verstehst das ganz falsch.«

»Ich könnte mich unter Umständen sogar dazu bereit erklären, mitzumachen«, sagte Rob, ohne mir zuzuhören. »Nicht, dass ich es *gerne* tun würde. Aber wenn das der einzige Weg ist, deine brachliegende Libido wieder anzufachen, dann opfere ich mich.«

Ich kniff die Augen zusammen und musterte ihn. »Schlägst du mir etwa gerade vor, Sex zu dritt zu haben?«

»Wenn es dein Herzenswunsch ist«, sagte Rob feierlich, »dann bin ich dazu bereit.«

Herrje, der Mann machte es mir aber auch wirklich schwer.

»Sehr selbstlos von dir.« Ich bemühte mich, meine Stimme nicht sarkastisch klingen zu lassen. »Aber ich verzichte. Danke.«

»Wir könnten es doch mal probieren«, drängte Rob, der sich für die Idee zu erwärmen schien. »Das muss dir nicht peinlich sein, Süße. Was glaubst du, wie viele Menschen so was machen! Reinhold hat mir erst letztens erzählt, wie er und Max mit dieser heißen Kommilitonin aus dem ersten Semester …«

»Das will ich gar nicht wissen!«, sagte ich verzweifelt.

Rob zwinkerte mir zu. »Schon gut. Lass uns nachher nochmal darüber reden, wenn Mutti gegangen ist. Warum hast du die überhaupt dazu eingeladen? Wäre doch viel praktischer gewesen, wenn wir drei von Anfang an allein …«

Es klingelte, und ich stürzte zur Tür. Ich schickte heiße Dankgebete an den Himmel, dass er unseren Besuch genau in diesem Augenblick zu uns geführt hatte. Mein schöner Plan, Imperia heute Abend als Annemaries zukünftige Schwiegertochter einzuführen, lief gerade ganz schön aus dem Ruder. Sex mit Rob und Imperia war so ziemlich das Letzte, wonach mir jemals der Sinn gestanden hatte.

Ich konnte nur hoffen, dass die kleine Fischerin genauso unschuldig und altmodisch war, wie sie aussah.

»Und was machen Sie so, mein Kind?«, fragte Annemarie und musterte Imperia über den Rand ihrer Brille. »Beruflich, meine ich. Sarah, der Fisch könnte wirklich etwas mehr Zitrone vertragen.«

Ich nickte friedlich. Das Abendessen war bisher recht erfolgreich verlaufen: Annemarie mäkelte an meinen Kochkünsten herum, sie nahm Imperia unter die Lupe, und diese errötete so reizend, dass nicht nur Annemarie von ihr angetan war. Auch Robs Blicke wurden zusehends zärtlicher. So weit, so gut.

Jetzt biss Imperia sich schüchtern auf die volle Unterlippe und sagte leise: »Ich studiere Mathematische Finanzökonomie, Frau Lohmann.«

Ich warf ihr einen überraschten Blick zu. Ach, sie war gar keine niedlich-unbedarfte Bäckereifachverkäuferin, die mit der Tätigkeit als Aktmodell ihr Gehalt aufbesserte? Umso besser:

Dann war sie also hübsch *und* klug – aber auch so furchtsam, dass ein Mann sich bei ihr noch richtig als Mann fühlen konnte. Ich klopfte mir in Gedanken auf die Schulter. Eine bessere Frau hätte ich für Rob gar nicht auswählen können.

»Was Ökonomisches, soso. Sie kennen nicht zufällig den Herrn Professor Grabenkopf?«, fragte Annemarie streng.

Imperia wirkte erschrocken. »Doch«, hauchte sie.

»Aber das ist ja wunderbar!« Annemaries Miene hellte sich auf. »Ich arbeite nämlich seit Jahren bei ihm als Haushälterin! Dann können Sie mir ja endlich mal erzählen, was er an seiner Uni so treibt.«

Imperia wurde knallrot. »Ich gebe nichts auf Gerüchte, Frau Lohmann. Ich bin mir sicher, das ist alles nur erfunden.«

Rob legte Imperia den Arm um die Schulter. »Mutti will nicht wissen, *mit wem* dein Professor es treibt«, sagte er und zwinkerte mir zu, »sondern was er lehrt. Er hat es ihr zwar schon mal gesagt, aber sie ist nicht recht klug daraus geworden.«

»Und nachfragen möchte man ja auch nicht immer«, sagte Annemarie. »Der Mann hat schließlich noch anderes zu tun, als mit seiner Haushälterin zu plaudern. Also, mein Kind: Was genau ist mathematische Finanzdingsda?«

»Tja, also, wie soll ich das erklären?«

Imperia warf Rob einen Blick zu, der in seiner Hilflosigkeit sogar der seligen Lady Di Ehre gemacht hätte. Ob sie wirklich studierte? Vielleicht hatte sie uns mit dieser kleinen Flunkerei nur beeindrucken wollen, und in Wirklichkeit arbeitete sie doch in der Bäckerei nebenan. Ihr vertrauter Umgang mit Apfeltaschen, überlegte ich, sprach jedenfalls dafür.

»Trau dich einfach. Du schaffst das, Kleine«, sagte Rob ermutigend und strich Imperia über die Schulter. Annemarie bemerkte es und zog die Augenbrauen hoch. Ich sah es auch und lächelte. Minderbemittelt oder nicht: Das Mädel gefiel Rob.

Imperia warf mir einen ängstlichen Blick zu und flüsterte: »Wir versuchen in der mathematischen Finanzökonomie wirtschaftswissenschaftliche Probleme zu analysieren und zu lösen, nicht nur, aber auch im Zusammenhang mit dem Geschehen an den Finanzmärkten.«

Sie war *keine* Bäckereifachverkäuferin.

»Wow«, machte Rob fasziniert und schob Imperia eine kastanienbraune Locke aus dem rosigen Gesicht. »Das klingt ja spannend.«

Auch ich war beeindruckt. »Als was arbeitet man denn, wenn man wirtschaftswissenschaftliche Problemstellungen mittels … äh … mathematischer … äh, also, wenn man dein Fach studiert hat?«

»Ich werde wohl im Finanzsektor arbeiten, dort werden immer Menschen mit meinem Qualifikationsprofil gesucht«, sagte Imperia leise. »Ob ich zu einer Bank, einer Beratungsgesellschaft oder in die Finanzabteilung eines Industrieunternehmens gehe, weiß ich noch nicht.« Bescheiden fügte sie hinzu: »Aber ich bin ja erst im zweiten Semester.«

Eine Weile herrschte bewunderndes und etwas ratloses Schweigen am Tisch. Es schien Imperia nervös zu machen.

»Was ist denn?«, flüsterte sie. »Habe ich was falsch gemacht?«

Annemaries Blick schweifte von mir zu Rob und Imperia. Sein Arm lag noch immer um ihre Schulter. Sie sahen sehr hübsch zusammen aus.

»Können Sie eigentlich kochen, meine Liebe?«, fragte Annemarie nachdenklich.

»Meine Spezialität ist Fisch«, nickte Imperia. »Aber noch lieber backe ich. Torten.«

Na, da hatte ich doch gar nicht so sehr danebengelegen! Immerhin war sie Hobby-Bäckerin. Ich freute mich über meine Menschenkenntnis.

»Wünschen Sie sich auch Kinder?«, setzte Annemarie ihr Verhör fort.

Imperia schlug die Augen nieder. Ihre Wimpern waren, wie nicht anders zu erwarten, lang, dicht und schwarz. »Mindestens vier, Frau Lohmann.«

Himmel, war die Frau eigentlich echt? Sie begann, mich ein winziges bisschen zu nerven. Rob jedoch betrachtete sie hingerissen, sein Blick war verschleiert. Zweifellos stellte er sich gerade vor, wie er Imperia ihre vier Kinder machte.

Annemarie sagte zufrieden: »Sie sind ein gutes Mädchen, Imperia. Übrigens, Sarah, die Salatsoße ist mal wieder viel zu sauer. Ich glaube wirklich, *du* wirst es nie lernen.«

Nee. Und Torten backen konnte ich auch nicht, und ich wollte höchstens zwei Kinder.

Das sprach doch alles eindeutig für Imperia.

Als Rob und ich um Mitternacht im Bett lagen – ohne Imperia –, verschränkte Rob die Arme unter dem Hinterkopf und blickte träumerisch an die Schlafzimmerdecke.

»Sie ist so unschuldig, nicht wahr?«, sagte er.

»Sehr«, bestätigte ich. »Unschuldig wie ein, äh, Kind.«

»Aber sie ist kein Kind!«, sagte Rob und runzelte die Stirn. »Sie ist eine Frau, wenn auch eine sehr junge. Ist dir nicht aufgefallen, wie groß ihr Busen ist?«

»Doch, doch«, sagte ich schnell. »Beeindruckend. Steht ihrer Namensgeberin am Hafen in nichts nach.«

»Und Humor hat sie, was?«

»Och«, machte ich vage. Dass Imperia vor Witz sprühte, konnte man beim besten Willen nicht behaupten. Aber Liebe, sagte ich mir, machte ja bekanntlich blind.

»Wusstest du«, sagte Rob versonnen, »dass sie nur als Aktmodell arbeitet, damit sie sich ihr Studium finanzieren kann?«

Ja, klar. Sie war jung und brauchte das Geld. Haha.

Als ich taktvoll schwieg, wandte Rob mir den Kopf zu und sagte mitleidig: »Das muss schwer für dich sein.«

»Was denn, bitte?«, fragte ich.

»Na ja, sie zu sehen, sie zu bewundern, dir vorzustellen, wie du und sie in sinnlicher Umarmung eurer Lust nachgebt … aber daraus wird nichts, Sarah.«

So ein Pech aber auch. Ich verkniff mir das Lachen.

»Imperia ist zu rein für die Dinge, die du mit ihr anstellen willst«, sagte Rob. »Die Frau will vier Kinder! Nein nein, ich werde es nicht zulassen, dass du Imperia mit deinen perversen Fantasien verdirbst.«

Jetzt lachte ich doch. »Wer hat sich das Ganze denn ausgedacht, du oder ich?«

»Du«, sagte Rob ungerührt. »Aber ich sage es dir in aller Deutlichkeit, Sarah: Wenn du Sex zu dritt willst, musst du dir eine andere suchen. Schlag dir Imperia aus dem Kopf! Diese Frau braucht einen verlässlichen Mann, einen, der immer für sie da ist. Sie braucht eine starke Schulter, an die sie sich anlehnen kann.«

»Wie wär's mit deiner?«, schlug ich vor.

»Nun fang nicht wieder damit an!«, sagte Rob ärgerlich. »Es wird keine verdorbenen Spielchen geben! Was Imperia verdient, ist kein flotter Dreier, sondern die wahre Liebe. Das ist mein letztes Wort!«

»Amen«, sagte ich erleichtert.

Und dann hatte ich wieder mal Migräne.

Liebes Tagebuch,

soll ich dir etwas gestehen? Es ist aber wirklich peinlich. Nun gut, weil du es bist. Also:

Wenn es nicht so ordinär klänge, würde ich sagen, Sarah weckt eine verbotene Lust in mir.

Eine sehr verbotene Lust.

Angstlust könnte man es vielleicht nennen.

Ach, diese Gefühle, diese Triebe – sind sie nicht verrückt? Liebes Tagebuch, das alles ist so schrecklich kompliziert! Das Leben ist so schwierig, und das finde ich unfair, unfair, unfair!

Ich werde noch eine Torte backen.

Wenn das so weitergeht, kann ich mein Studium an den Nagel hängen und Konditorin werden.

Ob Rob das gefallen würde, ich als Konditorin? Liebes Tagebuch, ich würde alles für ihn tun, alles für ihn sein, für ihn in jede Rolle schlüpfen!

Das bringt mich auf eine ziemlich aufregende Idee.

Mir wird ganz heiß.

Jetzt muss ich wirklich backen gehen.

17.

»Ich kann so nicht weitermachen. Es muss sich etwas ändern. Ich irre ständig verzweifelt durch die Gassen der Stadt und …«

»Ja, Poseidon, da bin ich ganz Ihrer Meinung: Es muss sich etwas ändern. Und ich weiß auch schon, was!«

»Ach ja?«

»Ja. Sie müssen sich Ihre Theater-Bekannschaft aus dem Kopf schlagen! Sie war einfach nicht die richtige Göttin für Sie. Poseidon, suchen Sie sich eine Hestia: ruhig, tugendhaft, häuslich.«

»Hestia? Aber die hat doch geschworen, auf ewig Jungfrau zu bleiben«, sagte Poseidon missmutig.

»Das stimmt, aber da kannte Hestia *Sie* ja auch noch nicht! Sie sind doch, äh, der Hammer im Bett, oder?«

Ich hielt die Luft an. Ob mein Appell an seine enorme Selbstzufriedenheit wohl fruchten würde?

Einen Moment lang blieb es still in der Leitung.

Doch dann sagte Poseidon: »Sie haben Recht, Tülpchen. Sie haben verdammt Recht. Zum Hades mit meiner wankelmütigen Göttin! Die hat mich doch gar nicht verdient.«

Ich atmete auf. »Genau«, sagte ich erleichtert.

»Tülpchen, ich danke Ihnen. Sie sind die Beste! Aber nun müssen wir Abschied voneinander nehmen, denn ich werde Sie nicht mehr brauchen. Tugendhafte Hestia, ich komme!«

Und schon hatte Poseidon aufgelegt.

Mit gemischten Gefühlen starrte ich auf den Hörer. Poseidon würde so bald nicht wieder anrufen, da war ich mir ziemlich sicher. Also konnte ich eigentlich zufrieden sein. Andererseits hätte ich ihn vielleicht doch an einen Fachmann verweisen müssen, statt seine Wahnvorstellungen lediglich in befriedigendere Bahnen zu lenken. Beim Hades, war dieses Ehrenamt vertrackt!

Und als wäre das alles nicht schon schlimm genug gewesen, war meine nächste Anruferin Diva – und ich erfuhr von einem Geheimnis, das für meinen Geschmack lieber im Dunkeln geblieben wäre.

»Tülpchen, mir geht langsam die Geduld aus.«

»Das tut mir leid, Diva.«

»Ich will endlich Tipps von Ihnen. Heute!«

»Das trifft sich gut, denn ich habe einen für Sie. Er lautet: Schenken Sie Ihrem Mann reinen Wein ein! Vielleicht macht es ihm gar nichts aus, dass Sie sich mit anderen Männern treffen, solange er … äh … mitmachen darf. Viele Männer stehen auf flotte Dreier, wissen Sie?«

»Erzählen Sie mir was Neues.« Lachen. »Aber mein Mann gehört nicht zu dieser Sorte.«

»Sind Sie sicher?«

»Absolut.«

»Hm. Aber die Idee mit dem reinen Wein … ich meine, wäre Ehrlichkeit nicht ganz gut? Vielleicht verzeiht er Ihnen Ihr Pr… Ihre Veranlagung ja.«

»Aber klar. Und dass sein Kind gar nicht sein Kind ist, verzeiht er mir auch, was?«

»???«

»Hat's Ihnen die Sprache verschlagen? Oooooch, jetzt tun Sie doch nicht so, als käme das nicht ständig vor. Deutschland wimmelt von Kuckuckskindern! Sie vom VbKK müssten das doch wissen.«

»Ich … ich bin noch nicht so lange dabei.«

»Das merkt man. Wie dem auch sei: Ehrlichkeit kommt nicht in Frage. Der biologische Vater arbeitet mittlerweile in den USA, da dürfte es schwer sein, an Unterhalt zu kommen. Außerdem bin ich mir gar nicht zu hundert Prozent sicher, dass der Kerl es wirklich war oder nicht doch dieser süße schottische Wissenschaftler … egal, mein Mann darf es nicht erfahren. Der wäre schneller weg, als ich gucken könnte.«

»Das kann ich mir nicht vorstellen. Er liebt sein Kind doch, oder?«

»Natürlich. Der Punkt ist nur: Es ist dann ja nicht mehr sein Kind. Und damit hört bei Männern die Vaterliebe schlagartig auf.«

»Aber doch bestimmt nicht bei allen!«

»Doch, Tülpchen.« Tiefes Seufzen. »Bei allen.«

Paul und ich saßen im Stadtgarten und ruhten uns von den gefühlten zwanzig Kilometern aus, die wir in den letzten anderthalb Stunden bei unserem Stadtbummel gelaufen waren. Es war Abend, es war warm, es roch nach Sommer: Die perfekte Kombination für ein romantisches Date ganz nach meinem Geschmack – auch wenn der Stadtgarten leider zu öffentlich war, um der Romantik den gewünschten freien Lauf zu lassen.

In den letzten Tagen waren Paul und ich deutlich unvorsichtiger geworden. Unsere heimliche Affäre ging nun schon über zwei Wochen lang, und auch wenn Christine fand, das sei noch gar nichts (»Andere Leute halten das Jahrzehnte durch!«), hatten wir die Nase voll vom Versteckspielen. Ich rechnete täglich damit, dass Rob der süßen Imperia erlag, und war stets enttäuscht, wenn die beiden genauso sittsam an der »Aphrodite mit Konstanzer Zipfele« arbeiteten, wie es sich für einen Künstler und sein Modell gehörte. Dennoch war ich fest davon überzeugt, dass ich nicht mehr lange warten musste und dann auch Paul seiner Frau von uns erzählen konnte.

Unser Coming-out als Paar stand somit unmittelbar bevor. Da Lydia außerdem auf Fortbildung in der Schweiz war, Susi auf Jonas aufpasste und Rob auf einem WG-Fest in der Jägerkaserne weilte, hatten wir an diesem Abend alle Vorsicht fahrenlassen und es gewagt: Wir waren gemeinsam bummeln gegangen.

Die ganze Zeit über hatten wir einen Sicherheitsabstand von einem halben Meter zwischen uns gelassen, damit unsere Hände nicht automatisch nacheinander greifen, unsere Körper sich nicht berühren konnten. Sollte uns jemand zusammen sehen, so unser Kalkül, konnten wir immer noch sagen, wir hätten uns rein zufällig getroffen. Aber nun, da wir im Stadtgarten am gemauerten Ufer saßen und der abendliche See unter uns mit leisem Gluckern gegen den Stein schlug, konnte ich nicht widerstehen und rückte näher an Paul heran.

Blöderweise hatten wir uns fürs Ausruhen die romantischste Stelle des ganzen Stadtgartens ausgesucht, ein einsames Plätzchen gegenüber dem Inselhotel, wo es sogar Schwäne gab. Schwäne! Und statt zu schlafen, wie es sich für diese Uhrzeit gehörte, trieben die malerischen Tiere sich auch noch demonstrativ auf dem schwarzen Wasser herum, als wollten sie uns dazu verführen, uns zu küssen, nur ein einziges Mal, der letzte Kuss im Atelier war schon so schrecklich lange her …

»Wir sollten das lassen«, murmelte Paul und löste seine Lippen von meinen. »Jedenfalls hier. Komm, erzähl mir was. Zur Ablenkung.«

Mein Körper wollte sich nicht ablenken lassen. Mein Körper wollte sich auf Paul werfen und Sex mit ihm haben. Ich presste die Beine zusammen und rückte ein Stück von ihm ab. Herrje, so kannte ich mich gar nicht! Zumindest hatte ich mich so nicht gekannt, bevor Paul in mein Leben getreten war. Diese überwältigende Lust, sobald er in meiner Nähe war, sobald ich ihn anschauen und seinen Duft einatmen konnte, war mir fast schon unheimlich.

Was meine Gedanken zu Poseidon und Diva schweifen ließ. Denn *die* waren mir definitiv unheimlich.

Ich hatte Paul bereits von ihnen erzählt. Ich fand nichts dabei, schließlich nannte ich keine wahren Namen (konnte ich auch gar nicht, ihre Identität war mir ja selbst unbekannt), und außerdem vertraute ich Paul. Er interessierte sich zwar nicht sonderlich für den Gott des Bodensees und die irre Nymphomanin, die ich jede Woche an der Strippe hatte, doch er hörte geduldig zu, wenn ich ihm mein Herz ausschüttete. Poseidons Fall war ja nun gelöst, aber Divas Kaltschnäuzigkeit belastete mich immer mehr, und das spürte Paul.

»Stell dir vor, Divas Kind ist gar nicht von ihrem Mann«, sagte ich jetzt.

»Warum wundert mich das nicht?«, antwortete Paul trocken.

»Ich habe ihr geraten, ihrem Mann reinen Wein einzuschenken. Vielleicht verzeiht er ihr ja.«

»Ein Kuckuckskind? Wohl kaum.«

Ich runzelte die Stirn. »Jetzt redest du auch schon so! Warum glauben eigentlich alle, dass sich ein Mann nicht damit arrangieren könnte, nicht der biologische Vater zu sein? Adoptivkinder liebt man doch auch!«

»Das ist was anderes«, sagte Paul. »Da weiß man es vorher. Aber ein Kind untergeschoben zu bekommen und irgendwann zu erfahren, dass man all die Jahre über getäuscht wurde … das muss hart sein.«

»Ja, schon«, sagte ich ungeduldig. »Trotzdem glaube ich nicht, dass ein Mann das Kind, das er bisher für seines gehalten hat, von einer Sekunde auf die andere ablehnen kann.«

»Ich kann mir das durchaus vorstellen.«

»Das arme Kind kann doch nichts dafür!«

»Nein«, sagte Paul. »Aber der Vater auch nicht.«

»Das ist mal wieder typisch männliche Logik.« Ärgerlich sah ich ihn an. »Ich könnte mein Kind niemals verlassen, selbst wenn ich erfahren würde, dass ich nicht die biologische Mutter wäre.«

Paul verkniff sich ein Grinsen. »Eher unwahrscheinlich, wenn du das Kind selbst zur Welt gebracht hättest, oder?«

Ich warf die Arme in die Luft. »Dann halt, wenn … wenn es bei der Geburt vertauscht worden wäre!« Störrisch blickte ich ihn an. »Auch dann würde ich es lieben. Bedingungslos.«

»Du bist ja auch der beste Mensch, den ich kenne«, sagte Paul, nahm mein Gesicht in seine Hände und küsste mich –

lang, zärtlich und ziemlich erotisch, obwohl gerade eine ganze Menschentraube hinter uns am Ufer entlangschlenderte.

»Ich liebe dich, Sarah«, flüsterte er, als ich kurz Luft holen musste. »Und ich wünsche mir so sehr, dass dein Freund sich endlich dieser Imperia erbarmt und du ihn verlassen kannst!«

Ja, das wünschte ich mir auch. Ich blickte in Pauls Augen, die in der Dunkelheit glühten wie ... meinetwegen wie Kohlen, da hatte Christine mit ihrem Vergleich schon Recht. Sehr sexy, dieser Kohlenblick. Prompt vergaß ich Diva und ihr erbärmliches Leben, stattdessen kam mir ein anderer Gedanke. Einer, der wesentlich angenehmer war.

»Was hältst du davon, wenn wir unsere Einkäufe in dein Atelier bringen?«, fragte ich leise.

Paul lächelte. »Und dann?«

Er strich mit dem Zeigefinger über meine Lippen, und ich wusste, er dachte an all die Dinge, die wir in seinem Atelier schon zusammen getan hatten.

»Wir könnten«, ich schluckte, »uns ein bisschen ausruhen.«

»Gut«, sagte Paul, stand auf und zog mich mit sich hoch. »Aber erst danach.«

Schwer zu sagen, wer von uns es eiliger hatte, ins Paradies zu kommen.

Am nächsten Tag erwartete mich ein doppelter Schreck.

Es fing damit an, dass Paul Jonas nicht in den *Eiertanz* brachte. Stattdessen rief er an und erklärte, Jonas habe die Masern und müsse ein paar Tage lang zu Hause bleiben. Da Lydia sich unmöglich frei nehmen könne und Susi Angst habe, sich anzustecken, würde er selbst Jonas pflegen. Und das hieß: Wir würden uns mehrere Tage lang nicht sehen.

Am liebsten hätte ich Jonas sofort besucht, nicht nur wegen meiner selbstsüchtigen Sehnsucht nach Paul, sondern auch, weil der Kleine mir von Herzen leid tat. Zu wissen, dass Jonas in seinem Bettchen lag und litt, ließ mich so mitleiden, dass ich mich gleich selbst ganz krank fühlte.

Der zweite Schreck war weniger schmerzhaft, aber dafür kostspieliger. Als ich am Abend nach Hause kam, hatte Rob ein Paket für mich angenommen, und ich hatte keinen blassen Schimmer, was es enthalten mochte. Stirnrunzelnd öffnete ich den Karton und fiel fast um, als ich sah, was man mir geschickt hatte: einen schreiend hässlichen Kartoffeltopf aus brauner Keramik. Sechs orangefarbene Kartöffelchen aus gebranntem Ton waren auf den Deckel gesetzt. Und zahlen sollte ich für diesen Horror sage und schreibe zweihundertfünfzig Euro!

»Wusste gar nicht, dass dir so was gefällt«, bemerkte Rob.

»Ich auch nicht.« Dunkel erinnerte ich mich, das grässliche Ding bestellt zu haben, als ich auf Pauls Anruf hingefiebert hatte. Ob ich es wohl zurückschicken konnte? Bestimmt, eine Rückgabe war doch eigentlich immer möglich.

»Lass mal sehen«, sagte Rob und griff nach dem Kartoffeltopf. Der Deckel rutschte herunter, polterte auf den Boden und büßte ein oranges Kartöffelchen ein.

So viel zur Rückgabe. Mist.

»Tut mir leid«, sagte Rob gelassen. »Aber es sind ja noch fünf Kartöffelchen dran.«

Pfeifend verließ er die Küche, um Imperia anzurufen, die ihm jetzt jeden Tag Modell stand. Immerhin etwas, sagte ich mir seufzend. Ich blickte auf den teuren Kartoffeltopf, dachte an den armen Jonas und daran, dass ich Paul vorerst nicht würde sehen können, und plötzlich wünschte ich mir so sehnlich, Rob endlich verlassen zu dürfen, dass ich Imperia am liebsten höchstpersönlich in sein Bett gestoßen hätte. Warum kam das Mädel denn nicht endlich zur Sache?!

Hätte ich gewusst, was ich am nächsten Abend erfahren würde, ich hätte mir keine Sorgen um Rob, Imperia und den Kartoffeltopf gemacht.

Nicht eine Sekunde lang.

Der Pessimist ist jemand, der vorzeitig die Wahrheit erzählt.
Cyrano de Bergerac

***

Wer ist schon freiwillig ein Pessimist?
Christine

18.

»Tülpchen? Sie werden es nicht glauben: Mein Mann betrügt mich!«

»Was? Sind Sie sicher, Diva?«

»Dieses miese, verlogene Schwein!«

»Äh, ja, das ist er wohl. Andererseits …«

»Wie kann er mir das antun? Dieser gemeine …«

»Diva.«

»… hinterlistige, notgeile …«

»Diva!«

»Hm?«

»Sie betrügen ihn seit Jahren mit unzähligen Männern, und jetzt empören Sie sich, dass er es Ihnen ein einziges Mal gleichtut?«

»Natürlich! Weil *ich* eben so veranlagt bin, *er* aber nicht. Aaaah, es macht mich ganz irre, zu wissen, dass er mit dieser Schlampe ins Bett geht!«

»Kennen Sie sie denn?«

»Die Schlampe? Quatsch. Woher auch.«

»Aber Ihr Mann hat es zugegeben?«

»Ich habe doch noch gar nicht mit ihm gesprochen!«

»Ach. Und woher wissen Sie dann, dass er Sie betrügt?«

»Weil ich versucht habe, ihn zu verführen. Und stellen Sie sich vor, er wollte nicht. *Er wollte nicht!* Ist das zu fassen?«

»Hm. Ich verstehe, dass Sie das verletzt, Diva. Als Beweis für seine Untreue finde ich seine Unlust allerdings ein bisschen dürftig.«

»Sie wissen nicht, wie ich aussehe, Tülpchen. Bei aller Bescheidenheit – kein Schwanz dieser Welt kann mir widerstehen.«

»Hrmpf.«

»Geschockt? Ich sag's ja, der Blümchentapeten-Typ. Und was raten Sie mir nun?«

»Ich … na ja … Sie haben doch reiche Auswahl an Ersatz. Warum wollen Sie plötzlich unbedingt mit Ihrem eigenen Mann ins Bett? Das hat Sie bisher doch auch nicht gereizt.«

»Ich möchte es, weil er nach wie vor gut aussieht, und außerdem gehört er mir, zum Teufel! Ich habe das Recht dazu, mit ihm zu schlafen! Schon mal was von ehelichen Pflichten gehört, Tülpchen?«

»Diva, bei aller Liebe, gerade Sie mit Ihrem Pr… Ihrer Veranlagung sollten es da vielleicht nicht so genau nehmen.«

»Ha, ich wusste, dass Sie so argumentieren würden. Aber Sie übersehen das Wichtigste, Tülpchen: Wenn ich fremdgehe, dann bedeutet das nichts. Wenn aber mein Mann fremdgeht, dann bedeutet das, dass er mich nicht mehr liebt! Der Kerl ist genau wie Sie, ein bisschen verklemmt, schrecklich ernst. Der nimmt sich nicht einfach, worauf er Lust hat. Nein, Tülpchen, wenn er mich wirklich betrügt …«

»Ja?«

Grabesstimme. »Dann ist unsere Beziehung am Ende.«

»Vielleicht ist es besser so. Man kann nicht gerade behaupten, dass Sie für eine monogame, bürgerliche Ehe wie geschaffen sind, Diva.«

»Aber! Er! Gehört! Mir!«

»Das ist ja nun wirklich kindisch.«

»Kindisch, was? Na und? Ich habe ein Kind, also darf ich auch kindisch sein! Sind die anderen Mütter etwa nicht kindisch? Mit ihren bescheuerten Kinderliedern und den ewigen Puzzles und den hirnrissigen Bastelaktionen, bei denen eh nur hässliche …«

»Diva, Sie sind aufgewühlt. Vielleicht sollten Sie einfach mal eine Nacht darüber schlafen. Morgen sieht die Welt schon wieder ganz anders aus.«

»Ach ja? Ach ja? Morgen sieht die Welt noch beschissener aus! Morgen habe ich nämlich Augenringe, weil ich nicht schlafen kann, wenn der Kleine ständig aufwacht und quengelt, Mama bring mir dies, Mama ich hab Durst, Mama was macht das Monster da in meinem Schrank … herrje, bloß weil er ein bisschen Fieber hat! Erst fünf und schon typisch Mann, wehleidig bis zum Gehtnichtmehr!«

»Was hat er denn?«

»Ist doch egal, was er hat. *Ich* kann nicht schlafen, wenn er ständig aufwacht, darum geht's!«

»Aber Diva …«

»Herrje, jetzt kommen Sie mir nicht mit diesem Ton! Wir hatten als Kind alle die Masern, und wir haben's alle überlebt, oder nicht? Warum ist jetzt schon wieder der Kleine das Opfer und nicht ich? Mein Mann betrügt mich! Meine Ehe ist in Gefahr! Haben Sie das etwa schon vergessen? Sie sind mir ja eine schöne Beraterin.«

»…«

»Tülpchen?«

»…«

»He, sind Sie noch da, Tülpchen? Hallo? Hallo?«

»Die Masern?«

»Ja.«

»Was ist Ihr Mann von Beruf, Diva?«

»Also hören Sie mal, das geht Sie ja nun wirklich nichts an! Ich erzähle Ihnen gerne etwas über meine bevorzugten sexuellen Praktiken, aber was mein Mann von Beruf ist, braucht Sie überhaupt nicht zu interessieren. Ich dachte, Anonymität würde in Ihrem komischen Verein großgeschrieben! Wieso fragen Sie mich dann so etwas Intimes, hä? Sein Beruf, ich glaub's ja nicht! Ich werde mich bei der Vorsitzenden beschweren, Tülpchen. Was zu weit geht, das geht zu weit.«

»Er ist Künstler, nicht wahr?«

»…«

»Diva? Leitet Ihr Mann ein Kunstzentrum?«

»Woher wissen Sie das denn, Sie kennen ihn doch gar nicht!«

Um Gottes Willen.

»Tülpchen? Hallo?«

»Auf Wiederhören, Diva. Ich muss … nachdenken.«

Nachdenken. Viel nachdenken.

Dringend.

Die Sommer-Adonisröschen waren verblüht, und ich riss sie aus, eines nach dem anderen – scharlachrote Blüten mit einer schwarzen Mitte. Man nannte sie auch Kleines Teufelsauge. Ich hatte den Namen immer scheußlich gefunden, jetzt schien er mir zu passen: Nirgends konnte ich etwas Schönes, Unschuldiges entdecken, nicht einmal in meinem eigenen Garten.

Es war Freitagabend, die blaue Stunde tauchte alles in ein verwunschenes, geheimnisvolles Dämmerlicht. Eigentlich hübsch, aber auch an Geheimnisvollem jeglicher Art konnte ich nichts mehr anziehend finden. Die Kleinen Teufelsaugen starrten mich durch die Dämmerung an, schleuderten mir höhnisch die Wahrheit entgegen, und ich riss sie mit einer Wut aus, die ich in der Natur noch nie empfunden hatte.

Diva war Lydia.

Jonas war ein Kuckuckskind.

Paul war nicht Jonas' Vater.

Raus damit, noch eine Blume, und noch eine. Verbissen führte ich mein Werk der Zerstörung fort. Schon seit Mittwochabend fuhren meine Gedanken Karussell, und sie hielten nicht eine Minute lang an, damit ich wieder einen klaren Kopf bekommen konnte. Unmöglich, eine Entscheidung zu treffen, wenn mein Verstand dermaßen rotierte.

Ich hatte keine Beweise, doch ich war felsenfest davon überzeugt, dass mein Verdacht stimmte. Sollte ich es Paul sagen? Hatte ich nicht die Pflicht dazu? Aber, mein Gott, was würde ich alles zerstören? Die Wahrheit würde Paul den Boden unter den Füßen wegziehen, das wusste ich. Herrgott, Jonas war *sein Sohn!*

Nein. Eben nicht.

Die verblühten Röschen flogen immer schneller in den Weidenkorb neben mir. Maßte ich mir wirklich an, diese monströse Lebenslüge aufdecken zu wollen? Ich war durch eine anonyme Beratung an mein unfreiwilliges Wissen gelangt – ein Wissen, das mir mit einem Mal vollkommen logisch erschien: Deshalb also war Jonas so ernst. Deshalb schien er manchmal wie niedergedrückt von einer Last, die er weder benennen noch abschütteln konnte. Natürlich ahnte er die Wahrheit nicht, er war ja viel zu klein. Aber er spürte das große, vernichtende Tabu, das alles bedrohte, was ihm je Halt gegeben hatte.

Und *ich* sollte der Überbringer der verheerenden Nachricht sein?

Mein Weidenkorb war voll. Ich warf die Kleinen Teufelsaugen auf den Kompost und dachte verzweifelt: *Ich kann es nicht. Ich will es nicht! Ich darf es nicht, ich habe Schweigepflicht. Was hast du getan, Diva, Lydia, du Verrückte – was hast du getan!*

Würde Paul seinen Sohn verlassen, wenn er es erfuhr? Das durfte nicht passieren! Aber hatte er nicht vor wenigen Tagen im Stadtgarten Verständnis dafür geäußert, wenn Väter genau so reagierten? Als ich ihm von Diva erzählt hatte – von seiner eigenen, chronisch untreuen Frau! Diese Frau, die ihn überhaupt nicht verdiente und nie verdient hatte.

Paul hatte einmal zu mir gesagt, dass seine Ehe mit Lydia ein Fehler gewesen sei. Dass er sich als junger Mann in ihre Schönheit verliebt hatte, in ihre Anziehungskraft, ihre Energie und Sorglosigkeit. Dass er aber erst jetzt, mit mir, erfahren würde, was *wahre* Liebe sei.

Ach, hätte ich ihn doch früher kennengelernt!

Was sollte ich nur tun?

Mit hängenden Schultern stand ich in der Dämmerung vor dem Kompost, starrte auf die verblühten Reste meiner Blumen und gestand mir ein, dass ich nicht weiterwusste.

Scheiße, ich hatte wirklich keine Ahnung.

Ich wusste nur, dass ich Paul und Jonas glücklich sehen wollte. Ich wollte sie nicht in die größte Krise stürzen, in die ein Vater und sein Kind je geraten konnten. Ich wollte Lydia schütteln und anschreien, wollte ihr ihren Egoismus, ihre Unbedachtheit und ihre verdammten Lügen um die Ohren hauen.

Ich wollte, dass alles gut war.

Aber wenn ich mich entschloss, Paul die Wahrheit zu verschweigen – wie schuldig machte ich mich dann? Würde Jonas je zu einem glücklichen Menschen heranwachsen, wenn die dunkle Lebenslüge über ihm schwebte wie ein Gespenst?

Wie betäubt griff ich in meine Hosentasche, holte das Handy heraus und tippte Christines Nummer ein.

Eine Stunde später saßen wir im *Radieschen*, einem der zahlreichen türkischen Restaurants, mit denen Konstanz gesegnet war. Normalerweise aß ich um zehn Uhr abends nichts Warmes mehr, schon gar kein Saç Spezial, aber heute war es genau das Richtige: Rindfleisch, Kartoffeln und Gemüse in Curry-Rahmsauce – eine große Blechpfanne voller Kalorien, Genuss und Trost. Rob hatte ich gesagt, ich bräuchte mal wieder einen Mädels-Abend und würde sehr spät heimkommen, wenn nicht sogar bei Christine schlafen.

»Immerhin brauchst du kein schlechtes Gewissen mehr zu haben, weil du ihre Ehe zerstört hast«, sagte Christine jetzt kauend. »Das Weib hat ihn nicht verdient.«

Sobald Christine sich zu mir an den Tisch gesetzt hatte, hatte ich sie mit der Kuckuckskind-Geschichte überfallen, und noch bevor wir die erste Apfelschorle geleert hatten, war meine Freundin über alles im Bilde gewesen.

»Um Lydia geht es mir doch gar nicht. Nicht mehr«, antwortete ich. »Mir geht es nur noch um Jonas und Paul. Ich kann sie doch nicht so unglücklich machen!«

Christine riss ein Stück Brot ab und tunkte damit die Sauce auf. »Wenn jemand die beiden unglücklich macht, dann ist es Lydia. Sarah, nimm bitte nicht die Schuld auf dich für ein Problem, das schon lange bestanden hat, bevor du Paul überhaupt kennengelernt hast!«

»Aber ich kann doch nicht so tun, als ginge mich das alles nichts an!«

»Doch«, sagte Christine. »Manchmal ist es besser zu schweigen.«

»Ach, ich weiß nicht.«

»Ich aber. Der Überbringer der schlechten Nachricht wird immer als Erster getötet, erinnerst du dich?«

»Aber wenn ich nichts sage, und Paul bekommt irgendwann ohne meine Hilfe raus, dass Jonas ein Kuckuckskind ist …«

»… dann hat es zumindest nichts, gar nichts, mit dir zu tun. Dann bist du eine neutrale Außenstehende, kannst Paul stützen und darauf einwirken, dass er sich richtig verhält. Sprich: dass er den Kontakt zu Jonas nicht abbricht.«

Unglücklich blickte ich sie an. »Wenn ich schweige, fängt unsere Beziehung mit einem Geheimnis an. Das ist nicht gut.«

»Nein. Aber mit der Tür ins Haus zu fallen – noch dazu ohne Beweise! – ist auch nicht gut. Man sollte nie allzu früh ehrlich sein, Sarah. Du kannst es Paul ja später mal sagen. Wenn …«

»Wenn?«

»Na ja«, sagte sie ratlos, »wenn der Zeitpunkt halt geeignet erscheint.«

Trübe schob ich mir eine Gabel Rahmgemüse in den Mund. Gab es das überhaupt, den geeigneten Zeitpunkt für die Enthüllung einer solchen Wahrheit?

Aber es stimmte schon: Wenn ich erst mit Paul zusammenlebte und wir eine stabile Beziehung hatten, würde ich ihn besser stützen können als jetzt, wo alles im Umbruch war. Später würde ich in aller Ruhe darauf hinwirken können, dass Paul und Jonas Vater und Sohn bleiben würden – wenn schon nicht biologisch, so doch zumindest emotional. Ob ich damit jetzt, in dieser unsicheren Situation, auch erfolgreich sein würde? Ich bezweifelte es. Verdammt, ich war doch *in überhaupt nichts* erfolgreich! Ich schaffte es ja nicht mal, Rob rauszuwerfen!

Rob. Vielleicht sollte ich einfach mit ihm anfangen, schoss es mir durch den Kopf. Mit Rob Schluss machen und dann … weitersehen. Einfach abwarten. Paul gegenüber vorerst den Mund halten und hoffen, dass sich auch ohne mein Zutun alles regeln würde.

Unwahrscheinlich – aber nicht unmöglich.

Hallo Mami und Papi,

bitte wartet mit dem Abendessen nicht auf mich. Ich bin bei Rob, dem Künstler, von dem ich Euch erzählt habe. Ihr wisst doch, dass er an einem Gemälde arbeitet, das mich als Göttin der Keuschheit zeigt. Ich bin sehr stolz darauf. Heute wollen wir vollenden, was wir angefangen haben, deshalb werde ich ein wenig später heimkommen.

Küsschen für Euch beide,
Imperia

19.

Glücklich war ich mit meiner Entscheidung, vorläufig noch Stillschweigen zu bewahren, nicht. Während des ganzen Heimwegs fragte ich mich, ob ich nicht einen fatalen Fehler machte. Und der Heimweg war lang, denn den letzten Bus hatte ich verpasst. Als ich endlich vor meiner Wohnung auf dem Raiteberg stand, war ich mir immer noch unsicher, aber zumindest wusste ich eines: Ich würde unverzüglich mit Rob Schluss machen. Altruismus hin oder her, ich gehörte zu Paul. Und Rob gehörte zu Mutti, oder zu Imperia, oder zu Max und Reinhold, aber definitiv nicht zu mir.

Ich atmete tief durch und stellte mich darauf ein, zum ersten Mal bewusst einen Menschen zu verletzen. Immerhin tat ich es nicht aus Sadismus, ermutigte ich mich, sondern weil es nötig war.

Sorry, Rob, aber jetzt wird es ernst.

Er war noch wach, im Wohnzimmer brannte Licht. »Ich muss mit dir reden«, lag mir auf den Lippen, als ich mit festem Schritt eintrat – und wie angewurzelt stehenblieb, als mein Gehirn das Bild erfasste, das meine Augen mir sandten.

Auf dem Bild waren zu sehen:

Requisiten, die *nicht* zu Robs Malutensilien gehörten.

Rob, der mir *nicht* mehr leid zu tun brauchte.

Und Imperia, die *nicht* mehr rein und unschuldig aussah.

Ganz und gar nicht. War sie es überhaupt? Schwer zu erkennen, denn sie trug eine komische Verkleidung; eine der Art, wie man sie nur in diskreten Paketen ohne Absenderangabe bekam.

Himmelherrgott, mein Plan hatte zwar vorgesehen, Rob und Imperia zusammen zu erwischen, aber doch nicht *so!* Und doch nicht *heute!* Wo ich mich endlich dazu durchgerungen hatte, Rob in zarten Worten klarzumachen, dass das mit uns keinen Sinn mehr hatte!

Tja, wie es aussah, war er bereits selbst zu diesem Schluss gekommen.

»Hrmhrm«, machte ich und verschränkte die Arme vor der Brust.

Imperia quiekte. Rob fuhr zu mir herum.

»Sarah«, keuchte er. »Du wolltest doch bei Christine schlafen. Oder zumindest ganz, ganz spät heimkommen.«

»Es ist ganz, ganz spät«, sagte ich kühl. »Und du, lieber Rob, bist ganz, ganz nackt.« Ich runzelte die Stirn. »Was hat Imperia da eigentlich an? Stellt sie was Bestimmtes dar?«

»Natürlich, das erkennt man doch. Wir spielen gerade …«

»O Gott, sag's nicht, sag's nicht! Sie wird uns umbringen«, unterbrach Imperia ihn panisch und starrte mich mit weit aufgerissenen Augen an. »Oder verhexen!«

Dieser Lady-Di-Blick … es war schon seltsam, wie sittsam und unbefleckt sie aussah, sobald sie ihn aufsetzte. Und das trotz der perversen Kostümierung und dieses konfusen Geredes von Mord und Hexerei. Erstaunlich, dachte ich mit widerwilliger Bewunderung. Diesen Blick musste man der Frau erst einmal nachmachen.

»Sarah bringt uns doch nicht um«, sagte Rob und tätschelte Imperia den Arm. »Sie ist inzwischen ganz locker, was andere Frauen betrifft. Gell, Sarah?«

»Sie will uns nichts tun?«, jammerte Imperia.

»Aber nein. Sie ist ganz anders, als du denkst. Stell dir vor, letztens wollte sie sogar Sex zu dritt!«

»Ach ja?«, hauchte Imperia, und ihr Gesicht überzog sich mit einer reizenden Röte.

Das wollte ich doch gerne richtigstellen. »Keine Angst, Rob hat da bloß was falsch verstanden«, sagte ich und warf ihm einen ärgerlichen Blick zu.

Imperia biss sich auf die Unterlippe. »Von mir aus könnten wir es schon mal zu dritt probieren.«

Was?!

»Ist meine kleine Aphrodite nicht wunderbar?«, rief Rob begeistert. »So offen für alles Neue!«

Imperia senkte bescheiden die Wimpern. »Ich bin einfach nur dankbar für die vielgestaltigen Freuden der Sexualität.«

»He, ihr spinnt doch! Alle beide.« Ich stemmte die Hände in die Hüften. »Ist euch eigentlich klar, dass ich euch gerade in flagranti ertappt habe? Ihr solltet euch in Grund und Boden schämen, anstatt mir freundlich vorzuschlagen, doch einfach mitzumachen! Verdammt, es wäre mein gutes Recht, hysterisch herumzuschreien, euch mit Gegenständen zu bewerfen und Imperias sexy Kostüm zu zerreißen!«

»Das war aber teuer«, sagte Rob. »Stimmt's nicht, Imperia?«

»Ich kann es ja auch ausziehen, wenn es Sarah nicht gefällt«, schlug Imperia vor und schenkte mir ein vorsichtiges Lächeln.

Die zwei fingen an, mir ungeheuer auf den Wecker zu gehen.

»Zieh's aus, lass es an, ist mir egal«, fuhr ich Imperia an. »Aber wenn ich du wäre, würde ich mir zumindest eine Decke überwerfen, denn sonst stehst du nackt auf der Straße rum, und das ist doch unangenehm, selbst im Juli. Für dich gilt das übrigens auch, Rob.«

»Straße?« Rob starrte mich verständnislos an. »Wieso?«

»Weil ich euch rauswerfe«, sagte ich. »Euch beide. Jetzt.«

»Du kannst mich doch nicht aus meiner eigenen Wohnung werfen!«

»Es ist nicht deine Wohnung, sondern meine.«

»Wie herzlos sie ist«, flüsterte Imperia voller Abscheu. Sie schlang Rob die Arme um den Hals und schenkte ihm ihren aller-bewunderndsten, aller-seelenvollsten Blick. »Du kannst bei mir wohnen. Ich habe zwar nur ein kleines Zimmer im Haus meiner Eltern, aber für zwei liebende Herzen ist es groß genug.«

Ganz schön melodramatisch, die Kleine. Aber praktisch, dass sie Rob so unkompliziert aufnahm. Ich würde viel Platz in meiner Wohnung haben, wenn Rob weg war.

»Du wirst es nicht bereuen«, sagte Rob ergriffen zu Imperia. »Zum Dank werde ich dein langweiliges Zimmer in ein umfassendes, beeindruckendes Gesamtkunstwerk verwandeln. Du wirst sehen, das Haus deiner Eltern wird es noch zu internationaler Berühmtheit bringen!«

Beinahe hätte ich gelacht. Nur das Mitleid mit Imperias Eltern hielt mich davon ab, und ein bisschen auch Imperias gerührter Blick. Sie schaute Rob tatsächlich an, als verspräche er ihr gerade den Himmel auf Erden. (War sie blind? Hatte sie nicht meinen Paravent gesehen, und das blutrote »Carpe-diem«-Gesamtkunstwerk? Na ja, Kunst lag bekanntlich im Auge des Betrachters.)

Gemeinschaftlich wandten sie sich mir zu, mein splitterfasernackter Ex-Freund und seine kostümierte Unschuld vom Lande. Die Aussicht auf eine gemeinsame Zukunft einte sie, und auf ihren Gesichtern strahlte tatsächlich so etwas wie Liebe auf. Ich schüttelte den Kopf und verkniff mir ein Lächeln. Auch wenn sie mich nervten, waren sie doch irgendwie süß zusammen.

»So endet es also, Sarah«, sagte Rob, und er besaß den Anstand, wehmütig zu klingen.

»Ja«, sagte ich feierlich. »So endet es.«

Ich fühlte Dankbarkeit in mir aufsteigen. Zumindest in diesem Bereich hatte sich alles gefügt: Robs und meine Beziehung war endlich vorbei, Imperia war glücklich, und auch Rob würde es gut gehen mit seiner Aphrodite und ihren Eltern. Den Eltern vielleicht weniger gut mit Rob, aber darüber wollte ich mir nicht den Kopf zerbrechen.

»Viel Glück in deinem neuen Leben«, sagte ich und biss mir auf die Zunge, bevor ich noch »mein Junge!«, hinzufügen konnte.

»Das hat Mutti auch gesagt, als ich zu dir gezogen bin«, sagte Rob.

»Dann haben sie und ich ja endlich was gemeinsam.« Ich grinste. »Grüß sie schön von mir. Sie wird sich freuen, statt meines schlechten Essens nun Imperias Kuchen genießen zu dürfen.«

»Torten«, verbesserte Imperia mich leise. »Meine Spezialität sind Torten.«

»Und Fischwurst«, sagte Rob. »Die kannst du echt gut. Kochst du mir mal wieder Fischwurst, Imperia? Diese leckeren Konstanzer Zipfele?«

»So oft du willst«, sagte sie verliebt.

Annemarie würde ihre helle Freude an den beiden haben.

Am nächsten Tag saß ich allein in meiner Wohnung, starrte in den Sommerregen hinaus und versuchte zu begreifen, dass ich nun wirklich frei war. Mein Blick schweifte über den Paravent, meine verunstaltete Uhr vom Flohmarkt und das immer noch verklebte Parkett – alles Erinnerungen an eine Beziehung, von der ich nicht mehr verstand, warum ich sie überhaupt eingegangen war. Wahrscheinlich ging es Paul mit Lydia genauso.

Paul.

Ich musste ihn anrufen und ihm sagen, dass ich Schluss gemacht hatte.

Der Gedanke versetzte mich nicht gerade in euphorische Stimmung. Zwar freute ich mich darauf, mich endlich zu Paul bekennen zu dürfen, aber es ihm zu sagen hieß auch, gewisse andere Dinge *nicht* zu sagen. Zum Beispiel, dass er kein schlechtes Gewissen zu haben brauchte, seine schöne, aber völlig irre Frau zu verlassen, die ihn seit Jahren wahllos betrog und ihm noch dazu ein Kind untergeschoben hatte. Sich zu verstellen musste Lydia zur zweiten Natur geworden sein – sie hatte ja nicht mal mehr ein schlechtes Gewissen deshalb.

Anders als damit, dass Lydia sich vor ihrem Mann völlig anders gegeben hatte als vor »Tülpchen«, konnte ich mir auch nicht erklären, weshalb Paul überhaupt bei ihr geblieben war.

Na ja, warum war ich bei Rob geblieben? Nur aus Mitgefühl und Fürsorglichkeit? Wenn ich ehrlich war, hatten auch weniger edle Motive eine Rolle gespielt: Bequemlichkeit, Sicherheitsdenken, Angst vor allzu großen Gefühlen.

Angst vor Gefühlen wie echter Liebe.

Ich griff nach dem Telefon und tippte Pauls Nummer ein. Angst hin oder her: Die echte Liebe hatte mich gefunden, und ich hatte mich dafür entschieden, sie zuzulassen. Rob war weg, ich stand an der Schwelle zu einem neuen Leben, und dieses neue Leben sollte nun endlich beginnen.

»Bachstein«, meldete Paul sich mit neutraler Stimme.

»Paul? Ich bin's, Sarah.«

»Ah, Herr Wolf, gut, dass Sie anrufen«, sagte Paul, und dann: »Ich bin gleich wieder da, Jonas. Mama übernimmt inzwischen meinen Part, ja?«

Oje. Prompt fühlte ich mich wie die luderhafte Geliebte, die Mann, Frau und Kind beim gemeinsamen Spiel störte. Aber warum war Lydia überhaupt zuhause? Sie arbeitete doch jeden Samstag! Nein, verbesserte ich mich in Gedanken, sie war jeden Samstag bei ihren wechselnden Liebhabern. So oder so, sie war nicht bei Paul und Jonas; nur deshalb wagte ich es ja, am Wochenende bei ihnen anzurufen.

»Ich hasse diese Heimlichkeiten«, hörte ich Paul leise sagen.

»Sie sind bald vorbei«, antwortete ich. »Tut mir leid, wenn ich euch störe, ich dachte, deine Frau sei nicht da.«

»Ist sie normalerweise samstags auch nicht. Keine Ahnung, warum sie beschlossen hat, heute nicht zu arbeiten. Sie ist sowieso ganz anders als sonst. Freundlich, zuvorkommend, total lieb zu Jonas … es ist mir ein Rätsel. Sie spielt sogar mit uns Schnipp-Schnapp! Das hat sie noch nie getan.«

Schnipp-Schnapp?

In meinem Kopf begannen alle Alarmglocken zu schrillen. Lydia war Diva, und Diva wusste, dass ihr Mann sie betrog. Das hatte offensichtlich nicht nur ihren Stolz verletzt, sondern auch ihren Jagdinstinkt geweckt: Sie wollte Paul zurück, und deshalb spielte sie nun heile Familie. Was sie nachts zu spielen gedachte, wenn sie mit Paul allein war, mochte ich mir lieber gar nicht vorstellen. Plötzlich fielen mir ihre Worte ein: »Kein Schwanz der Welt kann mir widerstehen.«

Damals hatte ich das lediglich ordinär und abgeschmackt gefunden.

Jetzt fand ich es bedrohlich.

»Paul«, sagte ich, »der Zeitpunkt ist vielleicht nicht gut gewählt, aber … ich …«

Unvermittelt stiegen mir die Tränen in die Augen. Sollte ich es ihm überhaupt sagen? Setzte ich ihn damit nicht unter Druck? Es ihm gerade jetzt zu eröffnen, wo Lydia ihr Familien-Gen entdeckt hatte … *Hat sie nicht!*, hämmerte ich mir ein. *Lydia ist Diva! Sobald sie Paul wieder an der Angel hat, wird er ihr langweilig.*

»Ich habe Rob rausgeworfen«, sagte ich, bevor mich der Mut verlassen konnte. »Es ist aus.«

Schweigen, dann ein tiefes Seufzen am anderen Ende der Leitung.

Dann nichts mehr.

O Gott. Paul wollte mich nicht mehr! Er würde mir sagen, dass ich zu voreilig gewesen war, und dass er lieber bis in alle Ewigkeit mit Lydia und Jonas Schnipp-Schnapp spielen wollte, als mit mir zusammen zu sein. Kalte Angst kroch meinen Rücken hinauf und prickelte in meinem Nacken.

»Gott sei Dank«, sagte Paul und seufzte noch einmal. »Gott sei Dank!«

Vor Erleichterung fing ich an zu heulen.

»Jetzt würde ich dich gerne in den Arm nehmen«, sagte Paul zärtlich, und ich spürte, dass er lächelte. »Nicht mehr lange, dann kann ich das ja auch tun.«

»Wann?«, schluchzte ich.

»Ich rede mit Lydia, sobald wir allein sind. Vielleicht kann ich Susi überreden, morgen auf Jonas aufzupassen, er ist nicht mehr ansteckend. Dann machen Lydia und ich einen Sonntagsspaziergang, und ich kann es ihr sagen.«

Bei den letzten Worten klang er etwas beklommen. Kein Wunder, er dachte ja, er würde die arme, elfenhafte, ahnungslose Lydia ins Unglück stürzen. Am liebsten hätte ich ihm auf der Stelle erklärt, warum er nicht das geringste Mitleid mit ihr haben musste, aber das ging ja nicht. Ich schniefte. Später, beruhigte ich mich selbst. Später würde ich ihm die Wahrheit sagen und ihn von jeglichen Gewissensqualen befreien.

»Ich melde mich, sobald es vorbei ist.« Pauls Stimme klang sehnsüchtig, als er hinzusetzte: »Ich liebe dich, Sarah.«

Unter Tränen lächelte ich.

Und das Unglück nahm unbeirrbar seinen Lauf.

»Bitte sprechen Sie nach dem Ton.«

»Liebes, hier ist Isabel vom VbKK. Ich habe gerade deinen Anruf abgehört und bin ganz und gar nicht schlau daraus geworden. Du willst doch nicht wirklich aufhören, dich bei uns zu engagieren, oder? Nur wegen Diva, dem verrückten Huhn?! Also, das kann ich wirklich nicht zulassen, Liebes! Wir haben doch so viele andere Schätzchen, die deine Hilfe gebrauchen könnten, such dir einfach ein neues aus! Ich hätte übrigens nicht gedacht, dass du dermaßen empfindlich bist, das muss ich ja jetzt schon mal sagen. Gleich das Handtuch zu werfen, das ist doch keine Art. Ich meine, ich habe dich eingearbeitet, habe dir alles erklärt, habe dir meine wertvolle Zeit geopfert, und dann das! Echt, das macht mich ziemlich sauer. Stinkesauer, um ehrlich zu sein. Du bist auch nicht besser als mein letzter Freund, mein einziger übrigens, ist zwar schon sieben Jahre her, aber ich erinnere mich noch genau, da hat der Kerl doch tatsächlich ganz unverfroren …«

Piiiiiiiiiep.

»Vielen Dank für Ihren Anruf.«

20.

Ich wartete.

Ich wartete, während ich mein einsames Sonntagsfrühstück hinunterwürgte, und wartete, während ich durch die Wohnung strich und Robs Habseligkeiten zusammenräumte (Möbel gehörten ihm ja nicht). Ich wartete, während ich Rob und Imperia die Tür öffnete, und wartete, während sie die Koffer und Kisten hinaustrugen, um sie ins Auto von Imperias Vater zu verfrachten. Ich bemühte mich um ein freundliches Lächeln für Imperia, ein versöhnliches für Rob und, später, ein aufmunterndes vor dem Spiegel für mich selbst. Und die ganze Zeit über wartete, wartete, wartete ich.

Am frühen Nachmittag war ich reif für die Klapse.

Herrgott, das hielt doch kein Mensch aus! Sich vorzustellen, dass Paul seiner Frau vielleicht in genau diesem Moment eröffnete, dass er sie verlassen wollte … und sie bricht in Tränen aus … er nimmt sie tröstend in den Arm … sie hebt das schöne Gesicht und küsst ihn ein letztes Mal … und da merkt er, dass sie doch zusammengehören, und aus dem letzten Mal wird ein neuer Anfang …

Ich atmete scharf ein. Nein! So würde es nicht laufen. Alles würde nach Plan gehen. Es würde ein vernünftiges Gespräch und eine saubere Trennung geben, ein klar geregeltes Besuchsrecht für Jonas und glückliche Gesichter überall. Okay, *glücklich* vielleicht nicht sofort. Aber spätestens nach dem ersten Schock musste Lydia doch merken, dass sie von ihrer neuen Freiheit nur profitierte! Ich überlegte, dass ich ihr vielleicht mal Max und Reinhold vorstellen konnte. Wie ich ja mittlerweile von Rob wusste, waren die beiden in sexueller Hinsicht keineswegs so harmlos, wie ich sie eingeschätzt hatte – und Lydia hatte bestimmt mehr drauf als eine unerfahrene, wenn auch heiße Studentin aus dem ersten Semester. Hey, vielleicht passten die drei perfekt zusammen, und das große Glück für uns alle lag zum Greifen nah!

Ja, das waren die richtigen Gedanken. Hoffnungsfroh griff ich nach Putzeimer und Schrubber. Wenn schon geistige Aktivitäten wie Pläneschmieden so gut taten, wie gut musste dann erst körperliche Anstrengung tun! Deshalb würde ich nun nicht mehr warten, sondern putzen. Das war viel, viel besser, und außerdem war es praktisch, weil ich mir auf diese Weise endlich mal den roten Farbfleck vornehmen konnte, der immer noch auf dem Wohnzimmerparkett unter Robs Kunstwerk prangte. Ich zog mir rasch mein ältestes T-Shirt an, dann schleppte ich den vollen Wassereimer ins Wohnzimmer. »Carpe diem«, mahnte mich Robs Inschrift an der Wand. Nun, wirklich genießen konnte ich die Zeit, bis Paul mich endlich von der elenden Warterei erlöste, zwar nicht. Aber ich konnte sie nutzen: Meine Wohnung würde wieder schöner werden, und ich löste mich nicht nur von dem Fleck, sondern auch endgültig von Rob. Sehr therapeutisch, die Putzerei.

Die Zeit flog nur so dahin, während ich schrubbte, rieb und rubbelte. Leider zeigte der Farbfleck sich meinen Bemühungen gegenüber völlig unbeeindruckt. Er verschwand nicht, er wurde nicht einmal kleiner. Also holte ich einen Spachtel und versuchte, die Farbe abzukratzen. Die oberste Schicht bekam ich ab, und das war's auch schon: Der Fleck war nun weniger erhaben, aber immer noch blutrot und riesig. Mann, das musste doch zu schaffen sein! Mein Gesicht war mittlerweile heiß, die Haare in meinem Nacken kräuselten sich schweißfeucht. Ich starrte nachdenklich auf den Fleck, dann lief ich in die Küche und holte den Zauberschwamm. Der Zauberschwamm war ein Geschenk von Annemarie, eines jener kritischen Präsente, die die alleinige Funktion gehabt hatten, mich auf meine Versäumnisse als Hausfrau aufmerksam zu machen. Aber sei's drum, Annemarie war Vergangenheit, und so ein Schwamm war doch wirklich eine brauchbare Sache.

Es klingelte Sturm.

Der Schwamm fiel mir aus der Hand. Schlagartig vergaß ich den Fleck und die ganze überflüssige Putzerei.

Paul war da!

Ich rannte zur Tür, riss sie auf und dachte noch, wie doof ich eigentlich sein musste, mich Paul an einem bedeutungsvollen Tag wie diesem verschwitzt und in uralten Putzklamotten zu zeigen, aber dann sah ich Pauls Gesicht, und alles war egal.

Alles außer Paul, der rot verweinte Augen hatte und einen bitteren Zug um den Mund.

»Darf ich reinkommen?«, fragte er mit einer Stimme, die ich kaum erkannte.

»Natürlich.« Ich griff nach seiner Hand. »War es so schlimm?«

Er antwortete nicht, doch er umklammerte meine Finger, als seien sie das Letzte, was ihm Halt geben könne. Ich zog ihn in die Wohnung, schloss die Tür und sagte eindringlich: »Erzähl es mir, Paul. Hat Lydia eine Szene gemacht? Oder ist es wegen Jonas? Habt ihr es ihm schon gesagt?«

Paul sah mich seltsam an, schüttelte den Kopf und ging wortlos ins Wohnzimmer. Er war zum ersten Mal in meiner Wohnung, doch er schien überhaupt nichts wahrzunehmen. Wie in Trance setzte er sich aufs Sofa gegenüber der Kommode, und ich schämte mich, weil dort immer noch meine Putzutensilien herumlagen. Paul hatte ganz offensichtlich die Hölle durchgemacht, während ich mir den Kopf über einen blöden, nichtigen Fleck auf dem Fußboden zerbrochen hatte.

»Ich habe nur geputzt, um mich abzulenken«, erklärte ich. »Ich war so nervös.«

»Sie betrügt mich seit Jahren«, sagte Paul tonlos. »Mit jedem Kerl, der ihr über den Weg läuft.«

Ich schluckte. Lydia hatte also Klartext geredet.

»An der Uni«, sagte Paul. »In ihrer Firma. Beim Sport. Überall. Allzeit bereit.«

Unbehaglich betrachtete ich ihn. Er sah fix und fertig aus. Ich konnte mir lebhaft vorstellen, wie alles abgelaufen war: Lydia hatte begriffen, dass das Spiel aus war. Dass ihr eigener Mann tatsächlich dazu fähig war, ihr zu widerstehen, und dass er sie verlassen würde, egal, womit sie ihn zu halten versuchte.

Sie hatte verloren, und das ertrug sie nicht. So hatte sie Paul in ihrem Zorn alles aufs Butterbrot geschmiert, was auch nur im Entferntesten dazu geeignet war, ihm weh zu tun.

Ich ging zu Paul hinüber und setzte mich neben ihn. »Es ist vorbei«, sagte ich sanft. »Du hast sie verlassen. Sie wird dich nie wieder verletzen können.«

»Du verstehst nicht«, sagte Paul. Er schaute mir in die Augen, und in seinem Blick lag tiefe Verzweiflung. »Jonas ist nicht mein Sohn.«

Ich atmete scharf ein. Auch dies hatte Lydia ihm also gesagt.

Und so, wie Paul mich gerade ansah, hatte sie ihm damit das Herz gebrochen.

Er wandte den Blick von mir ab und starrte ins Leere, saß neben mir wie eine Eisskulptur. Erstickt sagte er: »Ich kenne Jonas besser als jeden anderen Menschen auf der Welt.«

Ich schwieg.

»Ich kümmere mich um ihn, seit er zwei Wochen alt ist. Es kann doch nicht sein, dass das alles Lüge war?«

Der Schmerz in seiner Stimme zerriss mich fast, doch ich schwieg immer noch. All die tröstlichen Worte, die mir durch den Kopf gingen, kamen mir nichts als banal vor.

»Ich weiß, wie er als Baby gerochen hat, und wie weich die Haut auf seinem Köpfchen war«, sagte Paul heiser. »Ich habe ihn tausendmal gewickelt. Ich habe ihm das Fläschchen gegeben, und später habe ich ihm Kürbisbrei gekocht.«

»Ach, Paul.«

»Ich war mit ihm beim Kinderarzt«, fuhr er fort wie im Traum. »Ich saß nächtelang an seinem Bett, wenn er gezahnt hat. Ich habe seine Händchen gehalten, als er laufen gelernt hat. Ich singe grottenschlecht, aber für ihn habe ich Gute-Nacht-Lieder gelernt. Sein erstes Wort war nicht Mama, sondern Papa. Er ist ein Teil von mir. Er ist mein Sohn, gottverdammt, er ist doch mein Kind!«

Paul verstummte. Dann vergrub er das Gesicht in seiner großen Hand und weinte.

Hilflos strich ich ihm übers Haar.

»Wenn du wüsstest, wie leid es mir tut«, sagte ich. »Ich hatte so sehr gehofft, dass du es anders erfährst. Anders, und … und von mir.«

Ganz langsam hob er den Kopf und sah mich an.

»Du hast es gewusst?«, fragte er ungläubig.

»Nicht hundertprozentig sicher. Aber ich …«

Entsetzen schlich sich auf seine Züge, als er wiederholte: »Du hast es gewusst?!«

Mir wurde mulmig zumute. »Ich weiß es erst seit ein paar Tagen. Ich war unsicher, was ich tun sollte. Ich wollte es dir sagen, aber später.«

Paul schaute mich an, als sehe er mich zum ersten Mal. »Du kanntest die Wahrheit, und du hast geschwiegen? Du wusstest, dass ich heute mit ihr reden würde, und du hast mich ins offene Messer rennen lassen?«

»Ich wollte das doch nicht!«, sagte ich mit einem Anflug von Panik. »Es war Lydias größtes Geheimnis, ich konnte ja nicht ahnen, dass sie es dir verrät. Ich dachte, sie will doch bestimmt Unterhalt, da wäre sie ja doof zuzugeben, dass Jonas nicht dein … äh … was ich sagen will, ich dachte, sie kann sich doch eigentlich ausrechnen, dass …«

Pauls Stimme war klar und kalt wie scharfkantiges Eis. »So denkst du also darüber. In Kategorien wie Unterhalt und Berechnung. Schwesterliche Solidarität, hm?«

»Nein, ich … nein!«

Paul schien meinen Protest gar nicht zu hören. Er stand auf. »Kümmere dich gut um ihn, Sarah. Zusammen mit Lydia sollte das kein Problem sein. Offensichtlich habt ihr ja bisher auch recht erfolgreich gemeinsame Sache gemacht. Obwohl mir immer noch schleierhaft ist, wie und warum.«

Bei den letzten Worten war er schon fast an der Tür.

Er wollte gehen? Einfach so? Jetzt?! Scheiße, das lief falsch. Das lief ganz und gar falsch! Ich sprang auf.

»Warte!«, rief ich, vor Angst überschlug sich meine Stimme. »Du missverstehst mich, ich stand nie auf Lydias Seite! Dass ich sie beraten habe, war nichts als ein blöder Zufall!«

Die Klinke bereits in der Hand, hielt er inne und wandte mir den Kopf zu. »Beraten hast du sie also? *Beraten?*« Er lachte bitter auf. »Schön, dass ich das auch noch erfahre. Ich bin also nicht nur frischgebackener Vater eines Kuckuckskindes, sondern auch noch der blindeste Blödmann des Jahres. Tschüs, Sarah. Grüß Lydia von mir.«

Die Haustür fiel ins Schloss. Ich blieb mit offenem Mund zurück, und kurz dachte ich, dass ich einfach im falschen Film war. Wahlweise in einem Albtraum, aus dem ich erwachen würde, wenn ich mir nur genug Mühe gab.

Also gab ich mir Mühe.

So viel Mühe wie noch nie.

Ich wachte nicht auf.

Weil dies hier kein Albtraum war und auch kein Film. Es war mein verdammtes Leben. Mein Leben, aus dem in dieser Minute jegliche Farbe entwich, schnell, unerbittlich und unaufhaltsam, bis die Welt um mich herum nur noch ein grauer und vertrockneter Schatten ihrer selbst war.

Denn Paul hatte nicht nur Lydia verlassen.

Sondern auch Jonas.

Und mich.

Wahrheit ist nie trostlos.
Leopold von Ranke

***

Ach, wenn Sie wüssten!
Sarah

21.

Paul war einfach weg.

Er ging nicht an sein Handy, antwortete nicht auf meine E-Mails, ließ sich nicht im *Eiertanz* blicken, und sogar im Atelier tauchte er – wollte man seinem Kollegen Mario glauben – nicht mehr auf. Er war wie vom Erdboden verschwunden, hatte sich verkrochen wie ein verwundetes Tier, und jeder Versuch, ihm zu erklären, dass ich mit seiner grässlichen Frau niemals »gemeinsame Sache« gemacht hatte, wie er es nannte, war zum Scheitern verurteilt.

Weil er mir keine Chance mehr gab.

Es war nun eine gute Woche her, dass Paul mich verlassen hatte, und immer noch spürte ich den Schmerz so schneidend wie in den ersten Sekunden. Ich saß in meinem Büro im Kinderladen, starrte aus dem Fenster und sagte mir, dass ich mich zusammenreißen musste. Ich musste da rausgehen, mit den Kindern spielen. Ich musste Babsi und Anna zusammenstauchen, weil sie den Larven die winzigen Fingernägel lackierten, statt mit ihnen zu kneten. Ich musste Frau Reininger unterstützen, weil ihr die Puppen mal wieder auf der Nase herumtanzten, statt nach Art Shinichi Suzukis das Geigenspiel zu erlernen. Ich musste Christine dabei helfen, Leons Hausschuhe zu suchen, oder zumindest auf ihre gut gemeinten Versuche eingehen, mich zu trösten.

All das hätte ich tun sollen. Aber ich hatte keine Kraft. Ich wollte in meinem Büro sitzenbleiben und aus dem Fenster schauen. Wollte an Paul denken und mir einbilden, dass es doch noch einen Weg geben würde, ihn zu erreichen. Irgendeinen.

Wenn nur nicht alles so hoffnungslos verfahren gewesen wäre! Verfahren, verknotet und ungeklärt.

Paul war weg, Lydia und Jonas aber waren noch da. Ob und wann ich Lydia persönlich zu Gesicht bekommen würde, wusste ich nicht. Ich wusste ja nicht einmal, ob Paul ihr gesagt hatte, dass ich es war, wegen der er sie verlassen hatte. Wenn ja, stand mir der große Kampf wohl noch bevor. Wie ich Lydia/Diva kannte, würde sie nicht allzu lange ihre Wunden lecken; eher würde sie darüber brüten, wie sie sich an mir rächen konnte. Allerdings hatte Lydia keine Ahnung, dass ich nicht nur ihre Konkurrentin war, sondern auch ihre Beraterin, dass ich somit alles über sie und ihre Affären wusste. Ob ich ihr das enthüllen sollte?

Verdammt, mir wuchs das Ganze über den Kopf. Und zwar meterhoch.

Dass Jonas ziemlich verstört war, machte die Sache nicht leichter. Susi brachte ihn jeden Tag in den *Eiertanz* und holte ihn auch ab, denn Paul war ja nicht mehr verfügbar, und Lydia musste arbeiten. Zwar wusste Jonas nicht, dass sein Papa ihn verlassen hatte, da Lydia ihm gesagt hatte, Papa hätte überraschend Lust auf Urlaub bekommen. Aber Jonas war ja nicht doof: Obwohl erst fünf, begriff er sehr wohl, dass sein Vater unter normalen Umständen niemals ohne ihn in den Urlaub gefahren wäre – und schon gar nicht ohne Abschied. Es schnitt mir ins Herz, wenn ich den kleinen Kerl beim Spielen beobachtete: noch ernster als sonst, völlig in sich gekehrt, kaum je ein Lachen. Eigentlich konnte man das, was er tat, gar nicht spielen nennen. Jonas wartete darauf, dass sein Vater zurückkam und alles wieder normal sein würde, und so wie ich an Robs rotem Fleck herumgeputzt hatte, so spielte er: nur zur Ablenkung.

Sooft ich mich dazu überwinden konnte, aus meinem Büro zu kommen, setzte ich mich zu Jonas und beschäftigte mich mit ihm. Ich hatte das dringende Bedürfnis, ihn in den Arm zu nehmen, doch gleichzeitig spürte ich eine seltsame Scheu. War nicht ich es, die ihm seine Familie gestohlen hatte? Ich sagte mir, dass ich nichts für die Tatsache konnte, dass er ein Kuckuckskind war; schließlich war nicht ich es gewesen, die

Paul betrogen hatte. Und ebenso wenig war ich es gewesen, die derart unsensibel Klartext geredet hatte.

Hätte Paul anders reagiert, wenn man ihm die schreckliche Wahrheit schonender beigebracht hätte?

Ich war mir dessen fast sicher.

Wenn meine Gedanken an diesem Punkt angelangt waren, packte mich jedes Mal die kalte Wut – und die schier unbezwingbare Lust, allen in meiner Umgebung die Meinung zu sagen: Lydia, weil sie die Gefühle der Menschen um sich herum mit Füßen trat. Paul, weil er gar nicht erst versucht hatte, mich zu verstehen. Aber auch Anna und Babsi, weil sie meine Arbeit sabotierten, Tag für Tag, seit Monaten und Jahren. Und Inge, weil sie mir meinen Berufsalltag versauerte, wo immer sie konnte. Isabel, weil sie mich ohne jegliche Schulung ans Telefon gesetzt hatte. Rob, weil er sich seit seinem Auszug nicht ein einziges Mal gemeldet hatte, gerade so, als sei ich nichts als seine Vermieterin gewesen. (Der er *keine* Miete gezahlt hatte, versteht sich.) Einfach allen wollte ich in den Hintern treten … und mir selbst am kräftigsten: Weil ich mir so viel gefallen ließ, immer brav meinen Mund hielt, nur damit mich alle mochten. Jeder Gefahr ausweichen – das war stets mein Motto gewesen. Und was hatte ich nun davon? Scherben überall, Unglück und heftigsten Liebeskummer. Also genau das, was ich am meisten gefürchtet, am dringendsten hatte vermeiden wollen. Gut gemacht, Sarah.

Tja, so fühlte ich, wenn ich mit Jonas spielte. Da ich meiner Wut und Verzweiflung in diesen Momenten aber kaum Ausdruck verleihen konnte, behalf ich mir damit, Fetzenbilder zu kleben (Buntpapier zerreißen, sehr beliebt bei den Kleinen) oder Jonas kurz allein zu lassen und mit Jeremy Drachentöter zu spielen (er war der Drache, ich war der Töter). Für ein paar Minuten tat das sogar gut. Aber spätestens, wenn ich wieder in meinem Büro saß und mich hinter organisatorischen Arbeiten versteckte, senkte sich die mittlerweile vertraute Apathie über mich, gemischt mit grauer Hoffnungslosigkeit.

Aggressive Wut oder apathische Hoffnungslosigkeit: eine sehr verlockende Auswahl. Mann, Mann, Mann!

Als ich an diesem Montagabend nach Hause ging, war meine Stimmung auf dem absoluten Tiefpunkt angelangt.

Und dabei wusste ich noch nicht einmal, dass am nächsten Tag *sie* im *Eiertanz* aufkreuzen würde.

Fast war es, als schicke sie ihr Leuchten voran. Ich sah es in den Augen der Väter, die ihren Kindern die Hausschuhe anzogen, innehielten und ihr entgegen starrten. Und mit umgekehrten Vorzeichen in den Augen Christines, die sie so feindselig musterte, dass ich fast Angst um Lydia bekam.

Diese Angst legte sich in genau dem Moment, da Lydia mich entdeckt hatte und auf mich zukam. Jetzt hatte ich höchstens noch Angst um mich selbst. Ich konnte nicht verhindern, dass mir das Herz bis zum Hals schlug: Nun würde ich also erfahren, was sie wusste. Und ob die Zeichen auf Krieg oder Frieden standen.

Sie blieb vor mir stehen, mit verschränkten Armen und hochmütigem Blick. Ihr blondes Haar reflektierte die Sonne, die durch mein Bürofenster und die offene Tür bis in den Gemeinschaftsraum hinein strahlte. Es sah aus, als umrahme flüssiges Gold Lydias Renaissance-Gesicht, und dass sie so wunderschön war, machte alles nur noch schlimmer. Ärgerlich knallte ich die Tür hinter mir zu und sperrte die Sonne aus.

Lydia kam ohne Umschweife zur Sache. »Wir kennen uns noch nicht«, sagte sie kühl. »Jedenfalls nicht persönlich. Vielleicht ein Fehler, hm? Ich hätte es nicht immer meinem Mann überlassen sollen, Jonas zum *Eiertanz* zu bringen. Vielleicht wäre dann alles anders gekommen. Oder was meinen Sie?«

Ich zögerte. Was erwartete sie von mir? Wollte sie tatsächlich hier, vor Kindern und Eltern, mit mir über Paul streiten?

»Sie sagen ja gar nichts, Frau Teschner.« Lydia sah mich an wie die Schlange das Kaninchen.

»Nenn mich doch Sarah. Wir duzen uns hier«, sagte ich lahm. Scheiße, wie blöd war das denn! Aber ich wollte Zeit gewinnen, um mir eine Gesprächsstrategie zu überlegen.

»Ja, das ›Du‹ erleichtert die schnelle Annäherung, nicht wahr?«, sagte Lydia. »Besonders wenn der Geduzte so hinreißend aussieht wie mein Mann. Da wird man doch ruckzuck ganz vertraut miteinander.«

»Tja«, machte ich vage. *Gesprächsstrategie, zeig dich!*

»Wissen die Mütter hier eigentlich, dass du dich mit ihren Männern vergnügst?« Lydia legte den Kopf schief. Eine goldene Strähne fiel ihr in die Stirn. Sie schob sie mit einer anmutigen Geste hinter ihr kleines Ohr und lächelte. Wer uns von Ferne beobachtete, musste denken, wir führten ein nettes Kennenlern-Gespräch.

»Nein«, presste ich hervor. »Ich meine, das tue ich nicht.«

Sie hob eine geschwungene Augenbraue. »Ach, Paul ist also der Einzige, von dem du dich hast flachlegen lassen?«

Hektisch warf ich einen Blick in den Gemeinschaftsraum. Nicht weit von uns standen Inge und Sonja. Was dachte Lydia sich bloß dabei, das Ganze derart öffentlich auszutragen? Hatte sie überhaupt kein Schamgefühl?

Nein. Diva hatte kein Schamgefühl – wer wusste das besser als ich, Tülpchen.

»Vielleicht sollten wir in mein Büro gehen.« Meine Stimme zitterte.

»Aber warum denn? Es darf ruhig jeder wissen, dass ich eine einsame, gedemütigte, verlassene Ehefrau bin.«

Klar. Und ich war der Seetroll. »Trotzdem denke ich, es wäre besser, wenn wir …«

»Was du denkst, Sarah«, schnitt sie mir scharf das Wort ab, »interessiert mich überhaupt nicht. Du hast dich an meinen Mann rangeschmissen, und deshalb hat er mich verlassen. Jetzt ist er weg, verschwunden, und ich will von dir wissen, wo er ist. *Sofort.*«

Inge und Sonja, gerade noch in einen kleinen Disput vertieft, starrten mit offenen Mündern zu uns herüber.

»Lydia«, sagte ich verzweifelt, »ich weiß es doch auch nicht. Er …«

Aber wieder ließ sie mich nicht ausreden. »Du erwartest hoffentlich nicht, dass ich dir das glaube. Ich bin doch nicht blöd! Ich durchschaue dich: Du möchtest mir die letzte Chance rauben, meine Ehe zu retten und mich mit meinem Mann zu versöhnen. Gib's zu, du versteckst ihn irgendwo!«

»Paul ist doch kein Osterei«, flüsterte ich im ungeschickten Versuch, die Situation zu entkrampfen.

Inge kam ein paar Schritte näher.

»Du hast eine glückliche Familie zerstört«, fuhr Lydia anklagend fort, ohne auf meinen Einwurf mit dem Osterei einzugehen. »Du, die Leiterin dieses Kindergartens, spannst den Müttern ihre Männer aus!«

Inge blieb hinter Lydia stehen. »Ich habe es ja schon immer geahnt«, sagte ihr Blick. Nun trat auch Sonja näher. Ich fing an zu schwitzen.

»Womit hältst du ihn, hm?«, fragte Lydia. »Was treibst du mit meinem Mann, dass er seine Frau und sein armes Kind verlässt?«

Sein Kind.

Sein Kind?

Wie konnte sie es wagen!

Mächtig stieg die Wut in mir auf, legte einen Schleier vor meine Augen und schaltete mein Denken aus. Ich sagte es, bevor ich mich eines Besseren besinnen konnte. »Was ich mit ihm treibe? Och, nichts Ausgefallenes, er ist der Blümchentapeten-Typ, genau wie ich. Nicht jeder mag es pervers und promiskuitiv, weißt du?«

Es war schön zu sehen, wie ihr die Kinnlade herunterklappte.

»Sodom und Gomorrha«, hauchte Inge.

»Das darf doch nicht Warstein!«, murmelte Sonja.

Oje, die hatten das natürlich auch gehört. Meine Wut verrauchte, das Denken setzte wieder ein.

»Also, äh, das war nur ein Scherz«, sagte ich zu den beiden Müttern. »Das, äh, mit den Blümchentapeten. Ein Insider-Witz, versteht ihr?«

Nein, sie verstanden nicht. Wie auch. Und es war ja auch kein Witz gewesen. Sondern eine Kampfansage.

Halt. Ich, Sarah, hatte jemandem den Kampf angesagt?

Fühlte sich ganz gut an, wie ich nach einem Blick auf Lydia mit Erstaunen feststellte.

Lydias Kiefer klappte wieder zusammen, doch hinter der schönen Stirn schienen die Gedanken zu rasen.

»Also gut«, stieß sie hervor. »Gehen wir in dein Büro.«

Ich hörte Inge etwas murmeln, in dem die Worte »beschämend«, »Vamp« und »Gefahr für uns alle« vorkamen, dann hatte Lydia mich in mein Büro gedrängt und die Tür hinter uns zugeknallt.

»Was weißt du?«, fragte sie barsch.

Ich schaute ihr ins Gesicht. Sah die zarten Züge, die von Feindseligkeit überschattet waren, und stellte mir vor, wie sie Paul mit dieser engelhaften Fassade all die Jahre über getäuscht hatte. Wie sie die Illusion einer heilen Familie aufrechterhalten, wie sie Paul die Rolle des Super-Papas zugeschanzt hatte, obwohl sie immer gewusst hatte, dass Jonas der Sohn eines anderen war.

Und nun hatte Jonas seinen Vater verloren – vielleicht für immer. Jonas litt am meisten unter Lydias Egoismus, obwohl er am unschuldigsten war. Das war das Schlimmste, das war Lydias größtes Vergehen. Und deshalb würde ich mich ihr nicht beugen, sondern würde kämpfen. Für mich. Für Paul. Und für Jonas.

»Ich weiß alles, Diva.«

»Du bist …«

»Tülpchen«, sagte ich. »Ja.«

Lydia schloss kurz die Augen. Dann öffnete sie sie wieder, hob das Kinn und schaute mich herausfordernd an. »Gut. Du weißt also … viel. Aber du hast Schweigepflicht.«

»Und ich gedenke, mich daran zu halten. Eigentlich.« Tapfer zwang ich meine Gesichtszüge zu dem, was ich für ein Pokerface hielt, und fuhr dann fort: »Wenn du allerdings hier im Kinderladen die Wahrheit verdrehst, mich schlechtmachst und so tust, als hätte ich eine heile Familie zerstört … dann könnte ich vor der einen oder anderen Mutter die eine oder andere Vermutung über dich äußern. Vermutungen sind ja keine Fakten, nicht wahr? Sie fallen also auch nicht unter die Schweigepflicht. Abgesehen davon«, ich lächelte, »habe ich beim VbKK niemals etwas unterschrieben.«

Wir sahen uns unverwandt in die Augen, Blutdurst im Blick.

Wären wir die Heldinnen einer US-Serie gewesen, hätten wir uns spätestens jetzt kreischend aufeinander gestürzt und uns mit den Fingernägeln die Gesichter zerkratzt. Wären wir echte Kerle gewesen, hätte einer von uns dem anderen nun eine reingehauen, oder zumindest damit gedroht, ihn zu verklagen.

Doch wir waren keine Serien-Heldinnen, und wir waren auch keine echten Kerle. Wir waren bloß Lydia und Sarah und besaßen weder ein Drehbuch noch Erfahrung mit solchen Situationen. Also standen wir stumm voreinander und versuchten uns per Augenkontakt niederzuringen.

Was irgendwie nicht funktionierte.

Mist. Was jetzt?

Lydia verlor als Erste die Geduld. »Das bringt doch nichts!«, sagte sie sauer. »Die Situation ist beschissen, da ist es keine Hilfe, wenn wir uns hier blöde anschweigen. Versprich mir einfach, dass du nichts über mein«, sie stockte kurz, »anderes Leben verlauten lässt.«

Sie stellte Forderungen? Ha! Mit schmalen Augen fixierte ich sie. »Dann versprich du mir, dass du aufhörst, vor den anderen Müttern Theater zu spielen. Von wegen, ich hätte eine glückliche Familie zerstört! Du liebst Paul doch gar nicht. Du liebst ja nicht einmal dein Kind.«

Sie leugnete es nicht.

Sie fragte nur: »Weißt du wirklich nicht, wo Paul steckt?«

»Nein.« Ich achtete sorgfältig darauf, alle Emotionen aus meiner Stimme herauszuhalten. Keine Schwäche zeigen; nicht vor Lydia. »Er ist einfach gegangen. Paul hat mich genauso verlassen wie dich.«

Lydia zog eine Augenbraue hoch. »Die Missionarsstellung hat ihm wohl nicht mehr genügt, was?«

Ja, das war wieder die gute alte Diva. »Nicht alles im Leben dreht sich ausschließlich um Sex!«, sagte ich genervt.

»Ach, nicht?« Sie brachte es fertig zu grinsen.

»Nein! Paul hat mich verlassen, weil ich davon wusste, dass Jonas nicht sein Sohn ist. Na ja, eher weil ich es wusste, ihm aber nichts davon gesagt habe. Er fühlte sich betrogen – von dir, aber auch von mir.«

Zu meiner Überraschung sah Lydia betroffen aus. Ich erhaschte einen Blick auf den Menschen, der sie einmal gewesen sein mochte; auf die Frau, in die Paul sich damals verliebt und die er geheiratet hatte. Es gab mir einen Stich. Gleichzeitig ließ es die Mauer bröckeln, die ich zwischen Lydia und mir errichtet hatte.

»Aber *du* kannst doch nichts für meine Fehler! Das ist doch kein Grund, *dich* zu verlassen!«, rief sie aus. »Männer können ja so komisch sein!«

Wo sie Recht hatte, hatte sie Recht.

Die Mauer bröckelte weiter.

»Paul ist tief verletzt«, sagte ich und schaute ihr in die Augen. Unversehens verfiel ich wieder in meinen Beraterinnen-Ton. »Diva, begreifst du eigentlich gar nicht, was du angerichtet hast?«

»Ach, Tülpchen.« Sie seufzte. »Ich wollte das alles doch auch nicht. Ich dachte, ich könnte ein schönes, bürgerliches Leben führen und trotzdem auf meine, äh, nicht ganz so monogame Weise glücklich sein.«

»Nicht ganz so monogam?«, wiederholte ich fassungslos. »Du hast jahrelang ein Doppelleben geführt! Euer ganzes Familienleben war nichts als eine Illusion!«

»Familienleben, Familienleben! Herrgott, ich wollte nie Kinder haben! Es ist nun mal passiert, und immerhin habe ich Jonas ausgetragen. Das«, sie reckte das Kinn, »hätte auch nicht jede getan.«

Mir wurde ganz elend bei dem Gedanken, dass Lydia Jonas hätte abtreiben können. Wieder merkte ich, wie sehr ich den kleinen Kerl liebte – ob er nun Pauls Sohn war oder nicht.

»Außerdem haben wir ganz gut gelebt in unserer *Illusion*, wie du es nennst«, beharrte Lydia. »Jonas kam zurecht, und was Paul betrifft …« Sie zuckte ungeduldig die Schultern. »Ich dachte mir, was er nicht weiß, macht ihn auch nicht heiß.«

»Aber jetzt weiß er es«, sagte ich trübe, »und alles ist kaputt.«

Lydia stemmte die Hände in die wohlgerundeten Hüften. »Du willst doch nicht etwa aufgeben?«, rief sie aus. »Tülpchen, du hast mir so viele schlechte Ratschläge gegeben, jetzt gebe ich zur Abwechslung mal dir einen, und zwar einen guten: Suche ihn, finde ihn, und dann tritt ihn in den Hintern, damit er aus seinem verdammten Selbstmitleid auftaucht und dich glücklich macht!«

Hä?

Verdattert starrte ich sie an und sagte mir, dass ich mich verhört haben musste. Anders war die Richtung, die unser Gespräch so plötzlich eingeschlagen hatte, nicht zu erklären. Es war doch wohl kaum möglich, dass Lydia mir offiziell ihren Ehemann anbot?!

»Jetzt guck nicht so«, sagte sie ungeduldig. »Ich wünsche euch beiden alles Gute, ganz ehrlich. Hey, mir ist schon klar, dass ich bei Paul keine Chance mehr habe!«

»Aber … aber dein Auftritt vorhin …«, stotterte ich.

Sie rollte mit den Augen. »Hach, ich hatte mir das halt lustig vorgestellt, diese kleine, zickige Szene im Kinderladen, Blondie gegen Feuerfuchs … ich hätte Schauspielerin werden sollen.« Sie lachte, wurde aber gleich wieder ernst. »Nein, Tülpchen, wenn ich ganz ehrlich bin, will ich weder Schauspielerin werden noch Paul zurückhaben. Ich will einfach nur frei sein.

Scheiß auf das bürgerliche Leben.« Großzügig setzte sie hinzu: »Du kannst ihn haben. Paul gehört dir!«

»Oh«, sagte ich schwach. »Danke.«

Ehrlich, diese Frau haute mich um. Sie überließ mir ihren Mann wie einen gebrauchten Pullover! Als nächstes würde sie mir vorschlagen, mit Paul und Jonas eine süße kleine Patchwork-Familie zu gründen, während sie selbst sich, frei von allen ehelichen und mütterlichen Fesseln, durch die Betten sämtlicher Konstanzer Männer schlief.

»Du könntest mit Paul und Jonas eine süße kleine Patchwork-Familie gründen«, sagte sie nachdenklich, »während ich selbst mich, frei von …«

»Schon recht, schon recht«, unterbrach ich sie. Herrje, ich kannte Lydia viel zu gut. Das war ja fast schon beängstigend!

Und es war ungünstig, weil ich sie auf diese Weise nicht mehr hassen konnte.

Hm. Wenn ich es recht bedachte, konnte ich sie nicht einmal mehr verabscheuen. Hatte sie nicht erkannt, dass man nicht alles haben konnte? Hatte sie nicht vor, sich in Zukunft auf *ein* Lebensmodell zu beschränken? Eines, in dem sie ihr wahres Wesen nicht mehr verbarg, und somit die Menschen um sich herum weder täuschte noch verletzte. Das war doch ein lobenswerter Ansatz, ein deutlicher Fortschritt!

Musste man nicht jedem Menschen die Chance geben, sich zu bessern und neu anzufangen?

In meinem Herzen begann sich eine zaghafte Hoffnung zu regen. Würden wir vielleicht doch noch eine Basis finden, auf der wir alle ein neues, besseres Leben aufbauen konnten?

Möglich. Allerdings setzte das voraus, dass Paul aus der Versenkung auftauchte und sich bereit erklärte, an diesem neuen, besseren Leben teilzuhaben. Denn ohne ihn, das war mir nun klarer denn je, konnte ich nicht mehr glücklich sein.

Ich straffte die Schultern und traf meine Entscheidung. »Lydia«, sagte ich, »du hast Recht. Ich muss ihn finden, koste es, was es wolle.«

Sie nickte, als habe sie nichts anderes erwartet, und hielt mir ihre schmale, blasse Hand hin. »Lass mich dir helfen, Sarah. Zumindest das kann ich tun, um meine Schuld ein kleines Stückchen wiedergutzumachen.«

Ich zögerte.

Doch dann schlug ich ein. Schon Jonas zuliebe würden Lydia und ich in Zukunft miteinander klarkommen müssen. Warum also nicht gleich damit anfangen?

Vorsichtig lächelten wir uns zu. Mir fiel auf, dass sie nun, da die Feindseligkeit aus ihren Zügen verschwunden war, wieder schön und vollkommen aussah wie ein Gemälde; gleichzeitig umwehte sie eine verwirrende Aura von dunklem Sex. Kein Wunder, dachte ich, dass die Männer ihr nicht widerstehen konnten: Lydia war die Synthese aller Gegensätze, sie war alles in einem. Sie war Unschuld und Sünde, Zartheit und Rücksichtslosigkeit, strahlendes Gold und tiefstes Schwarz. Sie war ein sehr erotischer gefallener Engel, und sie lockte mit weit Schärferem als mit himmlischen Freuden. Jetzt, da sie offiziell auf Paul verzichtet hatte, war sie noch dazu frei, und sie würde sich keinerlei moralische Beschränkungen mehr auferlegen.

Armes Konstanz.

Liebe Sarah,

vielen Dank für den schönen Kartoffeltopf. Es ist sehr aufmerksam von Dir, mir ein Abschiedsgeschenk zu senden, wiewohl ich finde, dass ein Kartoffeltopf mit unversehrtem Deckel die bessere Wahl gewesen wäre.

Es stimmt mich natürlich traurig, dass Roberts und Deine Beziehung ein Ende gefunden hat, aber ehrlich gesagt: Es wundert mich nicht. Robert ist nicht für ein Wesen geschaffen, wie Du es bist. Er braucht eine kleine Hausfrau, die ihm ein gemütliches

Heim bereitet und gleichzeitig dafür sorgt, dass er in die Welt hinausgeht und sich als Mann beweist. Die liebe Imperia scheint mir dafür genau die Richtige zu sein. Hast Du einmal ihre Konstanzer Zipfele gekostet? Exzellent, kann ich Dir versichern.

Ich wünsche Dir noch ein schönes Leben, mein Kind. Und vergiss nicht: Liebe geht durch den Magen! Lerne erst einmal anständig kochen, dann wirst beizeiten auch Du den Mann fürs Leben finden.

Viele Grüße von Deiner
Annemarie Lohmann

22.

Meine neue Verbündete wollte sich am liebsten gleich mit mir ans Werk machen und versuchen, Paul aufzustöbern. Doch ich bat um einen Aufschub. Ich wollte zuvor noch etwas anderes erledigen – etwas, das mir auf der Seele brannte.

Denn ich hatte nicht nur erkannt, dass ich Paul bedingungslos liebte, ob er mich nun wollte oder nicht. Sondern auch, dass es im *Eiertanz* nicht mehr weitergehen konnte wie bisher. Wenn ich meine Haltung zum Leben wirklich verändern wollte, so betraf dies nicht nur meine Beziehungen. Sondern auch meine Arbeit.

Vor allem die Wut, die in letzter Zeit immer öfter in mir aufgestiegen war, hatte mich zu unangenehmen Erkenntnissen getrieben. Wie zu dem Eingeständnis, dass ich jeden Mist hier mitmachte, weil ich … so lieb war?

Nein. Schön wär's gewesen! Die traurige Wahrheit aber war, dass ich schlicht und einfach Angst hatte. Die Tatsache, dass ich dem Elternrat und sogar Anna und Babsi ständig nachgab, konnte man Harmoniebedürftigkeit nennen und Friedfertigkeit – aber auch Feigheit. Ich fürchtete mich vor allem: davor, abgemahnt zu werden, davor, die Elternschaft gegen mich aufzubringen, davor, schlussendlich meinen Job zu verlieren. Und deshalb duckte ich mich, fügte mich und grummelte höchstens im Verborgenen oder vor Christine darüber, was mir nicht passte. Aber hatte ich mich je hingestellt und mit Nachdruck meine Meinung vertreten? Hatte ich je dafür gestritten, dass unseren Kindern mehr Zeit fürs Freispiel zugestanden wurde? Hatte ich je auf Kinderliedern und Reimen statt Wirtschaftschinesisch bestanden, auf lockerer musikalischer Früherziehung statt Geigenunterricht, auf kuscheligen Vorlesestunden statt Multisprachkurs?

Nein. Nicht ein einziges Mal hatte ich mich durchgesetzt.

Ich schämte mich für mich selbst.

Die meinem Liebeskummer geschuldete Apathie hatte mich in den letzten Tagen davon abgehalten, die Konsequenzen aus dieser bitteren Erkenntnis zu ziehen. Aber nun, da Lydia mich wachgerüttelt hatte, machte ich unverzüglich Nägel mit Köpfen: Ich legte kurzerhand fest, dass am nächsten Tag ein außerordentlicher Elternabend stattfinden würde, setzte mich an den Computer, schrieb die entsprechende Mitteilung und pinnte sie ans Schwarze Brett, bevor mich der Mut wieder verlassen konnte.

Dann setzte ich mich zu den Puppen in die Puppenecke (diese bescheuerten Gruppennamen! Auch das würde ich ändern, nahm ich mir vor), spielte mit ihnen Vater-Mutter-Kind (ich durfte der Hund sein) und sagte mir, dass ich trotz des mulmigen Gefühls in meinem Magen das Richtige tat.

Dennoch war ich nervös. Meine Angepasstheit hatte mich mein ganzes Leben hindurch begleitet, und es war verdammt schwierig, sie abzuschütteln. Mehr als einmal war ich versucht, zum Schwarzen Brett zu stürzen und den Zettel abzureißen, wegzuwerfen, zu schreddern oder, wenn nötig, in den Mund zu stopfen und aufzuessen. Erst als am Nachmittag die Mütter und Väter ihre Kinder abholten und den Einladungszettel studierten, wurde ich ruhiger, und ein grimmiger Stolz erfasste mich: Ich hatte den ersten Schritt getan. Jetzt gab es kein Zurück mehr!

In dieser Nacht schlief ich schlecht. Stundenlang lag ich wach, und nicht einmal das Zählen von Schäfchen, Künstlern oder Nymphomaninnen half. Irgendwann gab ich es auf. Ich verschränkte die Arme unter dem Hinterkopf, starrte an die dunkle Zimmerdecke und rief mir Pauls Frühlingswald-Duft in Erinnerung.

Die Sehnsucht krampfte mir das Herz zusammen. Ob ich je neben ihm einschlafen, je mit ihm zusammenleben würde?

Wo bist du, Paul?

Und dann kam die Stunde der Wahrheit.

Nicht nur die Mütter waren erschienen, sondern auch sämtliche Väter; wahrscheinlich aus reiner Neugierde. Denn dass eine Erzieherin eigenmächtig einen Elternabend einberufen hatte, war in der Geschichte des *Eiertanzes* noch nie vorgekommen.

Entsprechend missbilligend schaute Inge zu mir herüber, als ich aufstand, um die Elternschaft zu begrüßen. »Wieder so ein Alleingang wie die Kräuterspirale«, sagte ihr Blick.

Nervös, aber entschlossen dachte ich: *Du wirst dich noch umschauen, liebe Inge. Jetzt geht's erst richtig los.*

Denn heute Abend würde ich endlich, endlich den Mund aufmachen und für die kämpfen, für die es sich lohnte: für die Kinder, für meine Arbeit, und ja, auch für mich selbst. Ich wollte mir im Spiegel wieder in die Augen schauen können. Dafür würde ich sogar unliebsame Konsequenzen in Kauf nehmen, würde Konfrontationen aushalten, würde, wenn nötig, mein ganzes Leben verändern. Und wenn die Eltern mir kündigten? Egal! Rob musste ich ja nicht mehr durchfüttern. Ich war genauso frei wie Lydia, wenn Freiheit für mich auch etwas anderes bedeutete als für sie. Bei mir hieß es: Ich würde nicht mehr kuschen.

Es war mucksmäuschenstill im Raum, als ich anfing zu sprechen. Erst stockend, dann immer flüssiger redete ich über das, was ich gerne verändern wollte, und ich war dabei bis zur Schmerzgrenze ehrlich. Ich erzählte von meinem Unbehagen gegenüber exzessiver Frühförderung und von meinem Mitleid mit den Kindern, die ohne Ruhepause von Aktivität zu Aktivität gescheucht wurden. Ich versuchte deutlich zu machen, was es für mich als Leiterin bedeutete, wenn ich nichts, überhaupt nichts, in Eigenverantwortung durchführen konnte und selbst bei winzigen Entscheidungen (basteln wir einen Papier-Schneemann oder filzen wir einen Nikolaus?) das Okay des Elternrates abwarten musste. Ich gestand meinen Traum, Waldwochen und eine jährliche Zeltübernachtung einzuführen. Ich trat dafür ein, die Bodystyling-Stunden abzuschaffen und stattdessen mit den Kindern spielerische Schwimmkurse abzuhalten (wir lebten immerhin am Bodensee!). Ich erzählte von den leuchtenden Augen der Kleinen, wenn ich mit ihnen einfach nur »Wer hat Angst vorm schwarzen Mann« spielte – ohne jeden pädagogischen Hintergedanken. Ich schlug vor, die Kleinen in der Küche mithelfen zu lassen, um ihnen so ohne Druck gesunde Ernährung schmackhaft zu machen; vielleicht konnten wir dann sogar irgendwann darauf verzichten, Obst und Gemüse zu »Cowboy-Smoothies« pürieren zu müssen.

Und je leidenschaftlicher ich sprach, desto mehr fielen Angst und Unsicherheit von mir ab. Ich endete mit dem Vorschlag, das Konzept des *Eiertanzes* solle von Erzieherinnen, Elternrat und möglichst vielen weiteren Eltern grundlegend überarbeitet werden. »Aber das Wichtigste dabei ist«, schloss ich, »dass es nicht bei folgenlosen Absichtserklärungen bleibt. Was wir schriftlich festhalten, muss auch praktisch umgesetzt werden. Die Ansätze sind bereits da, wir können wunderbar darauf aufbauen – wenn wir es nur wollen und Mut zur Veränderung haben.«

Etwas zittrig, aber erleichtert stieß ich den Atem aus. Ich hatte es getan! Ich hatte die längst überfällige Diskussion angestoßen. Nun waren die Eltern dran. Ich erkannte den Widerschein meiner eigenen Gefühle auf dem einen oder anderen Gesicht. Keiner der Väter sah schläfrig aus, wie es sonst auf unseren Elternabenden der Fall war, und auch viele der Mütter hatten einen ziemlich nachdenklichen Gesichtsausdruck.

Konnte es sein, dass ich tatsächlich zu ihnen vorgedrungen war? Ob ich es wagen durfte, Christines hoffnungsfrohes Lächeln zu erwidern?

Da erhob sich Inge Muller-Beinhard.

Ihre Augen blitzten, als sie sagte: »Schöne Worte, Sarah. Wirklich bewegend. Aber es wundert mich doch ein wenig, dass du es wagst, dich so weit aus dem Fenster zu lehnen und nicht nur unsere Grundsätze, sondern auch uns Eltern dermaßen zu kritisieren. Ausgerechnet du. Ausgerechnet nach dem, was du einer von uns angetan hast.«

Ich erstarrte.

Nein, dachte ich. *Das kann sie nicht machen.*

Sie konnte.

»Diese Frau«, Inge trat langsam in die Mitte des Kreises und zeigte dabei mit dem Finger auf mich, »hat ohne mit der Wimper zu zucken eine Ehe zerstört. Sie hat eine Familie auseinandergerissen. Sie hat ihr«, nun zeigte der Finger auf Lydia, »das Glück geraubt, indem sie sich schamlos an Paul Bachstein herangemacht hat. Ich selbst war Zeugin, wie Lydia unsere gute Sarah völlig aufgelöst zur Rede gestellt hat. Außerdem konnten wir die schändliche Annäherung in den letzten Wochen ja alle mit eigenen Augen beobachten, nicht wahr? Und ich frage euch«, Inges Finger ruckte zu den Eltern herum und beschrieb dann einen beschwörenden Halbkreis, »ob wir einer Erzieherin, die nur Männer im Kopf hat, ihre guten Absichten wirklich abnehmen sollen. Ob wir ihr unsere wehrlosen Kinder guten Gewissens anvertrauen können. Oder ob wir ohne Sarah nicht eindeutig besser dran wären.«

Eine unheilschwangere Stille folgte Inges Worten. Aller Augen waren auf mich gerichtet.

Das war's also, dachte ich betäubt.

Dass Inge die Gelegenheit, mich endlich loszuwerden, beim Schopf ergriff, verletzte mich gar nicht mal so sehr. Ich hatte von Inge nichts anderes erwartet. Aber dass sie es auf diese demütigende, persönlich verletzende Weise versuchte, dass sie mein Privatleben gegen meine Eignung als Erzieherin ausspielte, das traf mich. Und am Schlimmsten war, dass mein Vorstoß zum Wohl der Kinder nun zum Scheitern verurteilt war. Statt über eine Verbesserung des *Eiertanz*-Konzeptes nachzudenken, würden die Mütter sich bloß noch Gedanken darüber machen, wie sie mich schnell und kostengünstig rausschmeißen konnten. Klar, dachte ich zynisch, Eile war geboten, sonst würde ich – der geborene Vamp – mich bestimmt auch noch an die anderen Väter ranmachen. Ich konnte ein kurzes, bitteres Lachen nicht unterdrücken. Noch lieber hätte ich allerdings geheult.

Christine erhob sich.

»Damit das von vornherein klar ist: Ich stehe hinter Sarah«, sagte sie fest. »Mit wem sie zusammen ist, geht keinen von uns etwas an. Und was ihre Forderungen für den *Eiertanz* betrifft, die kann ich zu hundert Prozent unterschreiben.« Sie verschränkte die Arme und warf einen trotzigen Blick in die Runde.

Meine Bitterkeit schwand, als ich sie ansah, und ich lächelte ihr kaum merklich zu. *Danke, Christine,* dachte ich. So schlecht es im Moment auch für mich aussah, Christines Freundschaft war tröstlich.

»Ich schließe mich der Christine an«, sagte Sonja und erhob sich ebenfalls. »Mir steht's bis Oberkante Unterlippe in dem elitären Laden hier. Wird Zeit, dass sich was ändert. Da hat die Sarah ganz Recht, jawohl Tirol.« Sie nickte kampflustig in meine Richtung.

Und dann begann die Luft im Gemeinschaftsraum zu knistern, denn *sie* erhob sich, und unverzüglich richtete sich die Aufmerksamkeit aller auf sie und nur auf sie.

Lydia strich sich ihr goldglänzendes Haar zurück und lächelte mir sanft zu. »Da es in dieser Sache auch um mich geht, möchte ich etwas sagen«, bat sie artig. »Darf ich?«

Ich nickte. Lydia hätte wirklich Schauspielerin werden sollen. Sie sah schüchtern aus wie ein Schulmädchen und dabei so atemberaubend schön, dass man förmlich hören konnte, wie die Gehirne der anwesenden Männer sich ausschalteten: klack, klack, klack, klack, eines nach dem anderen.

»Die Auseinandersetzung zwischen Sarah und mir gestern war ein großes, bedauerliches Missverständnis«, sagte Lydia und warf einen reuevollen Blick in die Runde. »Aber wir haben uns ausgesprochen. Ich kann euch allen versichern, dass es nichts gibt, weswegen ihr Sarah zürnen müsstet. Obendrein halte ich sie wirklich für eine gute Erzieherin. Es täte mir sehr leid, wenn sie meinetwegen den Kinderladen verlassen müsste.«

Inge starrte Lydia mit offenem Mund an. Als sie ihre Sprache wiedergefunden hatte, zischte sie: »Sarah hat dir deinen Mann ausgespannt, Lydia! Wie kannst du ihr das so einfach verzeihen?«

»Ach, Inge«, sagte Lydia und lächelte wohlerzogen, »die Welt ist so groß, und es gibt so viele Menschen. Auch andere Ehefrauen haben schöne Männer, nicht wahr?«

Ihr Blick glitt an Inge vorbei und blieb an Roland Beinhard hängen. Sie senkte halb die Lider, und plötzlich sah ihr Lächeln überhaupt nicht mehr wohlerzogen aus.

Roland Beinhards Blick verschleierte sich.

Der Nächste, bitte, dachte ich, und es kostete mich einige Mühe, mir das Lachen zu verbeißen. Die Unausweichlichkeit dessen, was zwischen Lydia und ihrem neuesten Opfer passieren würde, hätte mich Mitleid mit Inge empfinden lassen müssen. Aber irgendwie war meine mitleidige Ader nicht mehr sehr ausgeprägt, wenn es um Inge ging.

Deren Blick zuckte zwischen ihrem Mann, Lydia und mir hin und her, und befriedigt registrierte ich, dass es ihr endgültig die Sprache verschlagen hatte. Schön, dass ich diesen Moment noch erleben durfte.

Verena, die Biologin, hob den Arm. »Ich muss morgen sehr früh an der Uni sein und habe keine Zeit, den ganzen Abend hier herumzusitzen«, beschied sie uns kühl. »Ich würde deshalb vorschlagen, Inge, dass ihr eure privaten Auseinandersetzungen vertagt und wir uns stattdessen konstruktiv mit Sarahs Vorschlägen und Anregungen auseinandersetzen. Was sie gesagt hat, klingt sehr vernünftig, wenn ihr mich fragt.«

Zustimmendes Gemurmel erhob sich.

Ich konnte es kaum glauben.

Hatte Inge wirklich verloren?

Die Gute war jedenfalls recht blass, als sie zu ihrem Platz zurückging. Der Blick, mit dem sie ihren Mann bedachte, hätte ein Pferd töten können, doch Roland Beinhard nahm ihn nicht einmal wahr. Sein ganzes Sein konzentrierte sich auf Lydia, die ihn immer noch unter halb gesenkten Lidern fixierte.

»Na, dann fangen wir doch gleich mit der Arbeit an«, sagte Christine und rieb sich die Hände. In Richtung Inge fügte sie hinzu: »Der Kittel isch jedenfalls gflickt.«

Sonja bestätigte zufrieden: »Klappe zu, Affe tot!«

Und da wagte ich es endlich, zu lächeln.

Roland,

Freitagabend, zwanzig Uhr, RIVA Hotel.
Bring Ausdauer mit, ich habe nicht vor zu schlafen.

Lydia

23.

»Und, wo habt ihr es überall getrieben?«, erkundigte sich Lydia interessiert.

»Pssst, nicht so laut!« Hektisch sah ich mich um, ob uns jemand gehört hatte. Lydias unkomplizierter Umgang mit dem Thema Sexualität überforderte mich nach wie vor.

Es war Freitagnachmittag. Lydia hatte sich spontan einen halben Tag Urlaub genommen, um sich gleich nach dem Kindergarten, der freitags früher schloss als an den übrigen Wochentagen, mit mir treffen zu können; um Jonas würde sich bis morgen früh Susi kümmern, da Lydia am Abend noch etwas vorhatte.

Wir saßen im *Café Wessenberg* in der Nähe des Münsters. Ich mochte dieses Café: Die Verbindung von altem Gemäuer und moderner Einrichtung, von Studenten und Familien, von Touristen und einsamen Intellektuellen hatte mir schon immer gefallen, und an dem Tisch vor der dekorativen Glaswand, an der leise glucksend Wasser herunterrann, entspannte ich mich normalerweise wunderbar.

Nur nicht, wenn Lydia mir gegenüber saß und mich danach fragte, wo ihr Mann und ich Sex miteinander gehabt hatten. Nervös nippte ich an meinem Saft; für Tee war es jetzt, Anfang August, zu heiß, selbst für eine Tee-Fetischistin wie mich.

»Warum möchtest du das wissen?« Ich stellte das Glas ab. »Wir wollen uns doch keine Geständnisse machen, sondern überlegen, wo Paul stecken könnte.«

Lydia bedachte mich mit einem nachsichtigen Blick. »Überleg doch mal: Paul ist so ein sentimentaler Typ, der verkriecht sich bestimmt nicht dort, wo ihn die Erinnerungen an dich aus jeder Ecke anspringen. Die entsprechenden Hotels zum Beispiel könnten wir deshalb von unserer Liste streichen.

Das nennt man Ausschlussverfahren, Sarah.« Sie lächelte triumphierend.

»Für dich ist das alles ein Riesenspaß, wie?«, fragte ich missmutig.

»Klar.« Lydia lachte. »Detektivspielen für Große.«

»Denkst du denn gar nicht an Jonas?« Ich schüttelte den Kopf. »Er wird jeden Tag stiller und unsicherer. Es wird höchste Zeit, dass er seinen Vater zurückbekommt!«

»Oder endgültig Abschied von ihm nimmt«, sagte Lydia. Sie lachte nicht mehr. »Natürlich ist es mir ernst, Sarah. Ich versuche lediglich, es nicht so nah an mich heranzulassen.«

Für einen Moment sah Lydia ehrlich bekümmert aus. Doch nur zwei Sekunden später warf sie dem jungen Kerl am Nebentisch einen langen, tiefen Blick zu.

Unverbesserlich, dachte ich.

Als habe sie meine Gedanken gelesen, sagte Lydia: »Wahrscheinlich habe ich einfach ein schlechtes Gewissen. Ich bin auch nicht glücklich darüber, dass Jonas leidet, das kannst du mir glauben! Selbst wenn ich nicht die geborene Mutter bin«, sie stockte, »so bin ich doch kein Monster.«

»Das weiß ich.« Na ja, meistens.

Lydia spielte mit einer Strähne ihres seidenglatten Goldhaars, und der Kerl am Nebentisch verschluckte sich an seinem Kaffee. »Also?«, fragte sie. »Wo?«

»Im Atelier«, sagte ich gepresst.

»Im Atelier? Dahin hat er *mich* nie mitgenommen.« Lydia klang verstimmt. »Seine Arbeit hat er immer von mir ferngehalten. Na ja, wirklich interessiert hat sie mich auch nicht, das muss ich zugeben. Ich kenne nicht mal Mario.«

»Den kenne ich auch nicht.« Woher auch? Paul und ich hatten uns natürlich nur im Atelier geliebt, wenn Mario nicht da gewesen war. Und telefoniert hatte ich mit Mario erst, als Paul schon verschwunden war; da war Mario weder auskunftsfreudig noch sonderlich freundlich gewesen. Was Paul ihm am Ende wohl über mich erzählt hatte? Ich ließ die Schultern hängen.

Lydias Miene hingegen hellte sich schlagartig auf. »Ich hab's! Wir gehen zum Atelier!«

Ich war verwirrt. »Gerade hast du doch gesagt, dass Paul auf keinen Fall dort sein wird, wo er und ich …«

»Ja ja«, sagte sie ungeduldig. »Ich erwarte natürlich nicht, ihn dort zu finden. Wäre auch kein besonders gutes Versteck, oder? Aber wir können Mario ausquetschen. Wenn einer weiß, wo Paul steckt, dann er!«

»Meinst du, das hätte ich nicht probiert?« Ich seufzte. »Mario ist verschlossen wie eine Auster.«

»Das stimmt, ich habe auch schon bei ihm angerufen und hatte kein Glück. Aber da«, ihre Augen strahlten auf, »hat er mich ja auch nicht *gesehen*. Hach, warum bin ich nicht schon viel früher auf diese wunderbare Idee gekommen? Es liegt doch so nahe! Ich werde zu ihm gehen und ihn anlächeln. Ganz einfach! Du wirst sehen, wir erfahren ruckzuck, wo Paul sich aufhält.«

Perplex sah ich sie an. Lydias Selbstbewusstsein, dachte ich, war schon fast pathologisch. Glaubte sie wirklich, dass Mario Wachs in ihren Händen sein würde, nur weil sie vorhatte zu *lächeln?* Mario war loyal! Er kannte Paul seit vielen Jahren, er war sein Freund und sein Geschäftspartner! Diesem Mann eine Information zu entlocken, die er ums Verrecken nicht preisgeben wollte – das würde nicht einmal Lydia schaffen.

Und schon gar nicht mit einem simplen Lächeln.

Eine halbe Stunde später wussten wir, dass Paul in Venezuela steckte.

»Venezuela«, wiederholte ich tonlos, als Lydia und ich uns von Mario verabschiedet hatten. »Das ist schrecklich. Er ist ausgewandert, und wir werden ihn nie wiedersehen.«

»Quatsch«, sagte Lydia. »Er muss sich ja noch von mir scheiden lassen. Also werde *ich* ihn auf jeden Fall wiedersehen.«

»Schön für dich.« Ich ließ den Kopf hängen.

»Hey, er ist nicht im Urwald, sondern einfach nur bei seinem Bruder und seinen Eltern!« Lydia klopfte mir aufmunternd auf die Schulter. »Dass er spontan eine so weite Reise macht, hätte ich ihm gar nicht zugetraut, er überlegt sonst immer so viel. Na ja, Paul ist ein kleiner Spießer, dem war seine Familie immer schon wichtig.«

»Ist doch süß«, flüsterte ich erstickt. Dass Paul Tausende von Kilometern von mir entfernt sein sollte, machte mich völlig fertig.

»He, jetzt wissen wir es wenigstens!«, sagte Lydia mit ungebrochenem Optimismus. »Er wird schon zurückkommen. Irgendwann mal.«

»Toll.« Ich brach in Tränen aus.

Lydia kramte in ihrer schicken Birkin Bag nach einem Taschentuch und reichte es mir. »Ich sehe schon, du brauchst eine kleine Aufmunterung. Wie wäre es, wenn ich dir Jonas ausleihe und du mit ihm Eis essen gehst?«

Ich kannte wirklich keine Frau, die so seltsam war wie Lydia. Sie schenkte mir ihren Mann, und sie lieh mir ihren Sohn.

»Ach, ich weiß nicht«, sagte ich zögerlich.

»Komm schon, das wird dir gut tun«, ermunterte sie mich. »Du bist doch der mütterliche Typ, da tröstet dich so was. Du brauchst was, das du betüddeln kannst, dann geht's dir gleich besser.« Lydia hatte bereits ihr Handy in der Hand und tippte eine Nummer ein.

Ich schniefte noch einmal, und dann gab ich mich geschlagen. Mit Jonas Eis essen – warum eigentlich nicht? Ich sehnte mich doch sowieso seit Tagen danach, außerhalb des Kindergartens mit Jonas zusammen zu sein. Der Kleine brauchte dringend jemanden, der ihn tröstete, der auf ihn einging und ihm in seiner Verunsicherung Halt gab. Dieser jemand konnte nur ich sein. Wer auch sonst? Sein Vater war verschwunden, Susi sah das Babysitten vor allem als Geldquelle an, und zu seiner Mutter hatte Jonas keine Beziehung, die diesen Namen verdiente.

Trotzdem war es ein komisches Gefühl, als Susi Jonas wenig später an der Marktstätte ablieferte. Der Kleine blieb unbehaglich vor uns stehen und presste die Lippen aufeinander; offensichtlich wusste er nicht, was er von Lydias und meiner Bekanntschaft halten sollte. Hatte er unsere Auseinandersetzung im Kinderladen vor ein paar Tagen mitbekommen? Hoffentlich nicht. Wieder einmal dachte ich, dass Jonas für sein Alter viel zu viel hörte und sah.

Ich griff nach seiner Hand. »Hast du schon mal vier Kugeln Eis auf einmal gegessen?«

Er schüttelte den Kopf.

»Willst du? Jetzt gleich?«

Er sagte immer noch nichts, aber er nickte, und ich bemerkte das Aufblitzen in seinen Augen. Erleichtert lächelte ich. Frühreif oder nicht, Jonas war ein Kind, und der magischen Verheißung, etwas zu dürfen, was sonst absolut verboten war, konnte auch er nicht widerstehen.

Die erste Hürde war genommen.

Lydia und Susi verabschiedeten sich. Bevor sie ging, versprach Lydia, mich anzurufen, damit wir uns »weitere Schritte« überlegen konnten – was auch immer das heißen mochte. Ich wiederum sicherte Lydia zu, Jonas in spätestens drei Stunden zuhause abzuliefern, wo Susi auf ihn warten würde.

Und dann schlenderten Jonas und ich mit zwei großen Eiswaffeln in Richtung See. Als wir den Hafen erreichten, fiel mein Blick auf die freizügige Beton-Imperia. Unwillkürlich dachte ich an Rob. Wahrscheinlich hatte Lydia Recht: Ich brauchte etwas zum Betüddeln. Aber dafür war Rob, mein erwachsener Partner, eindeutig nicht der Richtige gewesen.

Jonas wäre der Richtige, schoss es mir durch den Kopf.

Ich spürte seine kleine, klebrige Hand in meiner, und plötzlich hatte ich nur noch das Bedürfnis, dieses Kind nie wieder loslassen zu müssen. Ich wollte ihm die Liebe schenken, die seine Mutter ihm nicht geben konnte, und ich wollte es Tag für Tag tun, stetig und verlässlich. Die absurde Hoffnung blitzte in mir auf, dass Lydia ihn mir überlassen würde, wenn Paul nicht zurückkäme. Ob ich ihn wohl adoptieren konnte?

Du spinnst, flüsterte eine Stimme in mir.

Nein, ich spinne nicht, hielt eine zweite Stimme dagegen. *Ich liebe dieses Kind genauso sehr wie Paul, nur auf eine andere Art. Das ist alles.*

So einfach. Und so aussichtslos.

Wir gingen am Ufer entlang durch den Stadtgarten. Die warme Abendsonne verwandelte den See in eine golden und grün funkelnde Fläche; ab und zu schlugen die Wellen höher, wenn ein Boot auf den Hafen zuhielt. Jonas sah dem Spiel des Wassers eine Weile zu, dann wandte er den Kopf und schaute mit eisverschmiertem Mund zu mir hoch. »Sarah?«

»Ja?«

»Kommt Papa zurück?«

Ich schluckte. Was sollte ich darauf sagen?

»Jonas«, begann ich zögernd, »Jonas, dein Papa … liebt dich sehr. Er ist nur … er ist …«

Wir waren stehen geblieben, und Jonas musterte mich mit großen, ernsten Augen.

Er weiß es, dachte ich, *er weiß, dass sein Vater ihn verlassen hat.*

Die Trauer in Jonas' Augen schnitt mir ins Herz.

Er wandte sein Köpfchen von mir ab und starrte auf den Uferweg. Ich drückte hilflos seine Hand, wusste nicht, wie ich ihm helfen, was ich sagen, wie ich seine Welt wieder in Ordnung bringen konnte.

»Dein Papa«, versuchte ich es noch einmal, »also, Jonas, dein Papa …«

»… ist da vorne!«, schrie Jonas, und sein Gesicht begann zu strahlen, als habe jemand eine Lampe angeknipst.

Er riss sich von mir los und warf die restliche Eiswaffel auf den Boden. Entgeistert sah ich, wie er davonstürmte. Herrje, er verwechselte irgendeinen Fremden mit seinem Vater! Wie unendlich enttäuscht würde er sein, wenn er seinen Irrtum bemerkte! Im Laufschritt folgte ich ihm, dabei suchte ich mit den Augen den Uferweg nach dem Mann ab, den Jonas offensichtlich für Paul hielt. Ich würde mich bei ihm entschuldigen müssen.

Und dann fiel auch mir die Eiswaffel aus der Hand.

Denn am Ufer gegenüber dem Inselhotel, genau dort, wo wir uns nach unserem Stadtbummel so innig geküsst hatten, stand er. Er hatte uns den Rücken zugekehrt und verharrte bewegungslos, die Hände in den Hosentaschen, den Kopf gesenkt.

Breite Schultern, schwarzes Haar, bronzefarbene Unterarme.

Paul.

»Paaaaapaaaaa!«, brüllte Jonas.

Paul wandte den Kopf, und sein Blick erfasste ihn; seinen Sohn, der in unbändiger Freude auf ihn zustürmte und der nicht wusste, dass Papa in Wahrheit ein Fremder war.

Meine Gedanken begannen zu rasen. Warum war Paul nicht in Venezuela? Weshalb stand er an der Stelle, an der wir so vertraut miteinander gewesen waren? War das ein gutes Zeichen, oder nahm er auf diese Weise endgültig Abschied von mir? Wie würde er auf Jonas' Wiedersehensfreude reagieren? Und was würde Jonas empfinden, wenn sein Vater ihm die liebevolle Umarmung verweigerte? Beim letzten Gedanken schossen mir die Tränen in die Augen. Jonas würde außer sich sein, wenn Paul ihm mit Kälte begegnete! Panik wallte in mir auf, und ich lief schneller. Niemand auf der Welt durfte Jonas so verletzen! Schon gar nicht der Mensch, der wie kein zweiter die Macht dazu hatte.

Nur noch wenige Meter trennten Vater und Sohn, als Paul über Jonas hinweg endlich in meine Richtung sah. Ich rannte weiter, während unsere Blicke sich trafen, sich umeinander schlangen wie zwei eigenständige Wesen. Und obwohl meine Gedanken immer noch Achterbahn fuhren, spürte ich augenblicklich wieder das Band zwischen uns pulsieren, so unbeirrbar, kräftig und gleichmäßig, als habe es unsere Trennung nie gegeben.

Also gut, du verdammtes Band, dachte ich keuchend, *dann zeig, was du außer pulsieren und störrisch sein sonst noch kannst. Jetzt bist du dran!*

In meiner Seite begann es zu stechen. Ich achtete nicht auf den Schmerz. Ich achtete nur auf Paul, beschwor ihn stumm, das Richtige zu tun.

Da löste Paul seinen Blick von meinem, ging in die Hocke und breitete weit und einladend die Arme aus. Mit einem Aufschrei flog Jonas an seine Brust, und um ein Haar wären die beiden zu den Schwänen in den See gekippt. Paul lachte, seine Arme schlossen sich fest um sein Kind. Er streichelte Jonas, begann zärtlich mit ihm zu reden, und als ich endgültig begriff, welche Entscheidung er getroffen hatte, durchflutete mich grenzenlose Erleichterung. Ich hielt mir die schmerzende Seite und stolperte auf Vater und Sohn zu, die immer noch eng umschlungen auf dem Boden hockten. Meine Beine knickten ein. Pauls Frühlingswald-Duft umhüllte mich, Jonas' leises Lachen drang an mein Ohr. Ich drückte meinen Mund auf Pauls Lippen und war glücklich. Nichts war geklärt.

Aber alles war gut.

Liebe Mutti,

bist Du immer noch sauer auf mich? Wenn ja, möchte ich mich in aller Form bei Dir entschuldigen. Ich weiß, es war nicht nett, bei Imperias Eltern einzuziehen statt bei Dir. Aber ich habe eine gute Nachricht für Dich: Ich komme heim! Freust Du Dich?

Imperias Eltern sind viel spießiger, als ich gedacht habe. Imperia ist ganz unglücklich darüber, wie die beiden sich mir gegenüber verhalten. Die Umwandlung von Imperias Kinderzimmer in ein Gesamtkunstwerk mit dem Namen »Konstanzer Lusthöhle« (selbstverständlich nur eine künstlerische Metapher,

Mutti) fanden ihre Eltern gar nicht gut. Stell Dir vor, sie haben mich mit Sack und Pack auf die Straße gestellt! Nachdem Sarah vor kurzem dasselbe getan hat, bin ich nun doch sehr enttäuscht und desillusioniert.

Ich bin übergangsweise bei Max und Reinhold untergekommen, aber das WG-Leben sagt mir nicht zu. Ich muss auf einer Luftmatratze im Flur schlafen, und das Essen schmeckt auch nicht, immer nur Nudeln mit Fertigsauce.

Wäre es Dir recht, wenn ich am Wochenende wieder bei Dir einziehe? Wenn ja, ruf mich doch kurz auf dem Handy an. Dich erreicht man ja leider nie, Du scheinst von morgens bis abends bei Professor Grabenkopf zu putzen. Na ja, wenn ich erst wieder bei Dir wohne, ist es nicht mehr so einsam in Deiner Wohnung, dann kannst Du auch wieder öfter daheim bleiben. (Ich brauche ja sowieso mittags was Warmes zu essen.) Frag doch Professor Grabenkopf, ob du nicht abends bei ihm putzen kannst, denn da werde ich meistens unterwegs sein.

Bis Samstag, Dein
Robert

24.

Okay.

Ich hatte mich geirrt.

Das Schicksal war *kein* missgünstiger Scheißkerl. Es war vielleicht ein wenig … hm, launisch und unberechenbar, aber letztendlich war das Schicksal doch ein ganz netter Typ. Wie sonst konnte man es erklären, dass Paul nicht mehr verbittert und einsam in Venezuela weilte, sondern in befriedigtem Halbschlaf neben mir lag? Der Nachtwind wehte durchs Fenster und brachte schwere, reife Augustdüfte mit sich – Pflaumen, warme Erde, ein Hauch von Brombeeren und Rosmarin.

Endlich brauchten wir uns nicht mehr heimlich zu lieben, mit schlechtem Gewissen und an exotischen Orten, sondern ganz normal im Bett. In meinem Bett, in meiner Wohnung, wo nur noch die Farbflecken davon zeugten, dass einstmals auch Rob hier gehaust hatte. Jetzt gehörte wieder alles mir – solange, bis Paul und ich eine gemeinsame Wohnung gefunden hätten. Eine Wohnung mit Kinderzimmer.

Ich spürte Pauls Lippen an meiner Schläfe. »Wach?«, fragte ich leise.

»Mhm«, brummte er nur, und kurz staunte ich darüber, dass drei aneinandergereihte Konsonanten ein solch tiefes Glück ausdrücken konnten. Ich schmiegte mich noch enger an Paul, bis es sich anfühlte, als wäre kein einziger Zentimeter meines Körpers ohne Verbindung zu ihm. Erst dann seufzte ich zufrieden. »So ist es gut«, sagte ich, und er murmelte: »Sehr gut.«

Das war nun beim besten Willen keine Unterhaltung, die vor Wortwitz sprühte, und auch die intellektuelle Scharfsinnigkeit unseres Dialogs ließ zu wünschen übrig. Aber wir waren zufrieden mit unseren knappen Äußerungen. Geredet hatten wir in den letzten Nächten so viel, dass es fürs Erste einfach reichte. Jetzt war die körperliche Liebe dran.

Wir widmeten uns ihr noch gründlicher und exklusiver als zuvor unseren Gesprächen. Schließlich hatten wir einiges nachzuholen. Und ein bisschen brauchten wir unsere gemeinsame Lust wohl auch, um die Wunden zu heilen, die Streit und Trennung uns geschlagen hatten.

Seit Jonas und ich Paul vor einer Woche am Seeufer wiedergefunden hatten, wichen wir drei uns kaum mehr von der Seite. Mindestens zwei von uns waren immer zusammen: Im *Eiertanz* Jonas und ich, am Spätnachmittag wir alle drei, und danach, wenn Jonas widerstrebend nach Hause ging, ich und Paul. Mit jedem Tag und jeder Nacht, die auf diese Weise verstrichen, wurde deutlicher, dass wir zusammengehörten – ganz natürlich und selbstverständlich, wie eine klassische Familie.

Weniger klassisch war mein Verhältnis zu Jonas' Mutter: Lydia und ich kamen nach wie vor recht gut miteinander zurecht, und es bereitete keiner von uns Probleme, über Themen wie Pauls Auszug, Scheidung und Unterhaltsansprüche zu sprechen. Sogar über Jonas' Zukunft und Fragen des Sorgerechts konnten wir uns vernünftig und ruhig unterhalten. Dem VbKK sei Dank, verhielten wir uns nicht wie Ex-Frau und Geliebte, sondern immer noch wie Beraterin und Klientin – wobei wir öfter mal die Rollen tauschten.

Aber das alles ging nur, wenn Paul nicht dabei war – also telefonisch oder in meinem Büro im Kinderladen. In Pauls Anwesenheit war Lydia ein absolutes No-Go. Er hatte unmissverständlich klargemacht, dass er diese Frau in seinem ganzen Leben nicht mehr sehen, geschweige denn ein einziges Wort mit ihr wechseln wollte. Das konnte man nun kindisch finden, wie Lydia es tat, oder als Ausdruck seiner tiefen Verletzung deuten wie ich. Fakt war, dass es ihm ernst war, und wenn Susi und ich nicht gewesen wären, hätte sich die allabendliche Übergabe von Jonas an seine Mutter wohl ziemlich schwierig gestaltet, denn Paul weigerte sich, auch nur in Lydias Nähe zu kommen.

Immerhin richtete sich sein Zorn nur mehr gegen sie. Die irrationale Ablehnung seines Kuckuckskindes hingegen war einer Vaterliebe gewichen, die umso stärker war, als sie freiwillig gegeben wurde. Auch mir grollte Paul nicht mehr. Im Gegenteil: Er war ziemlich zerknirscht, dass er Hals über Kopf zu seiner Familie nach Venezuela geflohen war, statt sich mit den Beweggründen für mein Schweigen auseinanderzusetzen.

»Ich fühlte mich so hintergangen, von allen um mich herum«, hatte er mir kurz nach unserer Versöhnung gestanden. »Unsere Freunde – ständig habe ich mich gefragt, ob sie es alle gewusst haben. Ich habe mir den Kopf zermartert, wer Jonas' Vater sein könnte, bin sämtliche Bekannten durchgegangen, Lydias Kollegen, ihre Ex-Freunde, habe jeden verdächtigt. Es hat mich fast verrückt gemacht. Ich habe keinen Funken Vertrauen mehr in mir gespürt, Sarah. Und dass selbst du es gewusst und vor mir geheimgehalten hast, hat mir den Rest gegeben. Es hat dich in meinen Augen zu Lydias Verbündeter gemacht.«

Also hatte er Schutz bei den einzigen Menschen gesucht, denen er noch Ehrlichkeit zugetraut hatte: seinen Eltern und seinem Bruder. Er hatte sie mit seinem Besuch überfallen und ihnen sofort alles erzählt. Tagelang hatte er kopflos gewütet, bis seine Mutter bestimmt hatte, dass es nun reichte. Fest hatte sie gesagt, dass Jonas ihr Enkel bleiben würde, egal wessen Gene er in sich tragen mochte. Pauls Vater hatte mit unerschütterlicher Selbstverständlichkeit ins selbe Horn gestoßen, und auch sein Bruder hatte ihm geraten, seinen Zorn nicht stellvertretend auf Jonas und mich zu richten, sondern auf die Frau zu beschränken, die die wahrhaft Schuldige war: Lydia.

»In meinem ganzen Leben war ich nicht so durcheinander«, hatte Paul gesagt und mich fester in seinen Arm gezogen. »Ich habe mich so sehr nach Jonas gesehnt, und nach dir fast noch mehr. Gleichzeitig war ich kurz davor, jeglicher Form von Liebe abzuschwören, nur um einen solchen Schmerz nie wieder erleben zu müssen. Tja, weißt du, was meine Mutter dazu gesagt hat? ›Dann kannst du dich gleich begraben lassen. Lieber Himmel, Paul, reiß dich zusammen und buche einen Rückflug, bevor es zu spät ist!‹«

Harte Worte für eine Mutter – aber sie hatten geholfen. Paul war widerstrebend nach Konstanz zurückgekehrt. Er hatte allerdings nicht gewusst, wo er hin sollte, und so war er zunächst ins Hotel gezogen. Rastlos war er durch die Stadt und am See entlanggelaufen, um darüber nachzudenken, wie er sich mir und Jonas so nähern konnte, dass wir ihn nicht sofort abweisen würden. Denn inzwischen hatte er erkannt, dass er uns Unrecht getan und für ein Problem verantwortlich gemacht hatte, das allein ihn und Lydia betraf.

»Ich wusste ja nicht«, hatte er reuevoll zu mir gesagt, »wie Lydia Jonas meine Abwesenheit erklärt hatte – und ob du mich nach meinem Auftritt in deiner Wohnung und meinem spurlosen Verschwinden überhaupt noch anhören würdest.«

»Na ja«, hatte ich ungnädig geantwortet, da sich das Gefühl der Kränkung prompt wieder gemeldet hatte, »du hättest zumindest mal an dein Handy gehen können.«

»Das Handy habe ich in meiner Kopflosigkeit im Atelier vergessen, kurz vor meiner Abreise. Ich hatte nämlich zumindest daran gedacht, Mario Bescheid zu geben, dass ich für eine Weile weg sein würde. Ich wusste ja, dass ich mich auf Marios Verschwiegenheit verlassen kann.«

Ja, das kannst du, hatte ich gedacht. *Jedenfalls solange deine Frau nicht in der Nähe ist.*

Darüber, wie unser gemeinsames Leben weitergehen sollte, hatten wir natürlich auch schon gesprochen. Das Wichtigste: Paul würde die Vaterschaft nicht vor Gericht anfechten, und so würde Jonas offiziell sein Sohn bleiben. Wir wünschten uns beide, Jonas sobald wie möglich dauerhaft zu uns holen zu können, und Lydia hatte kein ernsthaftes Problem damit, uns ihr Kind zu überlassen. Sie hatte ja sowieso keine Zeit für Jonas. Geplant war, dass er zu uns ziehen würde, sobald wir eine passende Wohnung gefunden hätten. Wenn wir erst zusammenlebten, wollten wir auch eine Psychologin suchen, die Jonas bei der

Bewältigung der neuen Situation helfen sollte – und uns dabei, nicht allzu viele Fehler zu machen, wenn wir Jonas sagten, dass Paul nicht sein Vater war. Von Geheimnissen und Lügen hatten wir beide nämlich mehr als genug. Andererseits hatte Paul ja am eigenen Leib erfahren, wie brutal und vernichtend die Wahrheit sein konnte. Wir waren uns deshalb einig, dass es nicht ehrenrührig war, uns professionelle Hilfe zu suchen – mit Betonung auf professionell. Mit Schaudern dachte ich an den VbKK zurück, und ich war um meinet- und der Beziehungsgestörten willen froh, dass ich dort nie mehr herumstümpern musste.

»Paul?«, nahm ich unser einsilbiges Gespräch jetzt wieder auf.

Er lächelte und zog fragend die Augenbrauen hoch.

»Wollen wir morgen aufs Seenachtfest gehen?«

»Nur wir beide?« Paul malte mit dem Zeigefinger kleine Kreise auf meine Hüfte.

»Nur wir *drei*«, sagte ich. »Jonas nehmen wir natürlich mit. Er wird von dem nächtlichen Feuerwerk begeistert sein, Paul! Er soll einfach hier übernachten, dann müssen wir ihn nicht so spät heimbringen, und er kann am nächsten Tag ausschlafen.«

Pauls Hand lag nun ganz ruhig auf meiner Hüfte. »Du liebst ihn wirklich, nicht wahr?«

Es war eine locker gestellte Frage, doch ich spürte, wie viel ihm die Antwort bedeutete.

»Ja«, sagte ich schlicht.

»Möchtest du eigene Kinder, Sarah?«

»Wieder ja.« Ich stützte mich auf die Unterarme und sah Paul in die Augen. »Mit dir will ich Kinder haben, Paul. *Von* dir. Irgendwann mal, wenn du so weit bist. Und Jonas auch. Und ich.«

Ich sah Paul an, dass er zwischen Freude und instinktivem Misstrauen schwankte. Lydias Verrat, das war mir klar, würde ihn noch lange verfolgen.

»Es hat keine Eile. Wir haben alle Zeit der Welt«, sagte ich und legte meinen Kopf auf seine Brust.

Ich spürte, wie er sich unter meinen streichelnden Händen langsam entspannte. Seine Finger auf meiner Hüfte setzten sich wieder in Bewegung. Und dann beschlossen wir ebenso stumm wie einvernehmlich, dass wir zwar alle Zeit der Welt hatten, Jonas' Geschwisterchen zu zeugen, dass es aber nicht schaden konnte, wenn wir schon mal anfingen zu üben.

Wir übten lange und gewissenhaft.

Wer brauchte schon das Seenachtfest, um ein Feuerwerk zu erleben?

Libe Oma, liber Opa!

Wie geht es euch? Mir geht es gut. Ich bin jezt schon in der dritten Klasse, und meine neue Lehrerin ist ser nett. Sie heist Frau Hundle und ist ser dick. Aber das macht mir nichts aus, Sarah ist ja auch dick und trozdem schön.

Gestern hat Sarah mit Christine Tee getrunken, weil sie über die neuen Kinderkonferensen im Eiertanz sprechen wollten, und ich habe so lange mit Leon gespielt. Ich habe Leon erzält, was ich mal werden will, nämlich Urwaldforscher, bei euch in Venezuela. Leon hat gesagt, er will Schuhferkäufer werden. Er sagt, als Schuhferkäufer ist es egal, wenn man seine Schuhe ferlegt. Man nimmt sich dann einfach neue. Das ist ser praktisch.

Sarah sagt, wenn das Baby erst mal da ist, wird sie wieder dünner. Darauf freue ich mich. Auf das Baby, meine ich. Papa hat mir ferraten, dass ich eine Schwester bekomme. (Ein Bruder wäre zwar besser, aber eine Schwester ist auch okeh.) Papa lacht jetzt immer gans viel, und er und Sarah küssen sich noch öfter als sonst. Mich küssen sie auch stendig, und das ist nerwig, aber irgendwie auch schön. Meine Schwester bekommt übrigens das kleine Zimmer, ich darf das grose behalten. Das ist gerecht, finde ich.

Am Wochenende war ich bei Mama. Sie wohnt jetzt bei einem Brofessor, das ist ein Mann, der den Leuten rechnen beibringt. Eigentlich wie Frau Hundle, meine Lehrerin. Nur dass der Brofessor viel mehr Geld verdient als Frau Hundle, sagt Mama. Der Brofessor ist gans nett, obwohl er eine doofe Haushelterin hat. Auserdem heist er Grabenkopf, was ein komischer Name ist. Aber Mama nennt ihn sowieso nur Heinzi, und er sie »mein Granatelueder«.

Was ein Granatelueder ist, kann ich euch leider nicht erkleren.

Viele Grüse von eurem
Jonas

Nachwort und Dank

Ich danke der Universität Konstanz nicht nur für schöne Studienjahre, sondern vor allem für die Beschreibung des Studienganges »Mathematische Finanzökonomie«, die ich Imperia nur leicht verändert in den hübschen Mund gelegt habe.

Ganz herzlich möchte ich Eberhard Peter Flamm danken, dessen alemannisches Gedicht »Hochzytsgedanke« ich in meinen Roman einbauen durfte. Es ist zwar in einem Alemannisch verfasst, das man am Kaiserstuhl spricht und nicht in Konstanz, aber ich fand es so passend, dass ich es trotzdem verwendet habe – und jetzt auf die Nachsicht der Konstanzerinnen und Konstanzer hoffe.

Außerdem danke ich:

Tanzi für viele schöne Erinnerungen an den PC-Schbeschalischten und unsportliche Tennisstunden am See;

Martin für prompte Infos zu realitätsfernen Manövern an schwankenden Bojen;

Doreen für den Salat-Smoothie;

Susanne für ebenso kritische wie hilfreiche Anmerkungen zum Manuskript;

meiner Agentin Julia Abrahams für ihre Begeisterung und Unterstützung;

meiner Lektorin Kerstin Jaworski für ihr behutsames, aber wirkungsvolles Feilen am Text, für unerbittliches Aufspüren logischer Fehler und dafür, dass sie Sarah und Paul zu Anfang sogar mit ins Wochenende genommen hat;

und natürlich danke ich, wie immer, meinem Mann und meinen Kindern – für alles.